城事 | 苏州
City Legend | Suzhou

吴门烟花

王稼句 著

上海三联书店

目录

痴梦

晚秋黄昏，小巷杨柳，人家灯火，淡淡月色映照着古戏台高翘的水戗。

“毕竟还想枕边情，不说眼前话，好似出园菜，做个落树花，我细寻思，教我如何介…… ”这是昆剧《烂柯山》中《痴梦》一折，说是崔氏得知前夫朱买臣做了会稽太守，如今衣锦回乡，心里真不是滋味，悔不该当初紧紧逼着与他离异，时到如今，他还会念着旧情吧，想着想着，忽然有人敲门呼唤“夫人”，衙婆端着凤冠霞帔来接她去了。“阿呀妙吓，这凤冠，似白雪那些辨别，阿呀呀有趣吓，一片片金铺翠贴，一桩桩交还尽也，绣幕香车在门外迎接，阿呀朱买臣吓，越教人着疼热…… ”这时，只见崔氏的后夫手持板斧闯了进来，“你这个臭花娘，劈开唔个阳笞”。魂惊梦醒，冷汗湿透纱衫，张眼四望，依然“只有破壁残灯零星月”。

在《烂柯山》里，《前逼》、《悔恨》、《痴梦》、《泼水》是昆班常演的折子戏，故事传播很广，寄寓着道德教化的意义。清末苏州全福班名旦陈四最擅演崔氏一角，《图画日报》的“三十年来伶家之拿手戏”专栏，称其“白口清朗，神情迫切，声调悲凉，最臻绝顶”。余生已晚，如今能看看苏昆剧团王芳的唱念做工，已经很过瘾了。

朱买臣这个故事，并非全是杜撰。

朱买臣，西汉会稽郡吴县人，生年失记，他在四十多岁时还在砍柴担卖，至建元三年，召举天下贤良文学之士，遂与严助、吾丘寿王、司马相如、东方朔、枚皋、终军等并列武帝刘彻左右。由此推算，他生于惠帝刘盈至高后吕雉时代，卒于元鼎二年，享年约八十。朱买臣入仕后的主要政绩，一是与严助主管两粤边务，二是与韩说等兵破东越，因有战功，在元狩元年征为主爵都尉，位列九卿。但他也未得寿终，在与御史大夫张汤的争斗中，因揭发张汤的隐私，迫使张汤自尽，武帝也将他杀了。

朱买臣这个名字能以流传，且妇孺皆知，缘的是《烂柯山》等戏文。戏文本事，大率据史传所记。《汉书·朱买臣传》说：

“朱买臣字翁子，吴人也。家贫，好读书，不治产业，常艾薪樵，卖以给食，担束薪，行且诵书。其妻亦负戴相随，数止买臣毋歌讴道中。买臣愈益疾歌；妻羞之，求去。买臣笑曰：‘我年五十当富贵，今已四十馀矣。女苦日久，待我富贵报女功。’妻恚怒曰：‘如公等，终饿死沟中耳，何能富贵？’买臣不能留，即听去。其后，买臣独行歌道中，负薪墓间。故妻与夫家俱上冢，见买臣饥寒，呼饭饮之。”

可见妻子与他也曾经同甘共苦，两人分歧，只是因为买臣有点“书毒头”，一边挑柴，一边读书，读得会心脱解处，则吟哦讽咏之声迤逦道上，于是路人侧目，妻子耻之。再说在妻子看来，他的功名富贵今生今世不会再有了，与其穷苦终身，不如离去。妻子再嫁后，偶尔在扫墓时遇到买臣，见他饥寒交迫，还有怜悯之心。想不到，过了几年，买臣五十岁时，果然时来运转，经严助举荐，召拜中大夫，后又几经周折，再拜会稽太守，武帝对他说：“富贵不归故乡，如衣绣夜行，今子何如？”买臣衣锦回乡，正十分风光，《朱买臣传》说：

“会稽闻太守且至，发民除道，县吏并送迎，车百馀乘。入吴界，见其故妻、妻夫治道。买臣驻车，呼令后车载其夫妻，到太守舍，置园中，给食之。居一月，妻自经死，买臣乞其夫钱，令葬。”

当时会稽郡治在吴县，地方上得知新太守上任，自然得修治、清扫道路。买臣在除道的民工中发现前妻，虽然离异了，但念着在那冷雨寒风的墓地里，还曾得到小小的温饱，于是就将他们夫妇俩带回官衙，养将起来，这也在情理之中。关键是“居一月，妻自经死”，其妻为何投缳而死，确实是个疑窦。

朱买臣拜会稽太守，乃一郡最高行政长官，权势极大。马永卿《懒真子》卷三说：“有客问仆曰，古今太守一也，而汉时太守赫赫如此，何也？仆曰，汉郡极大，又属吏皆所自除，故其势炎炎，非后世比。只此会稽郡考之，县二十六，吴，即苏州也；乌伤，即婺州也；毗陵，即常州也；山阴，即越州也；由拳，注云‘古之檇李’，即秀州也；大末，衢州也；乌程，湖州也；馀杭，杭州也；鄞，明州也。以此考之，即今浙东西之地，乃汉一郡尔，宜乎朱买臣等为之，气焰赫赫如此也。”这样一位封疆大臣，有熏天之势，如果他想杀了前妻，一解心头之恨，可以说轻而易举，但他并没有这样做。前妻在衙园内住了一个月，自己去死了，大概还是“痴梦”的缘故，感情失衡，追悔莫及，于是自尽。还有一种可能，就是买臣变了法儿，从精神上刺激她、凌辱她，逼迫她走上绝路。当然这都是猜测，文献上是没有记载的。

《汉书》的这篇《朱买臣传》，作为创作素材，具有相当的丰富性，取舍和发挥可以有很大不同。宋元以来，买臣故事的戏文很多，各有写法，主要系统有两，一是以买臣妻自尽而告终，一是以夫妻大团圆而收煞。前者的代表作，有徐渭《南词叙录》著录的“宋元旧篇”《朱买臣休妻记》,《寒山堂曲谱》引作《朱买臣泼水出妻记》，今仅存残曲四支。元人庾天锡杂剧《会稽山买臣负薪》,《录鬼簿》著录，今已不存。剧本完整而影响广泛的，便是传奇《烂柯山》，近世京剧、湘剧、秦腔、河北梆子、滇剧、徽剧的《马前泼水》，都是根据《烂柯山》改编移植。后者的代表作，有元阙名杂剧《朱太守风雪渔樵记》，以《元曲选》本最为流行；明阙名传奇《负薪记》，明人戏曲选集《万壑清音》和《怡春锦》都有《认妻重聚》一折；清初又有阙名传奇《渔樵记》。晚近以来，川剧《崔氏逼夫》，弋腔《别古寄信》，汉剧《买臣休妻》，越剧《朱买臣》等，都本于《朱太守风雪渔樵记》，说买臣微时碌碌无为，其妻逼索休书，作为一种极端的激励方式，让买臣振作精神，去应荐举，博取功名，最终尽释前嫌，破镜重圆。

这里要介绍一下传奇《烂柯山》的剧情大意。说是吴人朱买臣，有妻崔氏，夫妇寄籍会稽。买臣居烂柯山下读书，以采樵为生。崔氏嫌其贫陋，每与之吵闹。铁广庵唐道姑与张石匠私通，唐道姑常挑唆崔氏，劝其改嫁，崔氏遂与买臣两次逼休，欲改嫁张石匠。适张石匠跌损一足，崔氏因自悔念，不与为婚，寄居邻家。买臣被妻弃后，大雪中流落窦氏门外，夫人见而怜之，赠以银两，令入京应试，因召对称旨，官拜会稽太守。买臣衣锦荣归，崔氏闻讯，痴梦为夫人。及舆仗至，崔氏出谒自诉，仍求复还。买臣马前泼水，以示覆水难收。会夷兵入寇，擒张石匠与唐道姑，命为先导，进故甬东。买臣平夷，擒杀张石匠、唐道姑。买臣被窦夫人招为赘婿，崔氏则乃投青山闸死，买臣为筑羞墓，立碑为记。

《烂柯山》，今存清康熙六十年陈益儒抄本，凡两卷二十七出。明崇祯刻本《醉怡情》和清顺治十六年刻本《歌林拾翠》都收录它的散出，如《巧赚》、《痴梦》、《覆水》等，都与抄本相同。据黄宗羲《张南垣传》记载，“梅村新朝起用，士绅饯之。演传奇至张石匠，伶人以涟在坐，改为李木匠。梅村故靳之，以扇确几，赞曰：‘有窾。’哄堂一笑，涟不答。及演至买臣妻认夫，买臣唱：‘切莫题起朱字。’涟亦以扇确几，曰：‘无窾。’满堂为之愕眙，梅村不以为忤”。张石匠一角，惟《烂柯山》中有之，伶人以张涟（南垣）在坐，便将张石匠改为李木匠。吴伟业出仕新朝是在顺治十年，可见在此之前已有完整的本子，全本或折子在清初已是常演的剧目。

另外，还有一些朱买臣故事的戏文，则久已佚失。如顾瑾传奇《佩印记》，吕天成《曲品》卷下说：“朱买臣史传，本是极好传奇。此作近俚，且插入霍山，时代亦舛谬。”“佩印”本事，出《汉书》本传，霍山乃霍光从孙，故不与买臣同时也。又有单本传奇《露绶记》，祁彪佳《远山堂曲品·逸品》说：“全是一片空明境界地，即眼前事、口头语，刻写入髓，决不留一寸馀地，容别人生活。此老全是心苗里透出聪颖，真得曲中三昧者。旧本《佩印》之传朱翁子，何足道哉。”“露绶”亦出《汉书》本传，情节或与《佩印记》同。还有陈贞贻杂剧《朱翁子》，祁彪佳《远山堂剧品·雅品》说：“此从《当垆记》摘出者，以朱翁子入长卿似赘，不若别自为一传。”《远山堂曲品·逸品》著录《当垆记》：“旧本入买臣妻生离，为文君对症，近以宾胜，去之。”在这些戏文里，买臣妻扮演什么角色，作者对她又怎样评介，如今已不能知道。

除戏文外，还有小说。吴敬编撰的《国色天香》，今存万历二十五年金陵书林周氏万卷楼刻本，其中有一篇《客夜琼谈买臣记》，并无“痴梦”，却已有“泼水”，买臣妻亦无崔姓，改嫁者乃杉青闸吏人，可见早于传奇《烂柯山》。书末有这样一段：

“时舟过杉青闸，闸吏奔趋惶惧。其妻审知买臣也，即脱簪珥，拜伏舟次，曰：‘贱妾某氏也，事尊官有年矣。一念迫于饥寒，遂致分手，然心实未尝昧也。伏望沧海容流，泰山让土，追思花烛微情，不以妾为大罪，俾得破镜复圆，断弦再续，则妾万幸！万幸！’买臣长笑曰：‘汝记昔日之言乎？怨恨求离，以我为泥中蛆蚓。讵料贫贱未必常，富贵未必久，绝情断义，曾鸡犬之不若。而今又附热趋势，置闸吏于何地？扬水不能取矣，何乃冒方汧之颜，出重赧之色，以来见我哉！羞死宜甘，强辞宜补。’言下，辟易莫敢对。良久，遂自投于河中而死。买臣即以尸首葬于亭湾，名曰羞墓。后人方孝儒题诗于亭，亦备如左：‘芳草池边一故丘，千年埋骨不埋羞。叮咛嘱咐人间妇，自古糟糠合到头。’”

戏文小说，反映出时代的消息和作者的思想。

两汉时，儒家的“三礼”已成为正统学说，《礼记·郊特牲》规定女子“壹与之齐，终身不改，故夫死不嫁”，与《易·恒》说的“妇人贞吉，从一而终也”是一脉相承的，董仲舒《春秋繁露》，班固《白虎通义》，都予阐述和传播，尤其是班昭的《女诫》，更有《专心》一篇，这样说：“《礼》，夫有再娶之义，妇无二适之文，故曰夫者天也。天固不可逃，夫固不可离也。行违神祇，天则罚之；礼义有愆，夫则薄之。”然而“从一而终”非但不是当时婚姻的普遍风气，恰恰更多的是改嫁再醮，正因为如此，就特别提倡“从一而终”。这是一个时代现象，与当时的社会思潮是分不开的。

朱买臣所处的时代，正是思想解放、人才会聚的时代，《史记·平津侯主父列传》说：

“汉之得人，于兹为盛。儒雅则公孙弘、董仲舒、儿宽，笃行则石建、石庆，质直则汲黯、卜式，推贤则韩安国、郑当时，定令则赵禹、张汤，文章则司马迁、相如，滑稽则东方朔、枚皋，应对则严助、朱买臣，历数则唐都、落下闳，协律则李延年，运筹则桑弘羊，奉使则张骞、苏武，将帅则卫青、霍去病，受遗则霍光、金日磾，其馀不可胜纪。是以兴造功业，制度遗文，后世莫及。”

这些人物并不完全追求女子“从一而终”的礼教理想，而是持有比较自由的态度。如司马相如所娶卓文君，便是寡妇；卫青所娶平阳公主，本嫁曹参后人曹寿，因曹寿有恶疾而离婚；苏武使匈奴被扣未久，妻子就改嫁了。这在皇室里也不例外，武帝外祖母臧儿曾嫁王仲，生一男两女，王仲殁后，就改嫁长陵田氏；臧儿长女嫁金王孙，已生一女，臧儿再将她从金家夺出，纳奉太子刘启，即后来的景帝，生三女一男，男即刘彻，也就是后来的武帝，王氏为皇太后，臧儿则尊为平原君，当武帝偶然得知自己还有个同母姐姐，居住在长陵小市，便以车驾亲往迎接，重加封赏，赐号修成君。另外，武帝的姑母馆陶长公主，寡居以后，和董偃公开同居十多年，后来武帝接见董偃，称董偃为“主人翁”，承认他和公主的合法关系。

及至东汉，一方面儒学的影响日渐深广，另一方面改嫁再醮依然属于正常和普遍的现象。然而礼教开始在异化人心，比如恪守礼教的父亲主张女儿改嫁再醮，女儿却为礼教而牺牲。可以举两个例子，一是荀爽，乃著名汉儒学者，其女荀采，嫁阴瑜不久即寡，荀爽骗之回家，强令改嫁，结果荀采在婚礼时自杀；二是陆绩，为“二十四孝”人物之一，其女陆郁生，十三岁出嫁，年轻守寡，陆绩便安排她改嫁，她也毁容自誓，以至于死。在当时守节的女子仅是一小部分，改嫁再醮倒是比比皆是，连曾经三嫁的蔡琰也收入《后汉书·列女传》。

朱买臣的遭遇有点不同，妻子是自己要求“逼休”的，但这在当时似乎也是寻常的事，故买臣的心态还比较平和，即使衣锦荣归后，对前妻还持有宽容的态度。

迟在北宋，就开始将买臣妻作为批判和谴责的对象。梅尧臣《会稽妇》咏道：“食藕莫问浊水泥，嫁婿莫问寒家儿。寒儿黧黑面无脂，骥子纵瘦骨骼奇。买臣贫贱妻生离，行歌负薪何愧之。高车来驾建朱旗，铜牙文弩擐犀皮。官迎吏走万马蹄，江潮昼起横白霓。旧妻呼载后乘归，悔泪夜落无声啼。吴酒虽美吴鱼肥，侬今豢养惭猪鸡。园中高树多曲枝，一日挂与桑虫齐。”故自宋元以后出现的如《烂柯山》等戏文小说，正是随着礼教的社会化严肃化而产生的，在这些故事里，寄托了封建卫道士的思想和感情，因为买臣妻背叛了丈夫，就让她去痴梦，就让她去自尽，对她的批判和谴责，也正是正统道德教育的需要，维护正统婚姻制度的需要。至于元杂剧里出现的夫妻大团圆结局，也是元代社会生活的反映，当时“从一而终”的纲纪很有一点松弛趋势，《元典章》卷十八《户部四·官民婚》便说：“妇人夫亡守节者甚少，改嫁者历历有之，至齐缞之泪未干，花烛之筵复盛。”故就有了买臣夫妻的破镜重圆。

《烂柯山》等戏文小说，都说朱妻自尽，买臣葬之，名为羞墓，这当然是杜撰出来的，但这个传说由来已久，早于宋元戏文《朱买臣休妻记》，可见在这以前，已在同题材的戏文或话本出现过。

相传朱妻自尽的地方，后来称为死亭湾。一说在嘉兴城北，乐史《太平寰宇记》卷九十五说："县北七里有死亭湾，即朱买臣为内史衣锦还乡，其妻羞死于此，故号曰死亭湾。"祝穆《方舆览胜》、王象之《舆地纪胜》所记略同，杉青闸、羞墓也都在那里。张尧同《嘉禾百咏》咏杉青堰云："旧吏家何在，空寻古柳堤。世情今亦尔，莫笑买臣妻。"前人附考："堰在郡城东北四里，其旁有闸，《寰宇记》谓朱买臣妻改嫁杉青闸吏。北一里有死亭湾，为妻死处。"又咏羞墓云："伤哉负薪子，五十始登朝。空使埋羞处，山花复采樵。"前人附考："墓在郡城北十八里，买臣妻葬处，又曰羞泾，又作楸泾。"宋人咏羞墓的很多，当时应该已成为一处古迹，如周邠云："当年一弃会稽侯，大墓烟芜锁别愁。惆怅不逢郎衣锦，至今粉骨尚含羞。"徐嘉言云："玉颜羞见锦衣侯，草木烟村雨锁愁。不似田文门下客，一贫一富不知羞。"沈与求云："富贵因人德未酬，绣衣归去竟何求。荒坟三尺斜阳里，千古徒增女子羞。"林景熙云："远望车尘汗雨流，自知覆水已难收。为君富贵妾羞死，富贵如君不自羞。"另有一说，死亭湾在苏州阊门外，《太平寰宇记》卷九十一说："门外七里有死亭湾，即朱买臣妻惭自缢于此，亦号死亭。"朱长文《吴郡图经续记》卷下也说："死亭湾在阊门外七里，故传朱太守妻惭，自经于此。"高启《死亭湾》云："贫贱众所弃，岂惟愚妇人。珪组何重轻，能令变交亲。翁子昔未达，妻去耻负薪。五十非晚贵，不能待终晨。一旦谒帝阍，还家绣衣新。邸吏惊赤绶，邦人候朱轮。无颜见故夫，自杀此水滨。谁知孟德曜，元在尔东邻。”死亭湾究竟在嘉兴还是在苏州，其实并不重要，但像买臣妻这样的人物，竟然也会“争墩”，为家乡增缀妆饰一点古迹，甚至不惜“名誉”，应该也不是为了树立反面教材。

另外，唐人罗隐写过一篇《越妇言》，借买臣妻的一番话，嘲讽了尸位素餐以富贵骄人的官僚。说是“买臣之贵也，不忍其去妻，筑室以居之，分衣食以活之，亦仁者之用心也”。一天，买臣妻对买臣的近侍说：

“吾秉箕帚于翁子左右者有年矣，每念饥寒勤苦时节，见翁子之志，何尝不言通达以匡国致君为己任，以安民济物为心期。而吾不幸离翁子左右者亦有年矣，翁子果通达矣。天子疏爵以命之，衣锦以昼之，斯亦极矣。而向所言者，蔑然无闻。岂四方无事使之然耶？岂急于富贵未假度者耶？以吾观之，矜于一妇人则可矣，其他未之见也，又安可食其食！”

说完这番话，她便“闭气而死”。罗隐将买臣妻自尽的原因，提升到一个新境界。朱买臣们在未得志时，往往以“匡国致君”、“安民济物”自许，不知者以为他们果真抱负很大；及至一朝权柄在握，便以权谋私，汲汲于名利富贵，早将苍生社稷置之脑后了。他们不仅欺骗了一个妇人，而且欺骗了天下百姓。

再附带说点朱买臣的琐事。

朱买臣微时，就住在穹窿山一带，他在山中砍柴，累了将息时就取出书来读读，那时的书还是竹简木牒，当他读罢，就将它塞在道旁的大石下。不知哪朝哪代，有人在那里建了一座藏书庙，至明天顺四年，里人顾宗善重建。正德《姑苏志》卷二十七说："汉会稽太守庙在吴县木渎北穹窿山南，祀汉朱买臣也。世传买臣负薪往来木渎，尝藏书于此，故传此为藏书庙。今肖像衣冠，犹存汉制。"乾隆《吴县志》卷八十六说："古藏书庙在穹窿山，世传汉会稽太守朱买臣未仕时尝樵采于山中，藏所读之书于庙，故名。庙肇创甚久，不详何代，并兴废不一，亦莫可稽考。"庙自顾氏重修后，就以东岳泰山之神为主祀了，亦称东岳庙。彭定求《重修东岳庙记》说："穹窿山下，旧传汉时朱翁子采樵于此，读书寄迹，因有藏书庙之名，而庙所崇祀，则实以东岳之神为主。"但"翁子之遗像仍在焉"。汪琬有《朱翁子藏书庙》，小序说："俗传买臣妻投水死，与《汉书》小异。今此地有朱氏，自言为买臣后。按，买臣子山拊官至右扶风，岂即故妻所出耶？抑非也？朱氏亦无知之者矣。又有读书台在穹窿之麓，距庙可二里。"诗云："读书幸属承平时，能说春秋言楚辞。严徐枚马略相等，何意联翩白玉墀。向来落魄栖岩谷，束篇腰镰取书读。闺中少妇不知我，任采蘼芜春草绿。丈夫变化抟长风，不用为蛇用则龙。金章紫绶成底物，径须图画甘泉宫。此君读书为何事，但作区区衣绣计。惊走俗吏骄故妻，五十之年直儿戏。”因为藏书庙，留下了藏书这个地名，悠悠千古，在全国绝无仅有。

距藏书庙二里的穹窿山东麓，有朱买臣读书台，正德《姑苏志》卷九说：“山东岭下有盘石，高广丈许，相传朱买臣读书其上，后人号为读书台。”王鏊《游穹窿山》有云：“买臣驳落读书台，曾是樵夫终佐汉。丈夫出处会有时，不记当年愚妇讪。”都穆题楷书“汉会稽太守朱公读书处”十字，深刻石上，署“正德己巳都穆题”。从此以后，这个古迹便正式确立了。

其他地方也崇祀朱买臣，如绍兴府诸暨县有祠庙，高似孙《剡录》卷四说：“暨阳有买臣书堂及祠。”赵希鹄有《汉朱太守买臣庙碑记》。凤阳府虹县亦有庙，《续文献通考》卷八十说：“虹县令舒焕奏朱买臣庙灵应之迹，请加封号，赐额曰灵祐。”被人引说最多的，是严州寿昌县的朱买臣庙，庞元英《谈薮》说：“严州寿昌县，道旁有朱买臣庙貌，其地有朱池、朱村，居人多朱姓。朱谦之诗云：‘贫贱难堪俗眼低，区区何事便云泥。全稽乞得无他念，只为归来诧故妻。’‘束薪行道自歌呼，越女安知有丈夫。一见印章惊欲倒，相看方悔太模糊。’”

朱买臣殁后，葬在何处，亦莫衷一是。一说在洛阳北市东南，刘餗《隋唐嘉话》卷下说：“东封之岁，洛阳平御路，北市东南隅得铭汉丞相长史朱买臣墓云：‘著言市，千载之后阿谁是？’”买臣被武帝所杀，葬在洛阳的可能性很大。但归德府夏邑县、凤阳府虹县都有买臣墓，更多的落实在当年会稽郡范围内。如嘉泰《会稽志》卷六说："朱买臣墓在嵊县北六里，有石羊存焉，今号石羊庙，买臣吴人，今墓在此，姑以传疑。"《大明一统志》卷四十一记严州府幽径山，"山下有汉朱买臣墓"。指向最集中的是在嘉兴县东三里，即东塔寺址。乐史《太平寰宇记》卷九十五引《九州要记》："此是招魂葬处，极高大，其真冢在洛阳北市东南大街中，有碑，云是朱买臣墓。"虽然这很有可能是招魂冢，但后人都信以为真。据崇祯《嘉兴县志》记载，"朱买臣宅在县东三里，即今东塔寺，买臣仕汉为太中大夫，梁天监中建寺造塔，有墓在佛阁后"（卷五）。"岁久湮废，明嘉靖间知县卢梗为题石碑，曰汉朱买臣墓"（卷四）。吴伟业《过朱买臣墓》（在嘉兴东塔雷音阁后，即广福讲院）云："翁子穷经自不贫，会稽连守拜为真。是非难免三长史，富贵徒夸一妇人。小吏张汤看踞傲，故交庄助叹沉沦。行年五十功名晚，何似空山长负薪。"

值得一说的是，前人祭拜买臣，凭吊买臣，都不忘将买臣妻嘲弄一番。

朱买臣和妻子的故事，悠悠两千多年，早已淡出人们的视野，也渐渐给社会遗忘了。一出《痴梦》，让人沉醉于声腔圆转的曲调，让人痴迷于红氍毹上的翩翩丽影，也会让人追怀起一个汉代苏州女子的命运。

真娘和泰娘

安史之乱之后，北方和中原重遭兵乱，战火弥漫，一片破残，全国经济中心南移，江南成为中央财赋的主要来源，苏州在江南诸州中的地位犹显突出。当时苏州领吴、长洲、昆山、常熟、嘉兴、海盐、华亭七县，州境之大，户口之殷，经济之富，风物之美，为时人羡称。唐代州郡等级分为辅、雄、望、紧，四辅为京畿重镇，六雄十望随时变化，无有一定，但都是北方重要城市，大历十三年升苏州为江南惟一雄州，可见它在当时全国的影响。故陆广微《吴地记》说："苏州名标十望，地号六雄。"范成大《吴郡志》五十也说："在唐时苏之繁雄，固为浙右第一矣"。

就在这段锦绣岁月里，韦应物、白居易、刘禹锡先后出任苏州刺史，三位都是大诗人，刘禹锡《白舍人曹长寄新诗有游宴之盛因以戏酬》云："苏州刺史例能诗，西掖今来替左司。"白居易《送刘郎中赴任苏州》亦云："何似姑苏诗太守，吟诗相继有三人。"他们留下了很多吟咏苏州的篇什，也正是当时苏州情状的真实记录。

且以白居易所作为例，当时苏州地广人多，繁华富庶，《自到郡斋题二十四韵》云："甲郡标天下，环封极海滨。版图十万户，兵籍五千人。"《登阊门闲望》云："阊门四望郁苍苍，始觉州雄土俗强。十万夫家供课税，五千子弟守封疆。"城市建设也为世瞩目，《九日宴集醉题郡楼兼呈周殷二判官》云："半酣凭槛起四顾，七堰八门六十坊。远近高低寺间出，东西南北桥相望。水道脉分棹鳞次，里闾棋布城册方。人烟树色无隙罅，十里一片青茫茫。"又，《齐云楼晚望偶题十韵兼呈冯侍御周殷二协律》有："欲辞南国去，重上北城看。复叠江山壮，平铺井邑宽。人稠过扬府，坊闹半长安。插雾峰头没，穿霞日脚残。水光红漾漾，树色绿漫漫。"白居易先后守湖州、苏州、杭州，他比较了三个州郡理政的忙闲，《初到郡斋寄钱湖州李苏州》云："霅溪殊冷僻，茂苑太繁雄。惟此钱塘郡，闲忙恰适中。"诗人的体会是深刻的。

其他诗人也描绘了当时苏州的秀色和繁荣，特别是那独绝的水城风光，让人沉醉迷离。李绅《过吴门二十四韵》云："烟水吴都郭，阊门架碧流。绿杨深浅巷，青翰往来舟。朱户千家室，丹楹百处楼。水光摇极浦，草色辨长洲。忆作麻衣翠，曾为旅棹游。放歌随楚老，清宴奉诸侯。花寺听莺入，春湖看雁留。里吟传绮唱，乡语认歈讴。桥转攒虹饮，波通斗鹢浮。竹扉梅圃静，水巷橘园幽。”刘禹锡《乐天寄忆旧游因作报白君以答》云：“春城三百七十桥，夹岸朱楼隔柳条。丫头小儿荡画桨，长袂女郎簪翠翘。郡斋北轩卷罗幕，碧池逶迤绕画阁。池边绿竹桃李花，花下舞筵铺彩霞。”杜荀鹤《送人游吴》则云：“君到姑苏见，人家尽枕河。古宫闲地少，水港小桥多。夜市卖菱藕，春船载绮罗。遥知未眠月，乡思在渔歌。”

凡富贵风流去处，醇酒妇人，实不可少。那是官妓鼎盛的时代，官妓有乐籍，概由教坊司掌管，这是一个合法的娱乐机构，上至宰相节度使，下至庶僚牧守，狎妓行乐十分普遍，几乎成为他们日常生活的重要内容。苏州更是春风胜游之地，珠云填咽，笙歌杂闻，舞影婆娑，杯盏交觥，留下许多风流的艳事，也留下许多哀怨的恨事。然而岁月如流，除诗人偶尔记下的以外，她们的故事，她们的名字，正和她们的青春容颜一样，永远地流失了，再也找不到了。

唐代苏州妓女，最有名是真娘，又作贞娘，约生活在安史之乱前，记述她事迹的，惟李绅《真娘墓》小序：“吴之妓人歌舞有名者，死葬于吴武丘寺前。吴中少年从其志也。墓多花草，以蔽其上。嘉兴县前，亦有吴妓人苏小小墓，风雨之夕，或闻其上有歌吹之音。”由此可知，真娘为苏州佳丽，以歌舞著名，年纪轻轻就去世了，死后便葬在虎丘，时人将她媲美南齐美人苏小小，凭吊者纷至沓来，墓上鲜花簇簇，仿佛还可见得她的花容月貌。

唐人过真娘墓，无不咏之以诗，范摅《云溪友议》卷中说：“行客感其华丽，竞为诗题于墓树，栉比鳞臻。”李绅《真娘墓》云：“一株繁艳春城尽，双树慈门忍草生。愁态自随风烛灭，爱心难逐雨花轻。黛消波月空蟾影，歌息梁尘有梵声。还似钱塘苏小小，只应回首是卿卿。”白居易《真娘墓》云：“真娘墓，虎丘道。不识真娘镜中面，惟见真娘墓头草。霜摧桃李风折莲，真娘死时犹少年。脂肤荑手不牢固，世间有物难留连。难留连，易销歇，塞北花，江南雪。”刘禹锡《和乐天题真娘墓》则云：“檐卜林中黄土堆，罗襦绣黛已成灰。芳魂虽死人不怕，蔓草逢春花自开。幡盖向风疑舞袖，镜灯临晓似妆台。吴王娇女坟相近，一片行云应往来。”此外，张祜、沈亚之、李商隐、罗隐等也都有咏唱。郑樵《通志·艺文略》著录《虎丘寺题真娘墓诗》一卷，称“唐刘禹锡等二十三人”。今存唐人辑《贞娘墓诗》一卷，收入《唐人说荟》和《唐代丛书》。

唐人咏真娘，无不抒款约之思，极芊绵之致，有人说这是“重色”所致，即去吊墓中美人的膀子。《云溪友议》卷中说：“有举子谭铢者，吴门秀逸士也，因书绝句以贻，后之来者，睹其题处，经游之者稍息笔矣。诗曰：‘武丘山下冢累累，松柏萧条尽可悲。何事世人偏重色，真娘墓上独题诗。’”北宋太平兴国九年，王禹偁来任长洲知县，游虎丘吊真娘，有《真娘墓》咏道：“女命在于色，士命在于才。无色无才者，未死如尘灰。虎丘真娘墓，止是空土堆。香魂与腻骨，销散随黄埃。何事千百年，一名长在哉。吴越多妇人，死即藏山隈。无色固无名，丘冢宜崔嵬。惟此真娘墓，客到情徘徊。我是好名士，为尔倾一杯。我非好色者，后人无相咍。”诗人对谭铢提出的“重色”作了分析，说得既通俗又通达。

真娘墓在虎丘哪里？张祜《题真娘墓》自注：“在虎丘西寺内。”苏轼《次韵王忠玉游虎丘三首》自注：“虎丘中路有真娘墓。”正德《姑苏志》卷三十四引《图经》：“在云岩寺西南山下。”与今山道上的真娘墓，应该不在一个地方。至晚明时，真娘墓已不知所在。王思任《再上虎丘记》记天启六年，与沈、陆两友生游虎丘，沈“盛称真娘墓之妙，云真娘当日，色乃绝色，声乃绝声，技乃绝技”。陆忤之曰：“兄闻之耶？见之耶？即何不言墓乃绝墓？”思任说：“真娘墓果绝，有千人盘在可知也。”又，汤传楹《虎丘往还记》记与尤侗去虎丘，“出阊关，买一叶同载，过虎溪西，遥见满墩荒碧，磅礴水湄，芳草如裀，野花如靥，上有一松，岌然秀立。予顾而言：‘此真娘墓也，为昔人题诗处，百年之间，犬吠驴马，今尚有存者乎？’因目展成：‘此来不可无崔灏诗，使诸公阁笔，兼为一坏马鬣解秽，寄语真娘，速排云雨候新词也。’展成恍然，徘徊色动者久之，有美人黄土之恨”。

清乾隆九年春，海陵人陈鐄游虎丘，他在《重修真娘墓记》里说：“独求所谓真娘之墓，而蔓草荒烟，不可复识，心窃疑之，将毋子虚乌有，为词人之假托，非若钱塘苏小、西蜀薛涛，确有明证与。留意久之，忽于东山庙后太傅祠前溷厕中，见有断碑偃仆，拂拭其尘土而视之，则真娘之碑犹在。问之山僧顿之，云自明季兵燹之后，此碑沦弃至今。余乃缘碑而寻其墓，依稀犹存旧址焉。”“因为之重修墓土，葬残碑于穴中，树新石于旧地，覆以小亭，俾之芳魂有所栖托。”亭以石构，立“古真娘墓”四字碣，亭柱镌李祖年集吴文英词联：“半丘残月孤云，寒食相思陌上路；西山横黛瞰碧，青山频返月中魂。”这重建的真娘墓，很快就出现在图绘中，今藏欧洲木版基金会的乾隆间版画《姑苏虎丘志》，乾隆五十七年刻本《虎阜志》卷首《前山图》，均有真娘墓一景。

真娘葬在虎丘，真是幸运，因为在这名胜之地，历代游人接踵而至，感而咏者也相继不绝。虽然如今只是一亭一碣，却为虎丘生色，虎丘也为真娘延誉。如果当初将她草草掩埋，真娘之名也早就湮没无闻了。

晚近有人谈掌故，大概因为真娘艳名卓著而事迹无多，便为她敷衍了一段故事。说真娘本姓胡，父母双亡，遂落奸人之手，被卖入青楼。真娘姿色秀美清丽，又擅长歌舞诗书，每以此侍奉客人，虽在烟花丛中，却守身如玉。有王荫祥者，爱慕真娘不已，要求留宿，真娘不允，王便以银两买通鸨母，真娘无奈，便假意应允，约王明日去。王方离去，真娘即投缳自尽。是日，王来见之，大为感愧，便厚葬真娘，筑墓于虎丘，构亭其上，并立誓终身不娶。这段故事是清末无聊文人瞎编的，当不了真。但也有人居然将它当作人物故实，一本正经写到书里去，如许云樵的《姑胥》便是。

真娘之后，苏州还有一位能歌善舞的泰娘，她的故事比真娘来得曲折了，刘禹锡《泰娘歌》小引说：

“泰娘本韦尚书家主讴者。初尚书为吴郡得之，命乐工诲之琵琶，使之歌且舞。无几何，尽得其术。居一二岁，携之以归京师。京师多新声善工，于是又捐去故伎，以新声度曲，而泰娘名字往往见称于贵游之间。元和初，尚书薨于东京，泰娘出居民间，久之为蕲州刺史张愻所得。其后愻坐事谪居武陵郡。愻卒，泰娘无所归，地荒且远，无有能知其容与艺者。故日抱乐器而哭，其音焦杀以悲。雒客闻之，为歌其事，以足乎乐府云。”

《泰娘歌》咏唱了泰娘的哀怨故事：

“泰娘家本阊门西，门前绿水环金堤。有时妆成好天气，走上皋桥折花戏。风流太守韦尚书，路傍忽见停隼旟。斗量明珠鸟传意，绀幰迎入专城居。长鬟如云衣似雾，锦茵罗荐承轻步。舞学惊鸿水榭春，歌撩上客兰堂暮。从郎西入帝城中，贵游簪组香帘栊。低鬟缓视抱明月，纤指破拨生胡风。繁华一旦有消歇，题剑无光履声绝。洛阳旧宅生草莱，杜陵萧萧松柏哀。妆奁虫网厚如茧，博山炉侧倾寒灰。蕲州刺史张公子，白马新到铜驼里。自言买笑掷黄金，月堕云中从此始。安知鹏鸟坐隅飞，寂寞旅魂招不归。秦嘉镜有前时结，韩寿香销故箧衣。山城少人江水碧，断雁哀猿风雨夕。朱弦已绝为知音，云鬓未秋私自惜。举目风烟非旧时，梦寻归路多参差。如何将此千行泪，更洒湘江斑竹枝。”

歌中提到的“风流太守韦尚书”是谁，有人以为是韦应物，其实不然，安史之乱以后，刘禹锡来任苏州刺史之前，有六位姓韦的先后任苏州刺史，他们是韦黄裳、韦之晋、韦元甫、韦应物、韦夏卿、韦觊，《泰娘歌》小引既称“韦尚书”，又卒于“元和初”，则当为韦夏卿无疑。

韦夏卿，字云客，京兆万年人。大历二年中茂才异行科，授高陵主簿，累迁给事中。贞元八年坐贬常州刺史，十年改苏州刺史。十六年调任徐泗濠行军司马，未久入为吏部侍郎，又转京兆尹、太子宾客。十九年出为东都留守，永贞元年改太子太保。元和元年卒，年六十四，赠尚书左仆射，谥献。

韦夏卿任苏州刺史不久，泰娘即为其所得，那正在如花岁月，灼灼怒放，舞影轻掠水阁，歌声浮绕兰堂，不啻是韦府上的尤物。元稹是夏卿的女婿，元和四年作《追昔游》伤悼岳父，诗云：“谢傅堂前音乐和，狗儿吹笛胆娘歌。花园欲盛千场饮，水阁初成百度过。醉摘樱桃投小玉，懒梳丛鬓舞曹婆。再来门馆惟相吊，风落秋池红叶多。”诗里提到的“胆娘”，就是泰娘。李绅《过吴门二十四韵》，追忆贞元十二年初到苏州时的情景，诗中自注：“贞元中，余以布衣多游吴郡中，韦夏卿首为知遇，常陪宴席，段平仲、李季何、刘从周、綦毋咸十馀辈，日同杯酒。”李绅在韦夏卿席上，也一定见过泰娘的，可惜没有记下来。过了二十七年的大和七年，李绅重到苏州，“则当时宾客、群吏、乐徒、寺僧、里客，无一人存者，至于韦公子，凋丧略尽”。夏卿身后的凄凉，是谁也没有想到的，儿子们先后去世了，他还有一个女儿，为爱姬所生，竟然也堕落风尘，成了别人席上的歌舞伎。《云溪友议》卷上说：

“李八座翱，潭州集上有舞柘枝者，匪疾而颜色忧悴。殷尧藩侍御当筵而赠诗曰：‘姑苏太守青蛾女，流落长沙舞柘枝。满座绣衣皆不识，可怜红脸泪双垂。’明府诘其事，乃故苏台韦中丞爱姬所生之女也（夏卿之胤，正卿之侄）。曰：‘妾以昆弟夭丧，无以从人，委身于乐部，耻辱先人。’言讫涕咽，情不能堪。亚相为之吁叹，且曰：‘吾与韦族，其姻旧矣。’速命更其舞服，饰以袿襦，延与韩夫人相见（夫人，吏部之子）。顾其言语清楚，宛有冠盖风仪，抚念如其所媵，遂于宾榻中选士而嫁之也。舒元舆侍郎闻之，自京驰诗赠李公曰：‘湘江舞罢忽成悲，便脱蛮靴出绛帏。谁是蔡邕琴酒客，魏公怀旧嫁文姬。’”

韦夏卿的儿女都如此遭遇，泰娘只是一个失去故主的家妓，命运更是悲惨了。夏卿死后，她离开韦府，后又为张愻所得，张愻死了，她只能漂泊江湖，故乡相隔千山万水，自然回不得了，她心头的痛楚，又有谁能知道呢？在那避远的地方，没有人认识她，也没有人知道她的过去，然而她还是“犹抱琵琶半遮面”，虽然掩饰住她满面的泪痕，但掩饰不住她对往日繁华绮丽的伤逝，掩饰不住她对人间平凡生活的向往。

千百年来，人们并没有忘记泰娘，她的容貌，她的演艺，或许不会有人知道了，但她作为唐代苏州歌舞伎的代表，被后人记住了。苏轼《苏州闾丘江君二家雨中饮酒》有云：“唤船渡口迎秋女，驻马桥边问泰娘。”蒋捷《一剪梅》上阕云：“一片春愁待酒浇。江上舟摇。楼上帘招。秋娘度与泰娘娇。风又飘飘。雨又萧萧。”高启《忆昨行寄吴中诸故人》有云：“皋桥泰娘双翠蛾，唤来尊前为我歌。白日欲没奈愁何，回潭水绿春始波。”吴伟业《山塘重赠楚云》有云：“宣公桥畔响轻车，二月相逢约玩花。乌桕著霜还击马，停鞭重问泰娘家。”姚燮在《虎丘吊真娘墓文》中既提到真娘，也就想到泰娘：“傍幽昙之地兮，侣泰娘于泉路。”在另一个世界里，真娘和泰娘仍是一对绝色姐妹。

洪迈《容斋三笔》卷十二列举了白居易《燕子楼三首》里的眄眄，刘禹锡《泰娘歌》里的泰娘，杜牧《张好好诗》中的张好好，这样说："予谓妇人女子，华落色衰，至于失主无依，如此多矣。是三人者，特见纪于英辞鸿笔，故名传到今。况于士君子终身不遇而与草木俱腐者，可胜叹哉。然眄眄节义，非泰娘、好好可及也。"所谓"眄眄节义"，即白居易诗序说的"念旧爱而不嫁，居是楼十馀年，幽独块然"，也就是说，士大夫们可以处处寻花问柳，而对妓女则也要求"从一而终"。这一方面反映了对风月场中真实感情的向往，另一方面也体现了封建伦理道德制约的需要。

与许多官僚一样，韦应物、白居易、刘禹锡也都是苏州的"风流太守"。

李肇《国史补》卷下说："韦应物立性高洁，鲜食寡欲，所坐焚香扫地而座。其为诗，驰骋建安以还，各得其风韵。"他的诗固然寄鲜浓于简淡，但在生活的另一面却并不如此。早在天宝年间，应物就以门荫补三卫，事玄宗，扈从游宴，故也豪纵不羁。他在《逢杨开府》中自述："少事武皇帝，无赖恃恩私。身作里中横，家藏亡命儿。朝持樗蒲局，暮窃东邻姬。司隶不敢捕，立在白玉墀。骊山风雪夜，长杨羽猎时。一字都不识，饮酒肆顽痴。"及至晚年守苏州，流连歌舞声色，亦无足为怪。辛文房《唐才子传》卷四说他"风情不能自已，如赠米嘉荣、杜韦娘等作，皆杯酒之间见少年故态”。

刘禹锡亦然，范摅《云溪友议》卷中引禹锡自语：“昔赴吴台，扬州大司马杜公鸿渐为余开宴。沉醉归驿亭，稍醒见二女子在旁，惊非我有也，乃曰：‘郎中席上与司空诗，特令二乐伎侍寝。’且醉中之作，都不记忆。明旦，修状启陈谢，杜公亦优容之，何施面目也，余以郎署州牧，轻忤三司，岂不过哉。诗曰：‘高髻云鬟宫样妆，春风一曲杜韦娘。司空见惯寻常事，断尽苏州刺史肠。’”孟棨《本事诗·情感》也记道：“刘尚书禹锡罢和州，为主客郎中、集贤学士。李司空罢镇在京，慕刘名，尝邀至第中，厚设饮馔。酒酣，命妙妓歌以送之。刘于席上赋诗曰：‘鬖髾梳头宫样妆，春风一曲杜韦娘。司空见惯浑闲事，断尽江南刺史肠。’李因以妓赠之。”宋人胡仔《苕溪渔隐丛话后集》又亦记此事，惟将刘禹锡换作了韦应物。据岑仲勉先生《唐史馀瀋》考订，无论是韦是刘，“此一段故事改造，无非从苏州刺史着眼，而不知也与史实相违也”。

众所周知，说到“风流太守”，莫过于白居易。

宝历元年三月，白居易来任苏州刺史，五月到任，翌年九月罢官，十月初离开，在苏州前后不到一年半。苏州的城阙市廛、湖光山色、物产民风，在他以后的日子里念念不忘，当然连系着他和苏州感情的，还有能歌善舞、妩媚动人的苏州女子，也真是他魂牵梦绕的记忆。

白居易在苏州曾筑武丘寺路，即从阊门外到虎丘的山塘，堤上植桃柳，水中植荷莲，《武丘寺路》云："自开山寺路，水陆往来频。银勒牵骄马，花船载丽人。芰荷生欲遍，桃李种仍新。好住湖堤上，长留一道春。"武丘寺路是他在任上的主要政绩工程，故虎丘也成了他经常携妓游赏的地方。《夜游西武丘寺八韵》有云："摇曳双红旆，娉婷十翠娥。香花助罗绮，钟梵避笙歌。领郡时将久，游山数几何。一年十二度，非少亦非多。"在"娉婷十翠娥"句下自注："容、满、蝉、态等十妓从游也。"他将离任，又在虎丘设席，与一年来与他狎游的妓女饯别，《武丘寺路宴留别诸妓》云："银泥裙映锦障泥，画舸停桡马簇蹄。清管曲终鹦鹉语，红旗影动駮𩥇嘶。渐消醉色朱颜浅，欲语离情翠黛低。莫忘使君吟咏处，女坟湖北虎丘西。"他后来在洛阳回忆往事，有《忆旧游》一首寄刘禹锡，有云："长洲苑绿柳万树，齐云楼春酒一杯。阊门晓严旗鼓出，皋桥夕闹船舫回。修娥慢脸灯下醉，急管繁弦头上催。六七年前狂烂熳，三千里外思徘徊。李娟张态一春梦，周五殷三归夜台。虎丘月色为谁好，娃宫花枝应自开。赖得刘郎解吟咏，江山气色合归来。"自注："娟、态，苏州妓名。"此外，碧波荡漾的太湖，也是他携妓出游的地方。《宿湖中》云："水天向晚碧沉沉，树影霞光重叠深。浸月冷波千顷练，苞霜新橘万株金。幸无案牍何妨醉，纵有笙歌不废吟。十只画船何处宿，洞庭山脚太湖心。"又

《泛太湖书事寄微之》有云："报君一事君应羡，五宿澄波皓月中。"以画舫十只，联翩而出，一连五日五夜在湖上游泛，听歌观舞，咏唱风月，沉迷酒色，大概也算是风流潇洒的极致了。

白居易在其他地方，同样也风流潇洒。如在杭州刺史任上，稔熟的官妓有高玲珑、谢好好，两人都巧于应付，擅长歌舞。又有歌妓商玲珑，深受白居易喜欢，阮阅《诗话总龟》卷四十引《脞说》："商玲珑，馀杭之歌者。白公守郡日与歌曰：'罢胡琴，掩瑶瑟，玲珑再拜当歌出。莫为使君不解歌，听唱黄鸡与白日。黄鸡催晓丑前鸣，白日催人酉后没。腰间红绶系未隐，照里朱颜看已失。玲珑玲珑奈老何，使君歌了汝更歌。'元微之在越州闻之，厚币来邀，乐天即时遣去，到越州住月馀，使尽歌所唱之曲，即赏之。后遣之归，作诗送行兼寄乐天曰：'休遣玲珑唱我词，我词都是寄君诗。却向江边整回棹，月落潮平是去时。'"有人说，白居易和元稹曾同狎一妓，指的就是商玲珑。又据钱易《南部新书》卷五记载，白居易离杭州回洛阳，还携去一妓，后来不知何故，又将她遣回，故刘禹锡有"其那钱唐苏小小，忆君泪染石榴裙"之咏。

白居易的侍姬樊素，家妓小蛮，都艳史留名。《本事诗·事感》说："白尚书姬人樊素，善歌；妓人小蛮，善舞。尝为诗曰：'樱桃樊素口，杨柳小蛮腰。'年既高迈，而小蛮方丰艳，因为杨柳枝词以托意，曰：'一树春风万万枝，嫩于金色软于丝。永丰坊里东南角，尽日无人属阿谁。’及宣宗朝，国乐唱是词，上问谁词，永丰在何处？左右具以对之。遂因东使，命取永丰柳两枝，植于禁中。白感上知其名，且好尚风雅，又为诗一章，其末句云：‘定知此后天文里，柳宿光中添两枝。’”又，白居易《小庭亦有月》有云：“小庭亦有月，小院亦有花。可怜好风景，不解嫌贫家。菱角执笙簧，谷儿抹琵琶。红绡信手舞，紫绢随意歌。村歌与社舞，客哂主人夸。”自注：“菱、谷、紫、红，皆小臧获名也。”“臧获”是奴婢的贱称，她们在白府，教以歌舞乐器，使之各有专长，诗中所举，便有善吹笙簧的菱角，善弹琵琶的谷儿，善舞的红绡，善歌的紫绢。开成五年，白居易六十九岁，方将樊素遣出，《春尽日宴罢感事独吟》有云：“五年三月今朝尽，客散筵空独掩扉。病共乐天相伴住，春随樊子一时归。”明年又作《对酒有怀寄李十九郎中》有云：“往年江外抛桃叶，去岁楼中别柳枝。”自注，桃叶“结之也”，柳枝“樊蛮也”。

白居易还将雏妓比作“瘦马驹”，《有感三首》之一云：“莫养瘦马驹，莫教小妓女。后事在目前，不信君看取。马肥快行走，妓长能歌舞。三年五岁间，已闻换一主。借问新旧主，谁乐谁辛苦。请君大带上，把笔书此语。”这大概就是后来流行“瘦马”一词的滥觞。谢肇淛《五杂组》卷八说：“维扬居天地之中，川泽秀丽，故女子多美丽，而性情温柔，举止婉慧。所谓泽气多，女亦其灵淑之气所锺，诸方不能敌也。然扬人习以此为奇货，市贩各处童女，加意装束，教以书、算、琴、棋之属，以徼厚直，谓之瘦马。”至于张岱《陶庵梦忆》里的那篇《扬州瘦马》，则是很多人都熟悉的。

白居易不但称雏妓为“瘦马驹”，还将侍妾家妓比喻为马。据《唐诗纪事》卷三十三记载，他向裴度求良马，裴度赠之，并以一诗相戏，其中有两句：“君若有心求逸足，我还留意在名姝。”引汉人以妾换马故事。白居易《酬裴令公赠马相戏》便答道：“安石风流无奈何，欲将赤骥换青娥。不辞便送东山去，临老何人与唱歌。”由此也可看出他对这些不幸女子的态度。

对于白居易的风流，时人是颇为赞赏的，如刘禹锡《乐天寄忆旧游因作报白君以答》有云：“座中皆言白太守，不负风流向杯酒。酒酣擘笺飞逸韵，至今传在人人口。”及至宋代，人们便认为他能做得“风流太守”也是时代使然。龚明之《中吴纪闻》卷一说：“可见当时郡政多暇而吏议甚宽。使在今日，必以罪去矣。”范成大《吴郡志》卷五十也说：“虽白公风格高迈，好事不窘束，亦当时文法网疏，不以为怪。古今时异事异，有如此者。”时代既不同，社会风尚，官场习俗，道德意识，生活方式，也都有所不同，评说历史人物，实在也不能离开他所处的时代。

由白居易，我又想起范仲淹。北宋景祐三年，范仲淹出知饶州，创庆朔堂，于妓籍中见一小鬟，颇为属意，离去以后，不能忘怀，便寄诗给魏介，诗云：“庆朔堂前花自栽，便移官去未曾开。年年长有别离恨，已托春风干当来。”魏介得诗后，便将那小鬟买下送给范仲淹。此事见吴曾《能改斋漫录》卷十一记载，并称“今州治有石刻”。姚宽《西溪丛语》卷下还补述了一个细节，说范仲淹抵京后，“以绵胭脂寄其人，题诗云：‘江南有美人，别后长相忆。何以慰相思，赠汝好颜色。’至今墨迹在鄱阳士大夫家”。俞文豹《吹剑录外集》对范仲淹这个恋妓故事，有一段辨白：“王衍曰：‘情之所锺，正在我辈。’以范公而不能免。慧远曰：‘顺境如磁石，遇针不觉合。’为一处无情之物尚尔，况我终日在情里做活计邪。张衡作《定情赋》，蔡邕作《静情赋》，渊明作《闲情赋》，盖尤物能移人情，荡则难反，故防闲之。”

这也是时代使然，不但无以为怪，也无损于范仲淹的历史地位，反而会让人觉得这个高居庙堂之上的人物，并不是一尊泥塑或石雕的偶像，而是充满了人情味，变得鲜活灵动起来。

由此我又想起吴处厚在《青箱杂记》卷八里说的话：“文章纯古，不害其为邪；文章艳丽，亦不害其为正。然世或见人文章铺陈仁义道德，便谓之正人君子；若言及花草月露，便谓之邪人，兹亦不尽也。”文章固然如此，即使历史人物本身，正与邪的分别，大概也不能以醇酒妇人作界限吧。

花石

说起花石纲，得从宋徽宗赵佶营造宫苑说起。

徽宗的昏庸和风流，既是史鉴，又是笑话。他崇尚道教至于痴迷的程度，兴建道观，设置道职，搜辑道典，任信道士，甚至自称“教主道君皇帝”；他虽有天子之尊，却喜好微服出入花街柳巷，所谓“轻车小辇，七赐临幸”，与李师师的缱绻故事，因《水浒》戏文小说而妇孺皆知；他又酷爱书画，凡画无不精工极妍，书法则创“瘦金体”，还将画院置书院之上，广事收藏，开科取士，下题有如“踏花归来马蹄香”之类。他那有功夫来临朝听政，便将天下交给蔡京他们去治理。既有圣上宠异，蔡京等肆无忌惮，排斥异己，变乱新法，蠹国害民，天下不得安宁，终于断送了赵宋半壁江山。徽宗也于靖康二年与钦宗赵桓一起，被金人掳去，最后凄惨地死于金国腹地的偏僻小镇五国城。

竭天下以自奉，徽宗是不惜一切的。早在崇宁元年，便命宦官童贯在平江、杭州分设造作局，专门制作宫廷器用，有牙角、犀玉、金银、竹籐、装画、糊抹、雕刻、织绣诸色工匠数千人，而所需材物均由民间科配。崇宁四年，又在平江设苏杭应奉局，由朱勔主事，搜罗民间奇花异石等珍稀物品，运往京城，作营造宫苑之用。因运输都用漕粮船队，每十船组成一纲，故称花石纲。元好问《陈德元竹石》云："万石纲船出太湖，九州膏血一时枯。阿谁种下中原祸，犹自昂藏入画图。"两浙及运河沿岸百姓深受其害，青溪方腊率众造反，便以诛杀朱勔为名，徽宗只好撤应奉局，停花石纲。但宣和三年三月方腊之乱平定，闰五月即诏复应奉局。直到宣和七年十二月，金兵南下，悬军深入，逼近京城，徽宗才下罪己诏，撤罢花石纲及内外制造局。

花石纲前后实施二十年，这些花石遍布京城内外的宫苑，《宣和遗事》前集有比较详细的记载，不妨引录数节。

政和二年四月，蔡京、蔡攸父子允准入内苑游观。"东入小花径，南度碧芦丛，又东入便门，至宣和殿，只三楹，左右掖亦三楹，中置图书、笔砚、古鼎彝、罍洗，陈几案、台榻。东西庑侧各有殿，亦三楹。东曰琼兰，积石为山，峰峦间出，有泉出石窦，注于沼。北有御札静宇，榜梁间以洗心涤虑。西曰凝芳，后曰积翠，南曰琼林。北有洞曰玉宇，石自壁隐出，崭岩峻立，奇花异木，扶疏茂密。后有沼曰环碧，两傍有亭曰临漪、华渚；沼次有山，殿曰云华，阁曰太宁，左右蹑道以登。中道有亭曰琳霄、垂云、骞凤、层峦，百尺高峻，俯视峭壁攒峰，如深山大壑。次曰会春阁，下有殿曰玉华。前殿之侧，有御笔榜曰三洞琼文之殿，以奉高真，有种玉绿云轩相峙”。

政和三年九月，“葆和殿成，上饰纯绿，下漆以朱，无文藻绘画五彩，垣墉无粉泽，浅墨作寒林平远禽竹而已。前种松、竹、木犀、海桐、橙、橘、兰、蕙，有岁寒、秋香、洞庭、吴会之趣。后列太湖之石，引沧浪之水，陂池连绵，若起若伏，支流派别，萦纡清泚，有瀛州、方壶、长江、远渚之兴，可以放怀适情，游心玩思而已”。

政和四年，“延福宫成。旧有延福宫，祖宗以为燕会之所，而制不甚广。时蔡京欲以宫室媚上，一日召内侍童贯、杨戬、贾详、何诉、蓝从熙，讽以禁中逼窄之状。五人听命，乃尽徙内酒坊诸肆，又迁二僧寺并军营于他所。五人者，既有分地，因各出新意，故号五位。五位既成，楼阁相望，引金水天源水，筑土山其间，奇花怪石，岩壑幽胜，宛若生成”。

政和六年二月，“上清宝箓宫成。浚壕深水三丈，东则景龙门桥，西则天波门桥。二桥之下，垒石为固，引舟相通，而桥上人物往还不觉，名曰景龙外江。江之外，则有鹤庄、鹿砦、文禽、孔雀诸栅，多聚远方珍怪蹄尾，动数千，实之。又为村居、野店、酒肆、青帘于其间。每岁冬至后即放灯，自东华以北，并不禁夜。从市民行铺夹道以居，纵博群饮，至上元后乃罢，谓之先赏。后又辟之，东过景龙门，至封丘门”。

在诸多宫苑中，最具规模的，莫过于艮岳，它的建造过程，也是花石纲制度最后的辉煌，可以多说几句。

徽宗接位之初，皇嗣未广，道士刘混康上奏，说京城东北隅地势稍低，若使之高大，则当有多男之喜。徽宗听信其言，诏令增筑数仞，已而后宫果然生子渐多，为此徽宗愈发崇信道教了。到了政和七年，徽宗又命户部侍郎孟揆于上清宝箓宫东增筑冈阜，取象馀杭凤凰山。时从役者散军万人，构筑楼观台殿，点缀花木奇石，雄瑰伟丽，于斯极矣。《易·说卦》称“艮为山”，又“艮，东北之卦也”，因山在国之艮方，故称艮岳，又称华阳宫，京城百姓则称万岁山。关于艮岳的文献记载很多，主要有徽宗御制《艮岳记》、蜀僧祖秀《华阳宫记事》等，篇翰皆冗长，今据明人李濂《汴京遗迹志》卷四所记之“艮岳寿山”摘抄于下：

“周回十馀里，其最高一峰九十步，上有介亭，分东西二岭，直接南山。山之东有萼绿华堂、书馆、八仙馆、紫石岩、栖真磴、览秀轩、龙吟堂。山之南则寿山两峰并峙，有雁池、噰噰亭。山之西有药寮、西庄、巢云亭、白龙沜、濯龙峡，蟠秀、练光、跨云三亭，罗汉岩。又西有万松岭，岭畔有倚翠楼，上下设两关，关下有平地，凿大方沼，沼中作两洲，东为芦渚浮阳亭，西为梅渚雪浪亭。西流为凤池，东出为雁池，中分二馆，东曰流碧，西曰环山，有巢凤合、三秀堂，东池后有挥雪亭。后由磴道上至介亭，亭左有极目亭、萧森亭，右有丽雪亭、半山亭。北俯景龙江，引江之上流注山涧。西行为漱琼轩，又行石间为炼丹、凝真观、圜山亭，下视江际，见高阳酒肆及清斯阁。北岸有胜筠庵、蹑云台、消闲馆、飞岑亭。支流别为山庄，为回溪。又于南山之外为小山，横亘二里，曰芙蓉城，穷极巧妙。而景龙江外，则诸馆舍尤精。其北又因瑶华宫火，取其地作大池，名曲江，池中有堂曰蓬壶，东尽封丘门而止。其西则自天波门桥引水直西，殆半里，江乃折南，又折北。折南者，过閶阖门，为复道，通茂德帝姬宅。折北者四五里，属之龙德宫。既成，帝自为《艮岳记》，以山在国之艮位故也。岳之正门，名曰阳华，故亦号阳华宫。”

至靖康元年闰十一月，金兵占领青城，开始进攻京城的朝阳门、宣化门，城中百姓如潮水般涌入艮岳，蜀僧祖秀亦随人流而往，他在《华阳宫记事》里说：“靖康元年闰十一月，大梁陷，都人相与排墙，避虏于寿山艮岳之巅。时大雪新霁，丘壑林塘粲若粉本，凡天下之美，古今之胜在焉。祖秀周览累日，咨嗟惊叹，信天下之杰观，而天造有所未尽也。”祖秀特别提到那里的奇峰异石，其最著名者，“以神运昭功敷庆万寿峰，而名之独神运峰，广百围，高六仞，锡爵盘固侯”。“又有大石二枚，配神运峰，异以居以压众石，作亭庇之。置于环春堂者，曰玉京独秀太平岩峰；置于萼绿华堂者，曰卿云万态奇峰”。故祖秀说：“括天下之美，藏古今之胜，于斯尽矣。”

当时，大雪盈尺，天寒地冻，涌入艮岳的百姓冻馁交迫，就斫伐树木，拆毁木窗，作为取暖之薪。《宋史·地理志一》说：“及金人再至，围城日久，钦宗命取山禽水鸟十馀万，尽投之汴河，听其所之；拆屋为薪，凿石为炮，伐竹为笓篱；又取大鹿数百千头杀之，以啗卫士云。”祖秀《华阳宫记事》说：“明年春，复游华阳宫，而民废之矣。元老大臣所为图书、诗、颂、名记，人厌之，悉斧其碑，委诸沟中。至于华木竹箭，宫室台榭，寻为民所薪，同宇宙而长存独寿山艮岳。”作为旷世伟观的艮岳，仅存十馀年，便与北宋政权一起毁灭于民族灾难之中。

营造艮岳，自然是徽宗的旨意，而奉旨去主持其事的人，就有好几个，祖秀《华阳宫记事》举例说：“善致万钧之石，徙百年之木者，朱勔父子也；善理百工之绝艺，辨九州之之珍产者，阉人梁师成也；奉人君之嗜好，忽天下之安危者，宰执王黼辈也。”王黼无须多说，以奇技淫巧为身谋，乃小人误国的典型。梁师成是全面主持艮岳工程，张淏《艮岳记略》称徽宗“命宦者梁师成专董其事”，徽宗《艮岳记》开篇即予表彰：“师成博雅忠荩，思精志巧，多才可属。”朱勔父子则是最大的材料“采购商”，为营造艮岳立下汗马功劳。至于效法朱勔父子的花石纲承办者，那就更多了，洪迈《容斋续笔》卷十五说：“宣和间，朱勔挟花石进奉之名，以固宠规利。东南部使者郡守多出其门，如徐铸、应安道、王仲闳辈济其恶，豪夺渔取，士民家一石一木稍堪玩，即领健卒直入其家，用黄封表志，而未即取，护视微不谨，则被以大不恭罪，及发行，必撤屋决墙而出。人有一物小异，共指为不祥，惟恐芟夷之不速。杨戬、李彦创汝州西城所，任辉彦、李士渙、王浒、毛孝立之徒，亦助之发物供奉，大抵类勔。”

艮岳之建，如同吴王姑苏台、秦皇阿房宫，乃劳民伤财之举，与之相联系的花石纲，更殃祸东南二十年。正谊斋编集《宋史笔断》卷八分析说：“徽宗取败之道，固始于蔡京‘丰亨豫大’之对，然致天下之骚动，戎虏之凭陵，而身不能守其宗社者，皆由朱勔花石纲之运有以促亡之耳。”

朱勔是平江府吴县人，出身陋巷人家。他的父亲朱沖，早年贫寒贱微，为人帮佣，因为性格梗悍不驯，抵罪鞭背，被主人逐出，他只好走街串巷以叫卖杂货为生。赵彦卫《云麓漫钞》卷七说：“朱勔之父朱沖者，吴中常卖人。（方言以微细物博易于乡市中自唱，曰常卖。）一日至虎丘，主僧听其声，甚惊，出视之，但见憩于庑下，延之，设茶，语以他日必贵。自是，主僧颇周给济之。”据说，朱冲在走街串巷时，遇到一位异人，给他了一点银子和一本药方，他便设肆卖药。说也奇怪，他家的药，病人服后每每见效，于是驰名城乡，生意很是兴隆。朱冲有了钱，就有点忘乎所以，行为不检起来，不知为了什么，又两次遭受徒刑。他从中吸取教训，懂得应该笼络人心，交结权贵。龚明之《中吴纪闻》卷六说："每遇春夏之交，即出钱米药物，募医官数人，巡门问贫者之疾，从而赒之。又多买弊衣，择市妪之善缝纫者，成衲衣数百，当大寒雪，尽以给冻者。诸延寿堂病僧，日为供饮食药饵，病愈则已。”这样一来，他的乐善好施就遐迩皆知了。

就在这时，哲宗赵煦驾崩，赵佶承统，即徽宗，改元建中靖国。那时蔡京为学士承旨，徽宗对他印象不佳，将他罢为端明殿、龙图阁学士，出知太原，他不肯到任，再改知江宁，又不肯到任，御史们便交论其恶，被夺职，贬馀杭洞霄宫提举。这只是一个照看道教香火的闲差，蔡京自然怏怏不乐。杭州距平江不远，他就坐船来到虎丘寺，大概想祈祷佛祖保佑，发愿建一座佛阁，然而计算下来，化费钜万，那主僧便对他说，如果要募缘做这件事，非朱冲不可。蔡京就找到郡守，郡守再找到朱冲，蔡京对朱冲说了自己的想法，朱冲一口应承。过了几天，朱冲请蔡京到寺中，只见大木数千株已积于庭下。蔡京大惊，不由暗暗佩服朱冲的才能。再过几天，朱冲就领着朱勔去驿馆拜谒蔡京，蔡京便将朱勔收在门下，作为小厮差遣。

没想到，只过了几个月，由于童贯、范致虚、徐知常等向徽宗推荐，蔡京又复起用，先知定州，崇宁元年徙大名府，再复擢为学士承旨。徽宗出于政治需要，决定更加重用蔡京，崇宁二年正月进左仆射。蔡京复出，朱冲父子便时来运转了。

对蔡京来说，朱冲父子是自己落难时投靠来的，也就格外照应。先是让童贯将他们编置军籍，以军功补官，又将徽宗对奇花异石的爱好告诉他们，嘱咐密取珍异者进贡，作为进身之阶。朱冲父子第一次进贡，仅黄杨三株，徽宗见了竟然十分开心。至崇宁四年，在平江置苏杭应奉局，大概这时朱冲年纪已老，便让朱勔来主持。开始时，花石进贡一年不过三次，贡物也仅五七品，随着京城宫苑兴建规模的越来越大，进贡便岁岁增加，至政和年间则长年不断了，在运河、淮水、汴水上，舳舻相继衔接，日夜不绝，直抵京城。本来江淮发运司于真、扬、楚、泗都设转般仓，纲运兵丁各据地分，不相交越。由于载运花石任务繁重，还得用新船，将馀下的破船旧船者载运漕粮，于是转般仓制度逐渐废弛，粮运因此不继，以至于京城禁军也出现了粮食匮乏的情况。

每次发运花石纲，动辄数百万贯。为寻得奇花异石，搜岩剔薮，无所不到，即使在坟墓间的，也尽皆发掘。看到士庶人家有稍堪玩赏的一花一木，便用黄帕遮覆，指为御前之物，不能及时运走，便令这家主人悉心保护，稍有不谨，即以“大不恭”处罪。这样一来，士庶人家都将园圃里稍异常品的花石，视为不祥之物，惟恐引来灾祸。发运花石纲，称为“神运”，不但用漕粮纲船，还征用商船市舶；纤夫以广济四指挥所属两千兵丁为主，还大量征用民工。据《宣和遗事》前集记载，“人家有一丁，著夫一名，两丁著夫两名，民不聊生，两河岸边，死丁相枕，冤苦之声，号呼于野”。往往一花费数千贯，一石费数万缗。特别是高广数丈的太湖石，载运更是困难，将巨舰装载，用千夫牵挽，所经州县，凡不能过，便破水门，拆桥梁，毁堤岸，凿城垣，由江南至京城，数月乃至。因为太湖石玲珑易损，载运时便采用泥裹的办法，周密《癸辛杂识》前集说：“艮岳之取石也，其大而穿透者，致远必有损折之虑。近闻汴京父老云，其法乃先以胶泥实填众窍，其外复以麻筋、杂泥固济之，令圆混。日晒，极坚实，始用大木为车，致放舟中。直俟抵京，然后浸之水中，旋去泥土，则省人力而无他虑。”可见也是想方设法，悉心护视，惟恐稍有闪失。

平江是朱勔的家乡，但他并无桑梓之情，反倒更加横征暴敛。张邦基《墨庄漫录》卷二说：“宣和癸卯，平江朱勔采石太湖鼋山，得一石，长四丈有奇，广得其半，玲珑嵌空，窍穴千百，非雕刻所能成也；并郡宅后池光亭台上白公桧，世传白乐天手植也，创造二大舟，费八千缗以献。时常、润间，河渠浅涩，重载不前，乃先绘图以闻，宸翰赐石名‘神运昭功敷庆万年之峰’。时人莫不目击，余时初至吴中，亦获一观，是秋方至京师，置于艮岳。”又，卷五说：“平江自朱勔用事，花木之奇异者，尽移供禁籞，下至墟墓间珍木，亦遭发凿。山林所馀，惟合抱成围，或臃肿樗散者，乃保天年。”

就这样，朱勔借着进奉花石飞黄腾达，官至宁远军节度使、醴泉观史。徽宗对朱勔极宠爱，常有亲近的表示，朱勔以为荣耀且骄示于人。赵彦卫《云麓漫钞》卷七说：“勔所衣锦袍，云徽宗尝以手抚之，绣御手于袍上。”陆友仁《吴中旧事》说：“朱勔尝豫内宴，徽宗亲握其臂与语，勔遂以黄帛缠之，与人揖，不举此臂。”朱勔的巧取豪夺，编拦搜括，也是必然的事，王明清《玉照新志》卷三说：“勔之田产跨连郡邑，岁收租课十馀万石，甲第名园几半吴郡，皆夺士庶而有之者。居处园第悉拟宫禁，服食器用上僭乘舆，建御容殿于私家。在京则以养种园为别业，徙民居以为宅所。占官舟兵级月费钱粮，供其私用。”朱勔诸子弟侄也多与帝族结姻，一门尽为显官。《墨庄漫录》卷五说：“宣和间，朱勔应奉进为节度使。子汝贤，广阳军承宣使；汝功，静江军承宣使；汝文，阁门宣赞舍人。弟勣，阁门宣赞舍人。汝翼，朝奉大夫，直龙图阁；汝舟，明州观察使；汝楫，华州观察使；汝明，荥州刺史。孙絺、绎、约、绚、纬、绶，并阁门宣赞舍人；绰、绅，并阁门祇候。一时轩裳之盛，未之有也。”甚至连朱家奴仆也服金带、银带。陆游《老学庵笔记》卷一记下了当时的谣谚：“金腰带，银腰带，赵家天下朱家坏。”当朱勔盛时，声焰熏灼，每由京城回乡，辄称降御香，舟张锦帆，郡县鼓吹迎送。平江的朱勔府邸，大小官吏趋之若鹜，东南地方的郡守几乎都出其门下，甚至有人称是“东南小朝廷”。

朱勔使唤的，也都是如狼似虎之辈，像水泊梁山忠义堂上的不少人，在落草前都在他的麾下，《宣和遗事》前集说：“先是朱勔运花石纲时分，差着杨志、李进义、林冲、王雄、花荣、柴进、张青、徐宁、李应、穆横、关胜、孙立十二人为指使，前往太湖等处，押人夫搬运花石。”即使纲船上的篙工、柁师也倚势贪横，不将州县官吏放在眼里。

朱勔的飞扬跋扈，也是可以想见的。《宋史·朱勔传》说：“园池拟禁籞，服饰器用上僭乘舆。又托挽舟募兵数千人，拥以自卫。子汝贤等召呼乡州官寮，颐指目摄，皆奔走听命，流毒州郡者二十年。”然而并非所有人都被朱勔的淫威所震慑，据《中吴纪闻》卷五记载，平江知府贾公望，憎恶朱勔父子窃弄权，愤然作诗曰：“倏忽向六十，萍蓬无奈何。丹心犹奋迅，白首分蹉跎。正直士流沙，倾邪朋类多。阳光一销铄，不复见妖魔。”当时朱勔之子朱汝贤为浙西路分司，有赐带之宠，贾公望亦同时衣金紫服，某日相见，朱之护弁见他竟然也穿着与主子同样品级的章服，不由多看了几眼，贾公望便厉声叱道："此是年及得来，非缘花石之故。"朱勔得知后，怀恨在心，屡进谗言，罢了贾公望的官。

朱勔盛时，矫诏在家乡扩建园墅，将盘门内孙老桥东西四至的壤地庐室，全部占为己有，拆迁百馀家，并限五天内徙出，郡吏逼逐，居民嗟哭于道，但也无可奈何。园墅建成后，朱勔题名"同乐"，占地极广，珍木异石，崇台高榭，为一时丽观。因朱勔父子俱建节钺，园中有双节堂；因徽宗崇奉道教，园中有神霄殿，供奉青华帝君，即太乙救苦天尊；又有一殿供奉徽宗御容，凡监司、郡守每月初一、十五必趋拜庭下。《宣和遗事》前集称其"即所居创一圃，林泉之胜，二浙无比"，且有诗咏道："神霄新殿耸云端，像塑青华带道冠。竭力劳民运花石，不堪炮石碍游观。"园中还有显忠阁、迷香楼、九曲桥、八宝亭、十八鱼池等，尤以牡丹之盛闻名。《中吴纪闻》卷六说："盘门内有园极广，植牡丹数千本，花时以缯彩为幕帟覆其上，每花标其名，以金为标榜，如是者里所。园夫畦子艺精种植及能叠石为山者，朝释负担，暮纡金紫，如是者不可以数计。圃之中又有水阁，作九曲路入之，春时纵妇女游赏，有迷其路者，老朱设酒食招邀，或遗以簪珥之属，人皆恶其丑行。"可见那时朱冲还活着，年虽老而色心尚存，常以酒食、簪珥等引诱游春女子。

另外，朱勔还占阊门内北仓为己有，辟为养植园，栽盆花数千，并有两丈高的太湖石巨峰六七座。

朱冲之死，约在宣和五年，落葬居然还用人殉，《吴中旧事》说："朱勔之葬其父，盛饰一女奴、一僮以殉之。僮奴不知其死也，忻忻然从柩而入圹。"这样的残忍，真是天怒人怨。《墨庄漫录》卷三说："朱勔丧父，作黄箓醮，请茅山道士陈赤夷字彦真拜章。回，得报应。但见金甲神人杖剑叱云：'朱勔父子罪恶贯盈，上天不赦，汝焉得为拜章。'彦真不敢言于勔，私为亲密者道。不逾三年，勔果败。"朱冲死后不到三年，朱勔便被罢黜了。

宣和七年十二月，徽宗下诏内禅，自称教主道君，退居龙德宫，太子赵桓即位，是为钦宗。这时，太学生陈东伏阙上书，历数"六贼"之罪："蔡京坏乱于外，梁师成阴贼于内，李彦结怨于西北，朱勔结怨于东南，王黼、童贯又从而结怨于金敌，遂使天下之势危如丝发。"乞诛之，以谢天下。关于朱勔的一段指控如下：

"曩时清溪之寇，实由朱勔父子渔夺东南之民，结怨数路，方腊一呼，四境响应，屠割州县数十，杀戮吏民，动伤万计，天下骚然，弥岁不已，皆朱勔父子所致，生民何辜。按勔父子皆曾犯徒杖脊，始因贿事蔡京，夤缘入仕；交结阉寺，遂致超显。招权怙势，气焰可炙。出入禁闼无时，而卫士莫敢呵止；侵移内帑无数，而有司不得会计。其所请钱，号为收买花石进奉之物，其实尽以入己，自初至今，不知其几千万数。父子每以勾当公事为名，多挟官舟往来淮浙，兴贩百端，骚动数路，蔑视官吏，仅同奴仆。所贡物色，尽取于民，四散遣人，尽行搜括，士庶之家一花一石，坟墓之上一松一柏，辄用黄纸缄题，以充进贡。撤民屋庐，削民冢茔，幽明受祸，所在皆然。甚者深山大泽，穷崖断谷，江湖危险，人迹不可到之地，苟有一花一石实生其间，必作威福，逼胁州县，期于必取。间有不可力致而官吏申白者，辄大怒，詈以不奉上之名归之。官吏畏惧此名，不免驱动百姓，极力攻凿，得而后已。由是致人颠踣陷溺，以陨其身者，不知其数。东南之民，怨入骨髓，欲食其肉。”（据《少阳集》卷一《登闻检院上钦宗皇帝书》）

靖康元年春，朱勔被罢放归。王明清《玉照新志》卷三说：“其假道泗州也，遽蔽船门，惟恐人知之，亦无面以见人。”当消息传到平江，有黄发勾者，素与朱家有怨，天色黎明，即冲入同乐园，将他们一家驱赶出来，连妇女孩童也都流落街头，因为朱家作恶多端，闾巷小民之家也不肯收留。接着，无赖贫民就入园哄抢，没几天，这座规模宏大、构筑精美的园林，便成为一片废墟。园中的牡丹，都斫折为薪柴；厅堂廊屋悬挂的牌匾，也以每块三钱的价格出卖。等到官府前来查抄时，园中只剩下难以搬动的奇峰异石了，有的高大玲珑，与神运峰石不相上下，估官准备没收后再作为进贡，主办人黄策不同意，一方面移文于郡，另一方面命将这些峰石全部击碎。同僚不敢承担责任，问："宫禁设复取索，奈何？"黄策答："花石纲为东南巨蠹，其可复以蛊上心耶？策宁忘躯，不忍存古，万一达听，愿独当重辟，迄亦无他。"养植园里的花石，也被毁碎殆尽。

朱勔的恶行，开始清算了。《宋史·朱勔传》说："凡由勔得官者，皆罢。籍其赀财，田至三十万亩。言者不已，羁之衡州，徙韶州、循州，遣使即所至斩之。"朱勔诛死循州，其家人也被流放到东南的海岛上。《中吴纪闻》卷六记下了当时流传的两首谑词，一首唱道："做园子，得数载，栽培得那花木，就中堪爱。特将一介保义酬劳，反做了今日殃害。诏书下来索金带，这官诰看看毁坏。放牙笏便担屎担，却依旧种菜。"另一首唱道："叠假山，得保义，幞头上带着百般村气。做模样偏得人憎，又识甚条制。今日伏惟安置，官诰又来索气。不如更叠个盆山，卖八文十二。"过了许多年，朱勔的后代回到苏州，居住在虎丘山塘一带，以种艺叠山为业，或游于富贵门第，为之叠石布置；或莳养树石盆景，供人案头清供，苏人俗呼为"花园子"。有些贫困的，便一年四季挑着花担，去郡城街巷兜卖，聊以糊口。

花石进奉，因金兵南下戛然而止，不少奇石，就遗落下来。据周煇《北辕录》记载，淳熙四年，张子政充贺金国生辰使北上，"自过泗地，皆荒瘠，两岸奇石可爱，或云花石纲所弃者”。这些奇石当时就在北运的纲船上，押送官兵知道京城吃紧，且已罢免花石进奉，便就地遗弃，各自逃命去了。江南一带，遗落就更多了，文人士大夫就用它来造园。

客观地说，在中国园林史上，朱勔等人的花石进奉，推动了太湖石在造园中的运用。周密《癸辛杂识》前集说：“前世叠石为山，未见显著者。至宣和，艮岳始兴大役，连舻辇致，不遗馀力。其大峰特秀者，不特侯封，或赐金带，且各图为谱。然工人特出于吴兴，谓之山匠，或亦朱勔之遗风。盖吴兴北连洞庭，多产花石，而卞山所出，类亦奇秀，故四方之为山者，皆于此中取之。浙右假山最大者，莫如卫清叔吴中之园，一山连亘二十亩，位置四十馀亭，其大可知矣。然余生平所见秀拔有趣者，皆莫如俞子清侍郎家为奇绝。盖子清胸中自有丘壑，又善画，故能出心匠之巧。峰之大小凡百馀，高者至二三丈，皆不事饾饤，而犀珠玉树，森列旁午，俨如群玉之圃，奇奇怪怪，不可名状。”

至明代造园之风更盛，黄省曾《吴风录》说：“自朱勔创以花石媚进建节钺，而太湖石一座得银碗千，役夫赐郎官金带，石封为盘固侯，垒为艮岳。至今吴中富豪竞以湖石筑峙奇峰阴洞，至诸贵占据名岛，以凿琢而嵌空妙绝，珍花異木，错映阑圃，虽闾阎小户亦饰小小盆岛为玩，以此务为饕贪，积金以充众欲。”

至于当年花石纲的遗石，被视作难得的古物，为造园家所珍视。张岱《陶庵梦忆》卷二说："越中无佳石。董文简斋中一石，磊块正骨，窋窕数孔，疏爽明易，不作灵谲波诡，朱勔花石纲所遗，陆放翁家物也。文简竖之庭除，石后种剔牙松一株，辟咡负剑，与石意相得。"苏州的花石纲遗石更多了，如狮子林的不少奇石，相传都是当年未及启运而留下的，宋亡后寺僧造园，用以构筑景观。在今存花石纲遗石中，最有名气的是瑞云峰，俗称小谢姑，乃朱勔采自洞庭西山。徐树丕《识小录》卷三说：

"瑞云峰，出自西洞庭，为朱勔所采，上有'臣朱勔进'四字，会靖康乱，未进，弃诸河滨云。先王母之祖陈司成公，讳霁，家于吴县横泾之上堡，治第宏壮，按经藏数，凡五千四百八十间。堂前峰石五座，其最巨者曰瑞云，层灵叠秀，挺拔云际，诚巨观也。青鸟家或言类火形，不利宅主，遂断去六七尺，犹高三丈馀。初，司成公采自西洞庭，渡河舟坏，沉一石，并沉一盘，百计不能起。土人云，以泥筑四面成堤，用水车车水令干。凡用千有馀工，石始出，盘竟弃，不能举。其后归之湖州董宗伯份，舁石至舟。或教以捣葱叶覆地，地滑省人力，凡用葱万馀斤，南浔数日内葱为绝种。载至前坏舟处，石无故自沉，乃从湖心四面筑堤，如司成沉石时，筑岸成堤，架木悬索，役作千人，百计出之，乃前所沉石盘，非峰也；更募善泅者，摸索水底，得之一里之外，龙津合浦，始为完璧。咸怪异，以为神。计司成公沉石时，恰甲子一周。会宗伯罢官，遂讫宗伯之世，置而未垒者二十馀年。家冏卿，讳泰来，宗伯婿也，载以归吴之下塘，所坏桥梁不知凡几。未几，冏卿捐馆，五峰高卧深林茂草中复四十年。冏卿子中翰竟起之，不逾年而中翰死，相传以为不祥之物云，至今犹树于东园废圃。”

这座瑞云峰，明初为陈霁所得，舟载过太湖，底座沉没，仅存其峰，旋为董份所得。徐泰来为董份之婿，遂由湖州运载苏州，过太湖时，行舟倾覆，全力挽之，底坐与峰俱出，后置于徐氏东园（今留园址）。这个神奇故事流传很广，袁宏道《园亭纪略》、张岱《陶庵梦忆》等均有记载。清乾隆四十四年，瑞云峰由东园废址移迁织造署西行宫花园（今第十中学址）内，至今尚存。

再来说说朱勔的同乐园，它的兴衰，正是朱勔父子的兴衰。清人袁学澜《苏台揽胜词》卷二《同乐园》，小序说：“勔以花石纲得幸，当时园夫畦子，能精造植，及叠石为山者，释担即纡金紫。后勔败，虚其圃，牡丹皆摧为薪，今俗犹称朱家园云。”诗云：“谷雨名花万树香，楼台九曲水中央。彩棚红映金牌字，御笔黄封花石纲。酒食春邀迷路女，诰书荣到盖园郎。一朝事去成荒圃，种菜人来话夕阳。”

靖康元年，同乐园被籍没。过了四年的建炎四年二月，金兵陷落平江，城池几乎全毁，那园子亦废圮了。绍兴二年，这一荒园被高宗赵构赐给孟忠厚。忠厚之妹，即哲宗赵煦孟皇后，也就是隆祐太后。金兵退事，张邦昌迎太后听政，由忠厚持书交康王赵构，赵构即位，便授忠厚徽猷阁待制。正由于他和赵构有这层特殊关系，处处得到照应。这处荒园虽为忠厚所有，但那时兵荒马乱，他又宦游未定，只在晚年授保宁军节度使，判平江府，住在闾丘坊巷的藏春园，时间很短，不可能去做修葺的事。

元至正中，同乐园废地为庐山陈惟寅、惟元兄弟所得，重新构筑，取杜诗“名园依绿水”句，改名绿水园。高启是园中的常客，曾遍咏园景，《绿水园杂咏序》说：“吴城西南陬有曰朱家园者，父老言宋朱勔故墅也，庐山陈惟寅氏得之，更名绿水，以园中有池，且用杜子美诗语也。其林沼亭轩，亦各有扁焉。近虽颇废，然宽闲幽胜，犹可以钓游而啸歌。惟寅以余往来其中最熟，求遍咏之。噫，当勔以倖贵时，穷尚豪侈，园中之珍木异石，崇台峣榭，固当百倍于此，文人词客为之称美而夸咏者亦多矣，今皆迹灭响沉，无复可睹。惟寅虽穷居隐约，而能以诗书世其业，笃于孝友，其清德雅操，固可以蔑视勔矣，则余为之执笔，亦可以无愧焉。因不复辞，且庶几或传，使父老知园之更名绿水者，自惟寅始也。诗凡十六篇。”绿水园或只是同乐园的一隅，重构亭榭楼阁，补置花石树木，凡有十六景，今仅知有来鸿轩、清泠阁、萝径、茶轩。

至晚明，绿水园故址为张世伟所得。世伟字异度，吴江人，万历四十年举人，累上公车不第，巡抚张国维、巡按祁彪佳荐举孝廉方正，力辞不就，而正色直辞，力持清议，与文震孟、姚希孟、周顺昌、朱陛宣称“吴门五君子”。世伟得园于万历四十二年，重加修葺，改名泌园。今存崇祯十一年刻本《张异度先生自广斋集》十六卷，卷一有《泌园记》，对园宅的布置和景观，作了详细描述，占地约二十亩，有穆如堂、尊闻馆、自广斋、荫室、东池、西池、梅园等，竹木花果，短垣小涧，足可流连。《泌园记》最后说：“余年七十有一矣，所遇无故物，所交无故人，块坐一园中，安能不操笔述之乎。若平泉花木，不以假人，千古笑其不达。即今二十五年中，有时游鱼出没，出手钓四十九枚，有时桃花烂若蒸霞，有时池荷日开百枝，有时沃绿盈畴，梅花下遍设饮席，转眼间今皆无有，他可知也，然则今日之池台亭馆，其又可保耶。”由此可见主人的通达。

云烟飞掠，沧桑瞬变，以后情状无可细说，但苏州人仍称那里为朱家园。

至民国初年，朱家园已无复园池胜概，小巷逶迤曲折，民居鳞次栉比，宋元遗迹早已荡然无存，但在那瓦屋垒堆之中，还有一点清初的旧构，或数百年的老树、古井、园池。一九一八年，张冀牖先生率全家由上海迁居苏州，就住在朱家园里的寿宁弄，房子有三进，有前园，有后园。冀牖先生的三个女儿，元和，允和，兆和，当时尚小，依偎在母亲的身旁，“在这里度过了一生中最甜密、最幸福、最无忧无虑的时光”。她们三姐妹的闺房就在第三进的楼上，推开窗子就是后园。《张家旧事》记录了她们的回忆，元和说：“东窗下面是花园的荷池，有龙眼凤尾金鱼不少，水阁凉亭也在我窗下。池那边有棵高大柳树，时有老鹰来栖。左边是花厅，右边是假山，山上有座六角亭，使我置身园林间，怡然自得。”允和说：“花园大极了，有水阁凉亭，有假山，有花草，有果树，粉墙黛瓦幽美雅静，此景只应天上有、梦中有、书中有、戏中有。可它不是‘牡丹亭’中的花园，小姐们进去也不必红娘引路偷偷摸摸。每天我们只要离开了书房，放鸟归林，这里就不再安静。我们有时文文雅雅地学王羲之‘临池洗砚’，更多的时候是疯疯颠颠爬山、玩水。”兆和到苏州时只有七岁，八十年后，她仍清晰地记得园中的情景：“叫我特别高兴的是，花园中有太湖石假山，有荷花池，有水阁凉亭，有大花厅。花厅前有枫树、白玉兰各一株。花厅周围，有杏树、核桃树和柿枣，还有绣球花。最令我惊奇的是，假山旁边竹栅栏里，还有一只仙鹤。我们一到，就全家围观，吓得那只仙鹤直往墙上撞碰，直到撞破了脑袋出了血，房主人只好把它带走，使我们大为扫兴。”

往时如烟，休说是朱勔的同乐园、陈氏兄弟的绿水园、张世伟的泌园，就是张家姐妹住过的那个院落，也已在历史的风尘中消失得无影无踪了。

据说，某年在朱家园里建街道工厂，拆去残存的楼阁亭台，将太湖石假山一并推倒于荷花池中，用土填平，在上面盖了几间简陋的厂房。静夜里，机声隆隆不绝，一轮明月映照的，只有几株老树罢了。

韩世忠的妻妾

南宋“中兴四将”之韩世忠，字良臣，延安人，晚自号清凉居士，杨锺羲《雪桥诗话》卷八说：“清凉，延安山名，盖伤故乡之沦于异域也。”延安本是贫瘠地方，世忠家更是一贫如洗，荒凉的黄土高坡，造就了他鸷勇的性格，少年时便敢不用鞭辔骑生马驹，稍长便嗜酒豪纵，不可绳检，与人一言不合，便拔拳相向，故乡人称他“泼韩五”。据《三朝北盟会编》等记载，当时乡人有席三者，给他算命，说他将来当位列三公，他听了，以为是对自己的嘲笑，不由大怒，将席三痛殴一顿。想不到，后来他固然发迹了，席三到江南来找他，他记起往事，慨然赠钱三万缗。当他十八岁时，以敢勇应募乡州，挽强驰射，勇冠三军；崇宁四年，御西夏有功；宣和二年，以偏将随王渊镇压方腊之乱；靖康元年，又攻杀拥众数万的游寇李复。南渡后，更是转战南北，攘外安内，真正是从白骨鲜血里存活下来的，然而他的双手十指，齐全的仅存四指，亦已不能动弹，身上的刀痕箭瘢则如刻画一般。

这样一位骁勇的人物，竟然与软绵绵的苏州建立了生前死后的关系，虽然在意料之外，却也在历史的情理之中。

建炎四年二月，平江城遭金兵烧杀抢掠，这是苏州历史上最惨酷的一次劫难。胡舜申亲眼目睹了当时的惨状，他在《己酉避乱录》中说："入平江城，市并无一屋存者，但见人家宅后林木而已。菜园中间有屋，亦止半间许，河岸倒尸则无数。"但城中还意外保留了一点建筑，如天宁万寿禅院、寿宁万寿院双塔、觉报寺、子城天王堂等，沧浪亭也得以幸存。绍兴三年三月，世忠官进开府仪同三司，充淮南东西两路宣抚使，驻扎前线泗州，后移驻平江，没有什么地方可作府邸，就看中了水木明瑟的沧浪亭。

沧浪亭自苏舜钦死后，屡易其主，当时为章氏、龚氏所有。章园的老主人是章惇，乃《宋史·奸臣传》中的人物，园为其所葺，赵鼎《丙辰笔录》说："子厚在相位日营葺，所费不赀，罢相即迁责，未尝安享。"叶梦得《石林诗话》说得更具体："广其故址为大阁，又为堂山上，亭北跨水复有山，名洞山，章氏并得之。既除地，发其下，皆嵌空大石，又得千馀株，亦广陵时所藏，益以增累其隙，两山相对，遂为一时雄观。”至绍兴初，章惇虽早已过世，但章家仍是吴中大族。洪武《苏州府志》卷七引《云衢谈隽》：“绍兴初，韩蕲王提兵过吴，意甚欲之，章殊不悟，即以随军转运檄之，章窘迫，亟以为献，其家百口，一日散居。”龚氏所居之区，大概也是如此。龚明之《中吴纪闻》卷二说：“予家旧与章庄敏俱有其半，今尽为韩王所得矣。”

世忠得园后，整理泉石，构筑亭台，在两山之间架以石梁，名为飞虹，又增建寒光堂、冷风亭、翊运堂、濯缨亭、瑶华境界、翠玲珑、清香馆等。在绍兴初，整个平江城的复建举步维艰，世忠所占的沧浪亭，或许是最完好的建筑群落。绍兴六年九月，赵鼎扈从高宗驻跸平江，《丙辰笔录》记十二日，“是晚，同右揆、西枢谒韩世忠，就其后圃置酒七行。世忠之圃，即章子厚园池，昔苏子美之沧浪亭也”。又，“议十七日就韩后圃山堂，随行属官总制、提举官预坐，使臣等别坐，酒五行”。高宗召臣工议事，竟然也没有合适的地方，就只能到沧浪亭去了。

绍兴二十一年八月初五日，世忠拜太师致仕，同日薨于临安赐第，第二天即追赠通义郡王，是年十月大葬于平江府西郊灵岩山西南麓，敕使徐伸护其事，吴、长洲两县令奔走供役。又封其妻白氏秦国夫人，妾梁氏杨国夫人，茆氏楚国夫人，周氏蕲国夫人，后皆合葬。孝宗乾道四年五月，追封蕲王。淳熙三年二月，追谥忠武。同年，世忠子彦古奏请御制碑文，孝宗亲书“中兴佐命定国元勋之碑”十字额以赐，并命礼部尚书赵雄撰碑文，尚书侍郎周必大书。

韩蕲王墓神道碑，含龟趺高三丈馀，碑连额高二丈五尺七寸，广八尺九寸，碑文一万三千九百馀字。这一穹碑，实为巨制，石大而方，厚如其阔，碑石之高，碑文之长，推古今第一。洪武《苏州府志》卷四十四说：“初，勒文而未立，龟趺留木渎。嘉定间，以景献恩例，敕葬赵希怿于穹窿。相传磨韩碑为赵用者，其后始树碑，为楼三成以覆之，正与穹窿相值。不数月，韩氏首丧其长子。时有术者言：‘少须几时，穹窿亦未易当。’继报景献薨。”可知当时立碑后，曾筑三层楼阁的碑亭覆护，立碑的时间，距景献太子薨数月，即在嘉定十三年春。因碑耸立半山，正当风口，碑亭屡遭风圮，碑额亦因龙卷风而吹落。一九三九年七月十二日又遭飓风，碑被仆倒，断为四截。至一九四六年，灵岩寺住持妙真等倡议重修，将碑额与碑文分两段拼合砌筑。

世忠既葬，在墓左建显亲崇报道院，以奉祠事，岁久而废。明成化十年，知府邱霁奏入祀典，每岁以仲秋月祀之，然无定所，或借山寺，或在城结茇而祭。弘治四年，知府史简以世忠曾居沧浪亭，故以南禅寺为祭所。十一年，知府曹凤以为非礼，复建庙于灵岩故冢之南，以修祀事。张习《韩蕲王庙记》说："侯相攸得舒坦之地于冢南，为构正堂四楹奉神主，前堂四楹列祭仪，有寝以安庶职之斋宿，有庑以处百工之庖宰，缭以周垣，辟以仪门，甍栟丹垩，孔曼且硕，侯用心良密矣。"但未几又为山民所毁。直至清道光十年，郡绅韩崶在巡抚陶澍、布政使梁章钜等支持下，先修冢墓，十二年又即宝藏庵建飨堂，堂立世忠塐像，石榅玉额曰"灵佑胥台"。有林则徐联曰："祠庙肃沧浪，更寻来一万字穹碑，彩焕岩阿榱桷；威名震吴越，还认取七百年华表，遥传江上旌旗。"陈銮联曰："高冢卧麒麟，回首感六陵风雨；神弦传霹雳，归魂思一曲沧浪。"吴廷琛联曰："华表千年，人思忠义；穹碑三丈，功在河山。"这三副楹联都是道光十三年题写的。

尽管世忠抢占了章氏的第宅，但苏州人对章家并无好感，反倒有点幸灾乐祸。章惇是《宋史·奸臣传》中的人物，他在哲宗赵煦亲政后，起为尚书左仆射兼门下侍郎，引用蔡京、蔡卞等，倡"绍述"之说，恢复青苗、免役等法，力排元祐党人，报复仇怨，株连甚众。尤侗《宋漫堂中丞重修沧浪亭和欧公韵纪事》云："忆昔钱王始创此，锦衣歌舞争华妍。谁其继之章与蔡，蝇营狗苟徒喧喧。忠武勋名照天地，将军战马归寒烟。至今惟说苏子美，人才独结江山缘。"说的就是章惇与蔡京的为人不齿。“章园”的名字，被“韩园”所替代，在绍定二年镌刻的《平江图》上，“韩园”和“沧浪亭”并存，不但留下了城中一隅的地理标志，并且留下了苏舜钦、韩世忠两位在苏州的人生屐痕。

明嘉靖二年，知府胡缵宗即南禅寺东妙隐庵改韩蕲王庙，黄省曾《韩蕲王庙碑记》说：“传王寓宅，即孙节使之池馆，一易而章相国子厚氏、龚都官氏，又易而韩忠武氏，在今南禅寺之左墟，故历岁假而祠焉。嘉靖二年，天水胡公谓无专宫，明神不康，用撤龙象而庙貌之。寺住持良定辈乐而从焉，由是陟堂降位，肃跄成仪，郡县嘉之。”自此以后，凡过沧浪亭者，都往凭吊，历久不绝。徐崧《春日游南禅寺韩蕲王庙苏公祠》云：“古木斜阳外，残碑细草中。蕲王遗像在，仿佛有英风。”尤侗《沧浪六吟·蕲王庙》云：“韩王百战罢，墓木拱吴宫。别存栖隐地，庙食城南东。至今阴雨夜，石马嘶秋风。”又《沧浪竹枝词》云：“数见行厨载酒过，苏公一斗不为多。土人更赛蕲王庙，白马金枪唱楚歌。”梁章钜《重修沧浪亭记事》亦云：“建炎数名将，韩王忠且武。一解背嵬军，遂与烟霞侣。早骑湖上驴，不卧亭边虎，配食水仙王，千年赛祠鼓，我来南园春，盈尊酹芳醪，何处寒光堂，瑶华久榛莽。平生所游历，魂魄恋兹土。两山失飞虹，神来飒风雨。”另外，娄门外接待寺东偏亦有韩蕲王庙，明嘉靖九年建，地广十三亩，有屋数十椽，毁于咸丰十年。

韩世忠与苏州的关系，大略如此。他的一生故事，记载很多，知道的人也很多，可以不必多说。他的几位妻妾，却颇可作饭后茶馀的谈资。

正室白氏，文献没有落实的记载，惟元人《东南纪闻》卷一说："韩蕲王世忠微时，贫困无聊，疥癞满体，臭腐不可近，其妻孥亦恶之。夏日浴于溪涧中，忽一巨蟒直前，将啮之，韩窘急，以两手握其首颔间，蟒以尾绕其身。韩不得已，握持以归其家，欲呼妻孥刺杀之，皆骇遁不敢近前。韩愈窘，入厨中，见有切菜刀偶仰置几上，遂持蟒首就上极力按之，来去如引锯，卒断其首。既免，不胜忿，置之镬，煮而啖之。明日，所病疥癞即脱去，肌体莹白如玉，其无疥癞处即否。"又，《三朝北盟会编》卷二百十七说："韩氏世为延安人，名闻关陕。尝过米脂寨姻亲家会饮，日已夕而关闭。王怒，以臂拉门关键，应手而断，旦视之，其木盖两拱馀。"据这两段记载来看，白氏是"米脂的婆娘"，世忠娶亲，当在从军之前，与发妻所生之子，按时间推算，亦非韩彦直。

梁氏，相传名为红玉，与世忠相识于未遇之时。罗大经《鹤林玉露》丙编卷二说："韩蕲王之夫人，京口娼也。尝五更入府，伺候贺朔。忽于庙柱下见一虎蹲卧，鼻息齁齁然，惊骇亟走出，不敢言。已而人至者众，往复视之，乃一卒也。

因蹴之起，问其姓名，为韩世忠。心异之，密告其母，谓此卒定非凡人。乃邀至其家，具酒食，至夜尽欢，深相结纳，资以金帛，约为夫妻。”梁氏一生，至少有两事可说。一件事，建炎三年，苗傅、刘正彦在杭州欲立魏国公赵旉，逼迫高宗赵构禅位，退居显宁寺。这时，梁氏正在苗傅军中作为人质，朱胜非设计让她脱身，受隆祐太后召见，封为安国夫人，俾速世忠勤王，梁氏率子韩亮星夜飞驰秀州，报知世忠，韩即率军进攻临平，在张俊、刘光世等将领的协力作战下，进入杭州，恢复了赵构的帝位。清人谭吉璁《鸳鸯湖棹歌》咏道：“勤王子弟秀州多，路接临平百里河。旧是蕲王驻师地，罗囊锦彻夜深过。”说的就是梁氏传递消息的事。另一件事，平定苗刘之变未久，兀朮（完颜宗弼）分道渡江，建康、临安、广德、明州、平江等相继失守，高宗已逃到温州，将船停泊港口，准备随时再往海上逃遁。建炎四年上元节，世忠在秀州照样张灯结彩，一派欢度节日的样子，突然引兵直扑镇江，这时金兵也正向镇江进发，但世忠捷足先登，屯军焦山寺，两军恶战数十合，梁氏亲执桴鼓助战，金兵终不得渡江，在黄天荡相持四十八天，兀朮穷蹙，罢兵不能，听从闽人王某之计，一夜之间凿渠三十里，以小舟绝江遁去。因为韩军都是海船，无风不能行驶，金兵便用火箭射击，使海船火起，宋军大败，只能退守镇江。事后，梁氏上疏，奏请追究丈夫的过失，虽然未获允准，但她那大公无私的态度，受到人们的赞扬。黄天荡一战，金兵号称十万，而世忠率军仅八千馀，已算是以少胜多；从战略意义来说，黄天荡战役和岳飞收复建康，迫使金兵退出江南，并且从此再不敢轻易渡江南侵。

周氏，本是妓女，出身汴京露台，那时王渊在京为小官，与之相狎。靖康之乱后，周氏为赵叔近所得，携之渡江而南，这自然让王渊怀恨切齿。赵叔近系宗室，乃悼王玄孙，荣良公克类之子，登进士第，建炎元年为秀州知州，未久又差权两浙提刑统。这时，王渊为御营都统制，又授捧日、天武四厢都指挥使，进保大军承宣使，兵柄在握，可熏日月，正想一报赵叔近的夺爱之仇，想不到机会就来了。据王明清《挥麈三录》卷二记载，赵叔近在秀州任上，有人诬告他有贪污行迹，于是就地罢免，隔离审查，另委派朱芾代任其职。朱芾到官后，颇肆残酷，引起军民怨愤，有茶酒小卒徐明，率众将朱芾囚禁起来，让赵叔近复领州事。赵叔近知道这事闹大了，便对众人说："新守暴虐不恤，致汝等所以为此，我当为汝等守印，请于朝，别差慈祥恺悌之人来拊此一方。"然而奏牍未及递呈，朝廷已有所闻，立即诏遣大军前往征讨，这事正落在王渊手里。张俊和韩世忠都是王渊的旧部，即命他们提师前往，张俊素以父亲一样对待王渊，临别时，王渊对他说："赵叔近在彼。"张俊自然明白。将到秀州时，赵叔近按礼节出迎于北郊沈氏园。张俊叱令他写下供析，方下笔，已群刀相向，砍断其右臂，赵叔近痛呼：“我宗室也！”张俊说：“汝既从逆，何云宗室！”话没有说完，一刀又下去，已斩首于地。秀州兵卒大乱，大军入城，喋血荼毒，翌日平定，即论功行赏。张俊在乱兵中获得周氏，便献于王渊，王渊对他说：“此妇人吾岂宜纳，君自取之。”张俊回道：“父既不取，某焉敢耶！”这时世忠正在旁边，王渊便对他说：“汝留之无嫌也。”世忠心里喜欢，拜而受之。关于这个故事，谭吉璁《鸳鸯湖棹歌》亦咏道：“沈家园子已无存，一水塘湾护郭门。年少休怜露台妓，当时曾杀悼王孙。”王渊也真有一点“冲冠一怒为红颜”，借秀州之乱，杀了情敌赵叔近，手段是残酷的。但只过了一年，王渊也被苗傅、刘正彦杀了。

茆氏，也是妓女，妓名吕小小，被世忠所纳之事，见胡舜申《己酉避乱录》。胡舜申之兄舜陟，字汝明，大观三年进士，历州县官，为监察御史，南渡后，擢徽猷阁待制、广西经略等，后因交恶秦桧，死于狱中。舜申所记，正是舜陟亲历的事。这大概是在绍兴初年，临安妓女吕小小，不知犯了什么事，被系于狱，家人焦急，想让她脱身，但也没有什么办法，大概世忠本来就是小小的相好，便予托请。时舜陟正任临安知府，世忠应他的邀请前去赴宴，舜陟劝酒，世忠不肯饮，问他原委，他说：“某有小事告待制，若从所请，当饮巨觥。”舜陟以为是什么大事，想不到世忠请要帮忙的，竟区区如此而已，便一口答应，下令立即放人。世忠见了大喜，为此连饮数觥，待到席散时，小小已在身边了，便携之而归，纳为小妾。小小适世忠后，恢复原姓，即茆夫人。

世忠的三妾都是妓女出身，除梁氏有功于朝廷外，其他都是因为世忠功高而受国封。在宋代，妇女没有政治地位，虽有战功不能做官，即如梁氏，也仅是食俸而已，且已为南渡旷典。宋代功臣妻妾食俸，也是从梁氏开始的。就世忠来说，他得周氏是受人笼络，得茆氏是乘人之危，只有梁氏识他于未遇之际，跟随他南征北战，患难与共，故也是最受到人们的尊敬。

世忠还有小妾徐氏，后改嫁俞绅为妻，洪迈《夷坚支景》卷七说："淳熙七年，杭人俞绅来为隆兴府钤辖，妻徐氏梦，异僧引诣废寺，有故塔遗址，群鸟聚焉。徐氏素崇礼西方甚谨，觉以语绅，使访测厥祥。或以天王院告，因过之，俨然梦境也。徐少时为韩蕲王妾，后乃嫁绅，饶于财，尽捐囊中所藏以造寺。"徐氏为什么离开世忠而改嫁俞绅，则已无从考证了。

世忠以元勋就第后，杜门谢客，绝不言兵，时常跨骡携酒，有一二奚童跟随着，徜徉于西湖山水之间。田汝成《西湖游览志馀》卷七说："绍兴中，秦桧当国，世忠以和议不合，恳疏解枢柄，逍遥家居，常顶一字巾，跨驴周游湖山，才以童史四五人自随，混迹渔樵，号清凉居士。好事者遂绘为《韩王湖上骑驴图》，元吴莱题诗云：‘秋风泗水沈周鼎，泪湿吴人荆棘冷。黄河北岸旌节回，信誓如城打不开。沿边撤备无人守，虮虱尘埃生甲胄。散尽千兵只童骑，餐来斗米空壶酒。西湖杨柳烟波寒，照见从前刀剑瘢。宫中孰与论颇牧，塞上宁知无范韩。事去英雄甘老死，此手犹能为公起。劝人莫问故将军，自是清凉一居士。’”

一生戎马的他，过去并不知书，这时居然也能写写字，作点小诗小词。据费衮《梁溪漫志》卷八记载，一日至香林园，苏仲虎尚书正在宴客，世忠便去闯席，宾主欢甚，尽醉而归。明日世忠遣人饷以羊羔，并手书小词两阕。一阕《临江仙》咏道：“冬看山林萧疏净，春来地润花浓。少年衰老与山同。世间争名利，富贵与贫穷。　荣贵非干长生药，清闲是不死门风。劝君识取主人公。单方只一味，尽在不言中。”另一阕《南乡子》咏道：“人有几何般，富贵荣华总是闲。自古英雄多如梦，为官。宝玉妻男宿业缠。　年迈已衰残，鬓发苍浪骨髓干。不道山林有多好处，贪欢。只恐痴迷误了贤。”在这两阕小词里，他似乎把一切都看透了。

世忠解落兵权后，对秦桧的态度也有了点变化。王明清《挥麈后录》卷十一说：“绍兴壬戌，罢三大帅兵柄，时韩王世忠为枢密使，语马帅解潜曰：‘虽云讲和，敌性难测，不若姑留大军之半于江之北，观其衅。公其为我草奏，以陈此事。’解用其指为劄子，韩上之，已而付出。秦会之语韩云：

'何不素告我而遽为是耶？'韩觉秦词色稍异，仓卒皇恐，即云：'世忠不识字，此乃解潜为之，使某上耳。'秦大怒。翌日，贬潜单州团练副使，南安军安置，竟死岭外。"元人《东南纪闻》卷一另记一事："汪勃，歙人也，仕州县，年逾六十犹未调。官满，趋朝试，干秦桧，求一近阙。秦问其已改官乎？曰未也；有举者几人？曰三人耳。于是遣人导之往谒张、韩。时二公皆以前执政奉朝请，闻有秦命，倒屣出迎，执礼甚至。勃得改秩，秦后擢置台省。"前一事，李心传《旧闻证误》卷四列举数事，予以辨误："韩非仓卒退避而诿之他人者。"后一事，《四库全书总目》一百四十一亦予辨正："汪勃调官一事，称张浚、韩世忠迎合秦桧，浚之心术不可知，世忠当万万不至此，恐未免传闻失真。"

其实，这与他放浪湖山、沉湎酒色一样，既是掩饰，也是无奈。他最终也明白，即使罢了秦桧，也不能改变苟安的局面，如果真的坚持血战，直捣黄龙，收复失地，迎回徽、钦两帝，那赵构的天子之尊又放到哪里去呢。据《宋史·韩世忠传》记载，他在病重时说："吾以布衣百战，致位王公，赖天之灵，保首领没于家，诸君尚哀其死邪？"他晚年的心境，想来正苍凉萧疏得像在寒冬的冷风里。

青衣小红

这小红说的是范成大家的一个青衣，史不传，志不载，只因为姜夔写过一首《过垂虹》，诗中有“小红低唱我吹箫”之句，遂成绝唱，小红也就因诗而传，得以千古留名，特别是当听到呜咽悠悠的箫声时，人们或许就会想起她，正如元人顾瑛说的那样，“箫声犹倚小红歌”。小红，留下的只是一个小名或艺名，在她之前，名为小红的，已经够多了，如唐昭宗李晔就有一位名为关小红的琵琶工，刘禹锡诗里也记着一位名为小红的吹笙伎，当然更多的小红，早已湮没在历史的尘埃里了。姜夔的小红，虽然陆友仁《研北杂志》卷下说：“小红，顺阳公青衣也，有色艺。”但已是“小红低唱我吹箫”百年后下的断语，在当时很可能只是借称，诗人顺手拈来而已，如陆游云："浅碧细倾家酿酒，小红初试手栽花。"如朱继芳云："大白引浮银凿落，小红吹彻玉参差。"她是否真的称为小红，似乎并不重要，小红在人们眼里，终然是一位楚楚动人的妙龄歌伎。

为小红留名的姜夔，字尧章，号白石道人，鄱阳人，早年随父游宦，往来汉阳二十馀年，后来长期生活在湖州和杭州。他一生未仕，除卖字外，依靠他人周济过活，即所谓"江湖游士"。虽然他没有什么家产，但襟期洒落，意趣高远，友人张鉴见他困踬场屋，想为他输资捐官，他辞谢了，不愿走入仕途。既有自己想做的事，尽管窭困无聊一点，哪又算得了什么呢。他肆力于诗词文章，肆力于乐律，也肆力于书法，都有很大建树。陈郁《藏一话腴》内编卷下说："白石道人姜尧章，气貌若不胜衣，而笔力足以扛百斛之鼎；家无立锥，而一饭未尝无食客。图史翰墨之藏，充栋汗牛。襟期洒落，如晋宋间人。意到语工，不期于高远而自高远。黄景说谓造物者不以富贵浼尧章，而使之声名焜耀于无穷，正合前意。"黄昇《中兴以来绝妙好词选》卷六称其为"中兴词家名流"，"词极精妙，不减清真乐府，其间高处有美成所不能及。善吹箫，自制曲，初则率意为长短句，然后协以音律云"。他的书法，笔力遒劲，波澜老成，入能品，赵孟坚目之为书家申韩，他写的《续书谱》一卷，议论精到，乃书论史上的名著。

若按年纪来说，姜夔比陆游、范成大、杨万里、尤袤小三十来岁，比辛弃疾小十来岁，与叶適、刘过等同辈。他多方面的才华，受到前辈的高度赞赏。周密《齐东野语》卷十二引张辑《白石小传》，那是他的自述：

“少日奔走，凡世之所谓名公钜儒，皆尝受其知矣。内翰梁公于某为乡曲，爱其诗似唐人，谓长短句妙天下。枢使郑公爱其文，使坐上为之，因击节称赏。参政范公以为翰墨人品，皆似晋宋之雅士。待制杨公以为于文无所不工，甚似陆天随，于是为忘年交。复州萧公，世所谓千岩先生者也，以为四十年作诗，始得此友。待制朱公既爱其文，又爱其深于礼乐。丞相京公不特称其礼乐之书，又爱其骈俪之文。丞相谢公爱其乐书，使次子来谒焉。稼轩辛公，深服其长短句如二卿。孙公从之，胡氏应期，江陵杨公，南州张公，金陵吴公，及吴德夫、项平甫、徐子渊、曾幼度、商翚仲、王晦叔、易彦章之徒，皆当世俊士，不可悉数。或爱其人，或爱其诗，或爱其文，或爱其字，或折节交之。若东州之士则楼公大防、叶公正则，则尤所赏激者。”

在这些知己中，姜夔特别得到范成大的器重。他专程去平江拜访成大，见诸记录的就有两次。第一次是淳熙十四年初夏，他经杨万里介绍，从杭州到平江去拜谒，杨万里《送姜夔尧章谒石湖先生》末句云：“翻然却买松江艇，径迳去苏州参石湖。”他有和作《次韵诚斋送仆往见石湖长句》，这次平江之行，是为贺成大六十二岁寿辰去的，成大生于靖康元年六月初四日，故姜夔《石湖仙·寿石湖居士》有“绿香红舞”写荷花，与时令正合。第二次是他从合肥而来，便有了与小红的因缘，那是四年后的绍熙二年冬天。

成大的府邸在阊门内西北隅，洪武《苏州府志》卷七说：“范参政府，在西河上，有寿栎堂，文穆公成大所居。”另有别墅在石湖，颇具胜致，山光水色，让人流连，但远离城市，生活起居颇多不便。为了安度晚年，他就在城中府邸之南，买下王氏僦舍七十楹，尽数拆除，辟为园圃，园圃与住宅只隔一河，以小桥架之，往来很方便。园圃里，三分之一植以梅树，还有一个翠色映人的竹院，茅亭花石，板桥流水，颇有田园风味。他将这园圃题名范村，取唐人杜光庭《神仙感遇传》的故事，还特地写了一篇《范村记》，介绍了园圃里的布置：“圃中作重奎之堂，敬奉至尊寿皇圣帝、皇帝所赐神翰，勒之琬琰，藏焉。四傍各以数椽为便坐，梅曰陵寒，海棠曰花仙，酴醾洞中曰方壶，众芳杂植曰云露，其后庵庐曰山长。盖瓦不足，参以蓬茅，虽不能如昔村之华，于云来家事，不啻侈矣。”范村的坐落，约在桃花坞的南，西街附近，但如今也不能详考了。

范村建成于绍熙元年，第二年，姜夔就去了。那年，成大已六十六岁，声色之娱，却更重翠浓红。然而他的体质已远不如前，只能偶尔就近去虎丘山塘小游而已，他有一首诗，诗题便是“廛居久不见山，或劝作小楼，以助登览，又力不能办。今年益衰，此兴亦阑矣”，他不由时常怀念起昔日豪兴沸沸的情景来。

姜夔来的时候，恰巧成大正病恙在身，或也在病榻前谈过几次，更多的时候，则让姜夔自己去试填新词、试新曲，好在客人的食宿自有家人安排着。姜夔《玉梅令》小序说：“石湖宅南，隔河有圃，曰范村，梅开雪落，竹院深静，而石湖畏寒不出，故戏及之。”尽管成大“畏寒不出”，还是让人传书出来，让姜夔有所创作，以征新声，以娱病中寂寞，于是姜夔填了两阕，小序说：“辛亥之冬，予载雪诣石湖。止既月，授简索句，且征新声。作此两曲，石湖把玩不已，使工妓隶习之，音节谐婉，乃名之曰《暗香》、《疏影》。”

《暗香》曰：“旧时月色。算几番照我，梅边吹笛。唤起玉人，不管清寒与攀摘。何逊而今渐老，都忘却、春风词笔。但怪得、竹外疏花，香冷入瑶席。　江国。正寂寂。叹寄与路遥，夜雪初积。翠尊易泣。红萼无言耿相忆。长记曾携手处，千树压、西湖寒碧。又片片、吹尽也，几时见得。”

《疏影》曰：“苔枝缀玉。有翠禽小小，枝上同宿。客里相逢，篱角黄昏，无言自倚修竹。昭君不惯胡沙远，但暗忆、江南江北。想佩环、月夜归来，化作此花幽独。　犹记深宫旧事，那人正睡里，飞近蛾绿。莫似春风，不管盈盈，早与安排金屋。还教一片随波去，又却怨、玉龙哀曲。等恁时、重觅幽香，已入小窗横幅。”

这两首是怀人之作，写得情深意切，原来姜夔来之前，正与他眷恋的合肥琵琶妓最后分袂，颇有点失恋的苦闷和惆怅。这件事，夏承焘先生的《合肥词事》考证得很详细。成大读出了这两阕词里蕴含的意思，也很同情姜夔那难以启齿的情绪，就将自己身边一位色艺双绝的青衣赠送给姜夔，她就是小红。

成大将小红赠送给姜夔，当然并不仅仅为了安慰他的离情别怨，那时成大年事已高，将年轻女子留在身边，不免误了她们的青春，况且小红擅长唱曲，为姜夔的创作进行试唱，实在是恰当的人选，将小红赠送给他，可说是一举两得的好事。再说，将侍妾乐伎作为礼品，也是当时的风气，宋代文人地位较高，文人获赠美姝，自然视为意外艳福，于是诗词吟咏，每每传为风流佳话。姜夔被合肥琵琶妓抛弃，情绪正低落，突然得到如此的馈赠，喜悦之情是不难想象的。

姜夔在平江盘桓经月，似乎都是在风雪弥漫中度过的，他有《雪中访石湖》赠成大，诗云：“雪研如玉城，偏师敢轻犯。黄芦阵野鹜，我自将十万。三战渠未降，北面石湖范。先生霸越手，定是一笑粲。”成大有《次韵姜尧章雪中见赠》酬答，诗云：“玉龙阵长空，皋比忽先犯。鳞甲塞天飞，战逐三百万。当时访戴舟，却访一寒范。新诗如美人，蓬荜愧三粲。”虽然雪落个不停，天地皆白，寒风从树梢吹过，凄厉地响着，但主人的盛情，还有依偎在身边的小红，让姜夔感到温暖、安逸和愉悦。然而时已岁末，新年将至，应该回家去了。

除夕那天，雪还在下着，姜夔揖别成大，带着小红回湖州去。他在平江，住在城中西河上的范府上，回湖州，却是从石湖启程的。当舟过吴江垂虹桥的时候，天已夜了，雪也停了，在白皑皑的雪光里，一切都清旷而宁静，小红唱起了姜夔新作的词曲，而姜夔呢，也吹起了洞箫。这些都使得诗人逸兴遄飞，于是有《过垂虹》一首，诗云："自琢新词韵最娇，小红低唱我吹箫。曲终过尽松陵路，回首烟波第四桥。"诗人似乎意犹未尽，又写了一组《除夜自石湖归苕溪》，先后得十首，其中一首云："笠泽茫茫雁影微，玉峰重叠护云衣。长桥寂寞春寒夜，只有诗人一舸归。"

就这样，小红随姜夔而去了。寒水迢迢，橹声欸乃，夜色渐浓，一叶小舟远了远了，终于消失在浅黑与暗黑的水天之际。

小红以后的事，陆友仁《砚北杂志》卷下记着一点，说小红自归姜夔后，"尧章每自喜度曲，吹洞箫，小红辄歌而和之"。嘉定十八年，姜夔病卒于杭州，时年六十七岁。他是葬在西马塍的，吴自牧《梦粱录》卷十九说："钱塘门外溜水桥东西马塍诸圃，皆植怪松异桧，四时奇花，精巧窠儿，多为龙蟠凤舞飞禽走兽之状。每日市于都城。好事者多买之，以备观赏也。”当时东西马塍不但盛产花木，西马塍还是名人集中的墓地，姜夔生前清寒得很，甚至“贫不能殡”，但在吴潜等人的帮助下，也葬在了西马塍。姜夔殁后，小红又如何呢？《砚北杂志》说：“尧章后以末疾故，苏石挽之曰：‘所幸小红方嫁了，不然啼损马塍花。’宋时，花药皆出东西马塍，西马塍皆名人葬处，白石没后葬此。苏石谓小红若不嫁，则哭损马塍花矣。”透露了小红的下落，说她已另外嫁人了。苏石乃苏泂之误，泂字召叟，传写者脱去“叟”字，又误“召”为“石”，遂至辗转沿讹。检苏泂《冷然斋诗集》，卷二有《到马塍哭尧章》四首，其一云：“儿年十七未更事，曷日文章能世家。赖是小红渠已嫁，不然啼碎马塍花。”与《砚北杂记》所引字句小异。这时，小红虽已嫁了，家中还尚有妻妾数人，苏泂诗有“今日亲来见灵柩，对君妻子但如痴”、“孺人侍妾相持泣，安得君归更肃宾”诸句，姜夔正室萧氏，为福建老诗人萧德藻的侄女，至于其他侍妾，则姓名不留，无从稽考了。

小红嫁人，大概在庆元二年之前。那年冬天，姜夔与友人俞灏、张鉴、葛义銛等自武康去梁溪，途经垂虹桥时也在夜晚。天气很冷，寒风里波涛拍岸，他们便停泊桥边，在舱里饮酒取暖，夜渐渐深了，他们便弃舟登岸，走上桥去。姜夔有一阕《庆宫春》记之，小序先回忆绍熙二年除夜雪中过垂虹桥的事，接着说："后五年冬，复与俞商卿、张平甫、銛朴翁自封禺同载诣梁溪，道经吴松。山寒天迥，云浪四合。中夕相呼步垂虹，星斗下垂，错杂渔火，朔吹凛凛，卮酒不能支。朴翁以衾自缠，犹相与行吟，因赋此阕，盖过旬涂稿乃定，朴翁咎予无益，然意所耽，不能自已也。"他回想起五年前的情景，如今小红已嫁，不由黯然神伤，词曰：

"双桨莼波，一蓑松雨，暮愁渐满空阔。呼我盟鸥，翩翩欲下，背人还过木末。那回归去，荡云雪、孤舟夜发。伤心重见，依约眉山，黛痕低压。　采香径里春寒，老子婆娑，自歌谁答。垂虹西望，飘然引去，此兴平生难遏。酒醒波远，政凝想、明珰素袜。如今安在，惟有阑干，伴人一霎。"

小红虽说只是姜夔的侍妾，但她的离去，姜夔是颇为神伤的，遥想当年，雪夜船上，歌声隐隐，箫声悠悠，是何等美妙舒心，然而往事不堪回首，姜夔能不耿耿于怀。

几百年来，人们钦羡着"小红低唱我吹箫"这样的境界，甚至谈到姜夔，就想到小红，但往往只想到偎红依翠、浅斟低唱的情景，却忘了姜夔的惆怅和无奈，更忘了小红这位年轻女子坎坷的命运。

顺便说一句，姜夔的小红以后，自然还有无数小红，附见于名人的，则汤显祖一侍儿，清人张鉴《冬青馆甲集》有《过临川玉茗》，有道是“惟有牡丹亭院本，樽前重听小红歌”，自注：“小红，玉茗侍儿。”《红楼梦》里也有小红，本姓林名红玉，因犯了宝玉、黛玉的名讳，便单唤她做小红，她本来不是谙事体的丫头，又有三分容貌，在那大观园里自然也是有故事的。

郑虎臣

苏州城中，过去有座鹤舞桥，坐落在今皮市街和白塔东路交汇处，由来已久，在南宋绍定二年镌刻的《平江图》上就有了，南北跨河，河早已就被填塞，桥也自然没有了。故老相传，鹤舞桥是颇有来历的，话得从吴王阖闾女滕玉说起。据今本《吴越春秋·阖闾内传》说，阖闾与夫人、滕玉一起宴席，上了一道蒸鱼，阖闾吃了一半，让与滕玉，滕玉委屈地说："王食我残鱼，辱我，不忍久生。"于是就自尽了。阖闾悲痛欲绝，将爱女葬于国西阊门外，"凿池积土，文石为椁，题凑为中，金鼎玉杯，银樽珠襦之宝，皆以送女"。出葬那天，阖闾使人舞白鹤于吴市中，千万人随而仰观，白鹤鸣叫着飞入墓门，很多人也跟着进去。这时阖闾下令，按动机括，墓门就徐徐关闭了，再用黄土将墓门封死。“杀生以送死，国人非之”。这个故事流传了两千年，似乎至今还散发着血腥味。

鹤舞桥的名字，就是这样来的。那条街的东口，过去有座“鹤市坊”，既假托“吴市”，又与桥相联系。唐宋以后，“鹤市”又引申为概念宽泛的苏州古迹，如陆龟蒙《幽居赋》有云：“泰伯勾吴，通侯旧里；地接虎丘，门临鹤市。”王士禛《姑苏怀古》有云：“雨过麋城空碧草，春深鹤市半青芜。”赵执信《和陆籽宜止园感旧》有云：“鲁望有居临鹤市，道林无冢近寒泉。”甚至就以“鹤市”来指称苏州。只是苏州人不喜欢这个名字，总嫌它不吉利。一九八六年纪念苏州建城二千五百年，弄了一个城标，在水城门上有一只飞鹤，见者大哗，议论纷纷，后来城标上的这只鹤，就无声无息地飞走了。

闲话少说，却说南宋后期，鹤舞桥东有座大宅，相传它的主人，即是在漳州木绵庵杀死贾似道的郑虎臣。

南渡以后，几位皇帝苟且贪安，秦桧、韩侂胄、史弥远等权臣专断强横，不可一世。秦桧居相位十七年，力主议和，以“莫须有”罪名杀岳飞，罢张浚、韩世忠、刘锜兵柄，向金国纳币称臣，订立“绍兴和议”；韩侂胄居相位十三年，势焰熏灼，排斥赵汝愚，贬逐朱熹、彭龟年，兴“庆元党禁”，又轻率用兵，致使北伐失利；史弥远在相位二十五年，专擅朝政，恢复秦桧王爵、谥号，一时正人君子，贬斥殆尽。就在这个时候，蒙古日益强盛，赵宋半壁事势又去七八，也是气数当尽，竟又出了个贾似道，他在相位十五年，蒙上欺下，偷安肆乐，虽然他后来贬官黜爵，被诛杀于木绵庵，也能不救亡国之祸了。

贾似道，字师宪，晚号秋壑，台州天台人，生于嘉定六年，以父荫补嘉兴司仓，只是一个看管粮库的小吏，待其姐入宫，受到理宗赵昀宠幸，被封为贵妃，似道也鸡犬升天，诏赴廷对，一帆风顺走上仕途，直至首辅。他一生作恶累累，罄竹难书，这里只说几件大事。开庆元年，忽必烈率蒙古军进围鄂州，似道时为两淮宣抚大使，以往督师，攻城吃紧，城中死伤者一万三千人，他就密遣宋京诣忽必烈营中，乞请称臣纳币，蒙古军拔砦而北，他又攻断浮梁，杀了殿后的蒙古军一百七十人，上表报捷，理宗下诏褒美，赏赐甚厚，以少傅、右丞相入朝。景定五年，他推行公田法，令两浙、江东西官民逾限田产，抽三分之一回买以充公田，实际推行于平江、江阴、安吉、嘉兴、常州、镇江六郡，共回买公田三百五十馀顷，虽百亩之家也不免敷派，一时破家失业者甚多，民间愁怨鼎沸。咸淳元年，他又推行经界推排法，使民有定产，产有定税，税有定籍，时乡都官多豪家大户，虽经检核，赋税仍不得其实，贫弱者则尺地寸土皆有税，民力益竭，且更造银关，物价腾贵，百姓家破人亡。咸淳三年，襄阳战火纷飞，宋军大败，襄阳被围数年，似道隐匿军情不报，亦不出援，终致陷落。咸淳十年，伯颜率师二十万大举伐宋，似道都督诸路兵马，又遣宋京等诣元中书行省乞和，“请还已降州郡，约贡岁币”，伯颜不允，似道以精锐七万馀人屯军池州下游丁家洲，结果兵溃鲁港，元将阿朮率舟师及步骑追杀一百五十里，获战船两千馀艘及军资器仗、督府图籍符印等。似道奔扬州，旋被革职，这已是德祐元年。

据《宋史·贾似道传》记载，似道被革职后，陈宜中奏请诛之，谢太后还想保全他，说：“似道勤劳三朝，安忍以一朝之罪，失待大臣之礼。”后来高斯、王爚等台臣交章劾奏，要治他的罪，特别是王爚，入见太后说：“本朝权臣稔祸，未有如似道之烈者。缙绅草茅不知几疏，陛下皆抑而不行，非惟付人言于不恤，何以谢天下。”始徙似道婺州居住，婺州百姓知道了，群起而阻之。又徙建宁府，翁合便奏道：“建宁乃名儒朱熹故里，虽三尺童子粗知向方，闻似道来呕恶，况见其人。”于是始谪似道为高州团练副使，安置循州，籍没其家，遣使监押去贬所。

似道贬谪循州，就走上了不归路。记载其命丧木绵庵的事，最早见周密《齐东野语》，卷十九说：“及抵清漳之次日，泣谓押行官曰：‘某夜来梦大不祥，才离此地，必死无疑，幸保全之。'遂连三日，逗遛不行，而官吏迫促之。离城五里许，小泊木绵庵，竟以疾殂，或谓虎臣有力焉。"这是说似道是病死的，也有可能是郑虎臣加害，说法尚不肯定。

元人的记载，说法就肯定了，杀似道者即郑虎臣。《宋史·贾似道传》说："福王与芮素恨似道，募有能杀似道者使送之贬所，有县尉郑虎臣欣然请行。似道行时，侍妾尚数十人，虎臣悉屏去，夺其宝玉，彻轿盖，暴行秋日中，令舁轿夫唱杭州歌谑之，每名斥似道，辱之备至。似道至古寺中，壁有吴潜南行所题字。虎臣呼似道曰：'贾团练，吴丞相何以至此？'似道惭不能对。嵘叟、应麟奏似道家畜乘舆服御物，有反状，乞斩之。诏遣鞫问，未至。八月，似道至漳州木绵庵，虎臣屡讽之自杀，不听，曰：'太皇许我不死，有诏即死。'虎臣曰：'吾为天下杀似道，虽死何憾？'拉杀之。"蒋子正《山房随笔》也说："秋壑丧师，陈静观诸公欲置之死地，遂寻其平日极仇者监押，虎臣遂请身为之，乃假以武功大夫押其行。虎臣一路凌辱，至漳州木绵庵，病泄泻，踞虎子欲绝。虎臣知其服脑子求死，乃云：'好教作只恁地死。'遂趯数下而殂。"

明人所记此事，均由元人的说法而铺陈展开。田汝成《西湖游览志馀》卷五说："先是似道尝梦术者言，平章不利姓郑人，故朝士郑姓者，多摧抑之。武学生郑虎臣，素见憎于似道，廷议遂以虎臣为押送官。似道濒行，置酒饮虎臣，言前梦，且祈哀庇，虎臣微笑而已。途中备加窘辱，及抵清漳，似道泣曰：‘夜梦不祥，离此恐无生理。’漳守赵分如者，似道门客也，宴虎臣，欲请似道偶坐，虎臣不许，似道亦固让不敢当，口称天使唯谨。分如察虎臣有杀似道意，挑之曰：‘天使今日押团练至此，想无生理。曷令速殒，无受许多苦恼。’虎臣笑曰：‘便是这物事受得许多苦恼，好死不死。’明日，促之行，离城五里，小憩木绵庵。似道知不可免，乃服脑子，踞虎子欲绝。虎臣曰：‘好教衹恁地死。’大捶数下而殂。”

写似道命丧木绵庵，以《古今小说》卷二十二《木绵庵郑虎臣报冤》最富赡可看：“离城五里，天尚未大明，到个庵院。虎臣教歇脚，且进庵梳洗早膳。似道看这庵中扁额，写着‘木绵庵’三字，大惊道：‘二年前神僧钵盂中赠诗，有‘开花结子在绵州’句，莫非应在今日，我死必矣。’进庵，急呼二子，分付说话，已被虎臣拘囚于别室。似道自分必死，身边藏得冰脑一包，因洗脸就掬水吞之，觉腹中痛极，讨个虎子坐下，看看命绝。虎臣料他服毒，乃骂道：‘奸贼，奸贼！百万生灵，死于汝手，汝延捱许多路程，却自要死，到今日老爷偏不容你！’将大搥连头连脑打下二三十，打得稀烂，呜呼死了。却教人报他两个儿子说道：‘你父亲中恶，快来看视。’儿子见老子身死，放声大哭，虎臣奋怒，一搥一个，都打死了。却教手下人拖去一边，只说逃走去了。虎臣投搥于地，叹道：‘吾今日上报父仇，下为万民除害，虽死不恨矣。’就用随身衣服，将草荐卷之，埋于木绵庵之侧。埋得定当，方将病状关白太守赵分如。赵分如明知是虎臣手脚，见他凶狠，那敢盘问，只得依他开病状，申报各司去讫。直待虎臣动身去后，方才备下棺木，掘起似道尸骸，重新殡殓，埋葬成坟，为文祭之。”

似道所服的“脑子”或“冰脑”，都是指龙脑香。《本草纲目·木一·龙脑香》李时珍曰：“宋文天祥、贾似道皆服脑子求死不得，惟廖莹中以热酒服数握，九窍流血而死。此非脑子有毒，乃热酒引其辛香，散溢经络，气血沸乱而然尔。”所踞之“虎子”，即便壶，因形作伏虎状，故名。又，方回《桐江续集》卷十三有《木绵怨》一首，序曰：“故亡国权臣，乙亥南窜，犹携所谓王生、沈生者自随，他不止是。此二生者，天下绝色也。漳州城南木绵庵既殂，二生入乌衣枢使家，丙子谢北行。其年十月，天台破，清河万户得之，挟以俱北。庚辰正月，张卒，久乃南还。谓惯事贵人，巧伎艺，拙女功，仍愿粥为人妾，或竞窥垂涎，惟健者是归。”

以贾似道为题材的戏文也不少，徐渭《南词叙录》举“宋元旧篇”，有《贾似道木绵庵记》，钱南扬《宋元戏文辑佚》仅得佚曲一支:“[香遍满]数当忧患,泰极否来逢此难。[五更转]却忆年时,风光无限。羊羔酒,锦帐底,低低啖。繁华往事成何干。恁样凄凉,何曾经惯。[香柳娘]望前途转艰,望前途转艰,渐看酸风正寒,寥天将晚。”此乃似道所唱,在被谪南行途中。另外,《曲海总目提要》著录的《别有天》、《小天台》、《醉西湖》、《双鸳珮》等明清传奇,偶也提到木绵庵事,但都不是戏文重点所在。

杀贾似道的郑虎臣,《宋史》无传,文献记载很少。据《齐东野语》卷十九说,当时押送似道去循州有两人,一是沈士圭,一是郑虎臣,说似道“及鲁港失律,远谪南荒,就绍兴差官押送,则本州推官沈士圭,摄山阴尉郑虎臣也。郑,武弁,尝为贾所恶,适有是役,遂甘心焉”。这是周密听沈士圭亲口所说,来得比较可靠。郑虎臣如何会与似道结怨,《历代通鉴辑览》卷九十四说是“会稽县尉郑虎臣以其父尝为似道所配,欲报之,欣然请行”。《木绵庵郑虎臣报冤》则说得更具体了:“此人乃是太学生郑隆之子,郑隆被似道黥配而死,虎臣衔恨在心,无门可报,所以今日愿去。朝中察知其情,遂用为监押官。”既是小说,郑隆当然是杜撰出来的。

贾似道和郑虎臣是前世冤家,前人均设一悬念,说似道忌讳郑姓之人。《齐东野语》卷十九说:“贾师宪柄国日,尝梦金紫人相迎逢，旁一客谓之曰：‘此人姓郑，是能制公之死命。’时大珰郑师望用事，意疑其人，且姓与梦合，于是竟以他故摈逐之。”《山房随笔》说：“秋壑在朝，有术者言，平章不利郑姓之人，因此每有此姓为官者，多困抑之。武学生郑虎臣登科，辄以罪配之，后遇赦得还。”《西湖游览志馀》卷五也说：“先是似道尝梦术者言，平章不利姓郑人，故朝士郑姓者，多摧抑之。武学生郑虎臣，素见憎于似道，廷议遂以虎臣为押送官。”

相传贾似道南窜，且死于漳州木绵庵，也是命中注定。前人喜欢记写这样的事，也作为宣扬因果报应的绝好材料。据《齐东野语》卷十九说，贾似道待罪越州，将启程前往循州，行前宴请沈士圭和郑虎臣，告诉他们一件事，说是“向在维扬日，襄、邓间有人善相。一日来，值某跣卧，因叹惜再三。私谓客曰：‘相公贵极人臣，而足心肉陷，是名候形，恐异时不免有万里行耳。’是知今日窜逐之事，虽满盈招咎，盖亦有数存焉”。《西湖游览志馀》卷二十六说：“似道又尝斋云水千人，其数已足，有一道士，衣裾褴褛，至门求斋。主者以数足，不肯引入，道士坚求不去，不得已，于门侧斋焉。斋罢，覆其钵于案而去。众将钵力举之，不动，启于似道，自往举之，乃有诗二句云：‘得好休时便好休，收花结子在绵州。’始知真仙降临而不识也。其曰‘绵州’者，盖木绵庵之兆云。”元人《东南纪闻》卷一说：“贾似道当国，京师亦有童谣云：‘满头青，都是假。这回来，不作耍。’盖时京妆竞尚假玉，以假为贾，喻似道之专权，而丙子之事，非复庚申之役矣，因记似道贬时，有人题壁：‘去年秋，今年秋，湖上人家乐复愁，西湖依旧流。吴循州，贾循州，十五年间一转头，人生放下休。’”题壁所称的“吴循州”，即吴潜，字毅夫，号履斋，曾两度入相，为似道所恶，被劾贬谪至循州，似道派刘宗申知循州，他到任后，捃摭吴潜无所不至，以至于死，随行吏仆也相病亡。还有一种说法，刘宗申使人在吴潜往处的井中下药，凡饮水者都患足软之病，逐渐死去，吴潜当然也不免。故似道被郑虎臣杀后，正值似道门客赵介如（一作分如）守漳州，为之经纪棺敛，并致祭辞曰：“呜呼，履斋死循，死于宗申；先生死闽，死于虎臣。呜呼。”据周密《浩然斋雅谈》卷中记载，咸淳十年寒食日，似道曾作一诗，曰：“寒食家家插柳枝，留春春亦不多时。人生有酒须当醉，青冢儿孙几个悲。”想不到“明年师溃身殒，遂成恶谶”。

《宋史》记贾似道被杀是在德祐元年的八月，而《历代通鉴辑览》卷九十四则记为是年十月，并说：“后十二月复诏许似道归葬，返其田庐。”

再说郑虎臣，杀了贾似道后，也不得不逃窜。据《山房随笔》记载，似道死后，赵介如想往哭吊，郑虎臣不许，赵辩白了几句，郑说："汝欲检我耶？"赵回答："汝也宜得一检。"虽然朝廷中很多人希望郑虎臣杀了贾似道，但毕竟这是违律的，郑虎臣心里明白得很，否则他怎会说"吾为天下杀似道，虽死何憾"的话呢，杀了贾似道，他必然成为一个替罪羊，不管赵介如是否去检举他，郑虎臣总是罪责难逃。《历代通鉴辑览》卷九十四记道："陈宜中至福州，捕虎臣毙于狱。"郑思肖《心史》却记郑虎臣为张世杰所杀，《大义略叙》说："郑虎臣押送似道至漳州木绵庵，似道踞虎子，虎臣踢其阴而死。后少保张世杰问虎臣不奉朝命私杀似道罪，斩虎臣。"总之，郑虎臣杀了贾似道不久，大约就在这年的岁末，也给追杀了。

宋元人记载的郑虎臣，并无籍里，然而到了明初，就明确说他是苏州人。洪武《苏州府志》卷七说："郑虎臣宅，在鹤舞桥东。其家钜富时，居第甚盛，号郑半州。四时饮馔，各有品目。著《集珍日用》一卷，并《元夕闰灯实录》一卷，皆言其奢侈于餍饫也。当宋末，杀贾似道于木绵庵，即其人也。虎臣名景召。"

杀贾似道的郑虎臣，只是一介武夫，没有厚实的家业，自己也死于非命，如何会"居第甚盛，号郑半州，"四时饮馔，各有品目"，并著书记录自己"奢侈于餍饫"。大概有两种可能，一种可能是当时苏州另有一位郑虎臣，豪富之家，生活奢侈，极意奉养，因为杀似道的山阴县尉郑虎臣名声太大，恰好苏州也有同名同姓的，洪武《苏州府志》就附会为一人了。另一种可能，即苏州根本就没有郑虎臣其人，杜撰出来，比附杀似道的郑虎臣。

前一种是洪武《苏州府志》的失察，后一种就和出版有关了。

洪武《苏州府志》记述最实在的，就说这位郑虎臣写过两本书，一是《集珍日用》，一是《元夕闰灯实录》，可惜久已不传，具体写些什么，也就无可知道，就看那书名，就是如今说的生活实用类读物，在当时应该也是不断刷印的畅销书。虽然这两本书久已不传，但署名"郑虎臣"且流传至今的，还有《吴都文粹》，后被收入《四库全书》。《四库全书总目》卷一百九十七著录："案《苏州府志》，虎臣字景兆，曾为会稽尉。宋德祐初，自请监押贾似道，杀之于木绵庵者，即其人也。是书于吴郡遗文，综缉颇富。""盖是书虽称'文粹'，实与地志相表里，东南文献，多藉是以有征，与范成大《吴郡志》相辅而行，亦如骖有靳矣。"这虽说是"钦定"的，但也错了，因为它本来就是《吴郡志》的一部分，并非"相辅而行"。明人许元溥《吴乘窃笔》说："即《吴都文粹》虽郑公所粹，要皆取材于范文穆《吴郡志》，绝无增减，亦见古人服善心虚，今人不及也。”黄丕烈《荛圃藏书题识》卷十说：“《吴都文粹》虽为苏台郑虎臣之所集，而实本于石湖范成大之《吴郡志》。此书中所载诗文悉取于《志》，初未尝一字增损也。”孙星衍《平津馆鉴藏记书籍》卷三也说：“《吴郡文粹》十卷，题‘苏台郑虎臣集’，前后无序跋。《四库全书》本作九卷。此书全依《吴郡志》录写诗文，疑是坊贾所作，非虎臣原书。”

原来如此，书贾将《吴郡志》中的诗文抽出来，汇编成十卷，题名《吴都文粹》，编好后，要找个署名，就物色到“郑虎臣”。原因也很明白，一是郑虎臣杀了贾似道，声名远扬，不管他是否识字，他署名的书总会有较大市场；二是他已经死了，在杀了贾似道的当年，就被陈宜中或张世杰追杀，也就死无对证。瞿镛《铁琴铜剑楼藏书目录》卷二十三著录：“《吴都文粹》十卷（旧钞本），宋郑虎臣编，传钞本多脱讹，是本为宋宾王所藏，以宋本校过，正误甚多。”宋宾王所校之宋本，即绍定刊本《吴郡志》。《吴都文粹》编定后，一直以钞本流传，至清康熙六十年，方有娄东施氏的活字本。由“郑虎臣”的署名可知，《吴都文粹》及《集珍日用》、《元夕闰灯实录》的编定，都在郑虎臣死后不久，后两种，元明间或有印本流传，但亦无可确证。

值得一提的是，苏州馔肴之美，名闻天下，故饮食业向为繁盛，清嘉庆年间就在城中宫巷建立庖人公所，公所里奉祀庖厨业的祖师，郑虎臣就和夙沙、支离、伊尹、易牙、彭籛、虞倧、娄护、何曾、段成式等排列在一起，享以香火。郑虎臣能忝列庖厨之神，就得之于传说他“奢侈于餍饫”。由此可见，文化流播现象是错综复杂的，它与社会经济发展有着密切的联系。

杨皇后和杨妹子

苏州山温水软，是个孕育美女的地方，皇帝选妃，少不了到这里来寻访物色。但说也奇怪，苏州女子被选为妃子，又立为皇后的，实在也寥寥可数。汉高祖刘邦纳魏王豹宫人薄氏，是会稽吴县人，生子刘恒，后即位为文帝，被尊为皇太后；薄太后又以薄氏女为太子刘启妃，刘启即位为景帝，立为皇后，即孝景皇后，但无子无宠，薄太后死后，就被废去。北周时，宣帝宇文赟的天大皇后朱满月是吴郡人，后来竟然出家为尼。至明代，成祖朱棣的昭献贵妃王氏是苏州人，另外便是思宗朱由检的孝节皇后周氏了，李自成大军兵临北京城下，朱由检彻底绝望了，逼着周氏“领旨”自缢。至于一般嫔妃，苏州人或稍多一点，如三国时，甫里有女子被选为吴帝妃，那地方后来就称为孙妃村，康熙《吴郡甫里志》卷四记道：“孙妃村在甫里张林西山隔溪，相传为孙吴妃母家之村落。”但终究没什么故事可说。

且说宋宁宗赵扩，有一位杨皇后，著名于史。她不但天生丽质，且颇涉书史，知古今大事，为贵妃时，与曹美人同时受到宁宗的宠爱，当正宫韩皇后死后，韩侂胄见她有心计，又擅权术，而曹美人则性格温顺，于是便劝皇上立曹，宁宗不听，于嘉泰元年将杨妃立为皇后。她虽遂了夙愿，但心里仍然十分憎恨韩侂胄，至开禧三年，与杨次山、史弥远等密谋，将韩侂胄杀了。宁宗驾崩，史弥远欲废皇子赵竑而立成国公赵昀，杨后无奈，只得矫旨废立，是为理宗，她被尊为杨太后，垂帘听政一年，于绍定六年死去，享年七十二岁，谥恭圣仁烈。在历代后妃中，像她这样密谋于宫闱，擅权于朝阙，实在也是不多的，如果铺陈故事，想来也不让孝庄、慈禧。

杀韩侂胄是南宋历史上的大事，杨皇后的积怨固然是个原因，但除掉韩侂胄更代表着主和派的利益。在行事之前，他们便请王子赵曮入奏，称“侂胄再启兵端，谋危社稷”，宁宗一声不响，杨皇后在旁力请再三，请将韩侂胄罢黜了，宁宗也一声不响，这让他们担心事情会被泄漏出去，便让杨次山物色合适的人选，史弥远欣然承命，钱象祖、卫泾、张镃等都愿意参与，密谋的结果也更进一步了，既然“势不两立，不如杀之”。

据周密《齐东野语》卷三等记载，那是开禧三年的十一月初二日，正是韩侂胄爱姬三夫人“满头花”生辰，张镃与韩侂胄素有通家之好，便移庖韩府，酣饮至五更。韩的干办府事周筠在外面听到一点消息，便以片纸入投，上面写道“闻外间有警，不佳，乞关阁门免朝”。这时韩已经醉了，看了纸帖，一面说：“这汉又来胡说。”一面将它在烛上烧了。初三日早朝前，周筠又来禀告，韩哪里相信，叱道：“谁敢？谁敢？”说着就登车往宫里去，当车行至六部桥时，夏震率兵丁三百正在等候，只听夏震朗声宣道：“有旨，太师罢平章事，日下出国门。”韩不由惊愕：“有旨，吾何为不知？必伪也。”话还没有说完，百馀健卒一拥而上，将他拥至玉津园夹墙内，以棒棍挝击而死。完事后，钱象祖赴延和殿奏事，赵扩不信其事，台谏便交章论列，遂下诏历数韩侂胄首开兵端等罪，官籍其家，韩之尸首也草草埋了。韩死了，拜钱象祖为右相，卫泾、雷孝友并参政，史弥远知枢密事，林大中签书院事，杨次山开府仪同三司，赐玉带，主和派主持了朝政。为了和议的顺行进行，应金人要求，又将韩棺斫开，割其首级，送往金兵营帐，并增加岁币之数，以维持半壁江山的暂时安定。至于韩侂胄的首级，竟然被金主厚葬。褚人穫《坚瓠馀集》卷三说：“韩侂胄既死，朝命王柟为使，函胄首送金人以谢开边之罪，且许增岁币。当时有太学生题诗于学宫云：‘岁币顿增三百万，和戎又送一於期。无人说与王柟道，莫遣当年寇准知。’后有使臣至金，金主令往观一墓，甚壮丽，题曰‘忠缪侯墓’，且释云‘忠于为国，缪于为身’，询是何墓，曰韩侂胄之首葬其中也。夫权奸已死，之首固不足惜，然大伤国体，反被敌国所侮，南朝真可谓无人。”这是南宋统治集团的自相残杀，金人渔翁得利，还将韩侂胄作为一个正反两方面的教材。

周密《齐东野语》卷三说：“盖此夕之谋，悉出于中宫及次山等，宫省事秘，不能详也。”杨皇后固然在谋杀韩侂胄事件中起关键作用，但宁宗的一声不响，实在是默许，周密又说：“而茂陵乃守成之君，无意兹事，任情妄动，自取诛僇，宜也。身陨之后，众恶归焉，然其间是非，亦未尽然。”杨皇后除韩，主要为了一泄私愤；而宁宗能予默许，实在还是出于政治需要。然而历来都认为韩侂胄死于杨皇后手的，周密在《癸辛杂识》前集说：“或云韩信为吕后所杀，韩通为杜后所杀，韩侂胄为杨后所杀，韩震为谢后所杀，四人皆将相，皆死于妇人之手，亦异哉。”这一谋杀事件的政治背景，最高统治者的态度，却往往被隐去了。

杨皇后的来历，《宋史·恭圣仁烈杨皇后传》说得莫名其妙，称其“少以姿容选入宫，忘其姓氏，或云会稽人。庆元元年三月，封平乐郡夫人。三年四月，进封婕妤。有杨次山者，亦会稽人，后自谓其兄也，遂姓杨氏”。可见她既不知姓氏，又不知籍里，因为认杨次山为兄，故姓杨，也就隶籍会稽了。另有一说，杨皇后是吴江平望人，嘉庆《平望志》卷十说："宋宁宗恭圣仁烈杨皇后，杨懿女，世居平望里，流徙临安。懿妻张氏隶德寿乐部，诞女仙韶后院，后膺宁庙，贵进位正宫。懿封郡王。著有《宫词》一百首。"这一记载晚出于地方小志，杜撰了杨懿其人，据民间传闻，补了杨皇后的籍里。叶绍翁《四朝闻见录》丙集说："慈明太后，越人也。善通经史，能小王书。母张夫人，以乐部被宪圣幸，后以病，归李氏，死葬西湖小麦岭下，地名放马场。宪圣常因乐部不协，顾左右曰：'我记得张家，今安在？'左右对曰：'已死矣。有女颇聪慧。'宪圣念张氏，故召后入，时年十一二。尝置宪圣侧，宫中谓之'则剧孩儿'。及既长，宁皇侍宴长乐，目后有异，而重于自请。宪圣知其意，遂宴宁皇而赐之，曰：'做好看待，他日有福。'由此遂正六宫之位。"

如果将这几条史料综合起来，杨皇后的身世，就有另一种说法。她的母亲张氏，在德寿宫乐部为女乐，被光宗赵惇所幸，有了身孕，这是不敢声张的事，便在伶官住的院子里偷偷将她生下。后来张氏得病，只能离开乐部，改嫁李氏，终以病死。过了十年，光宗又问起张氏，知道她已经死了，就将她的女儿接进宫来，及长大，赐赵扩为妃。如此说来，这张氏的女儿，也就是光宗的女儿，而赵扩则又是光宗的第二子，这对可人儿，岂不是同父异母的兄妹。正由于这个缘故，杨皇后对自己的身世十分忌讳，后来自称与杨次山是兄妹，也是为了不让这段隐私流传的一个原因。

惟周密《齐东野语》卷十说："慈明杨太后养母张夫人善声伎。""养母"两字则将这一尴尬化解了。又说："既贵，耻其家微，阴有所遗，而绝不与通。密遣内珰求同宗，遂得右庠生严陵杨次山以为侄。既而宣召入见，次山言与泪俱，且指他事为验，或谓皆后所授也。后初姓某，至是始归姓杨氏焉。"就从杨皇后的姓氏来说，她的来历，依然是扑朔迷离的。

杨皇后有个妹妹，人称杨妹子。

杨妹子，也没有名字，她在画上别署"杨娃"，有时还钤有"杨娃"的印章，但"娃"不能算作她的名字，吴人称美女为娃，《汉书·扬雄传上》"资娵娃之珍髢兮，鬻九戎而索赖"，颜师古注："娵、娃皆美女也。"左思《吴都赋》"幸乎馆娃之宫，张女乐而娱群臣。"刘逵注："吴俗谓好女为娃。"她的身世更没有任何记载，只说她是杨皇后之妹，至于父母是谁，和杨皇后有无血缘关系，都不知道，她或是杨懿和张氏所生，或是李氏和张氏所生，或是杨懿和新娶妻子所生，与杨皇后都存在这种姐妹关系。甚至她是一位来历不可深究的私生女，进入宫中后，派定与先她进宫的杨氏以姐妹相称。不管如何，她自署"杨娃"，透露了她的故乡情愫，想来总与吴中有点关系。

南宋自和议既成后，湖山歌舞，务在粉饰太平，于是仍仿宣和故事，置御前画院，有待诏、祗候诸官品，其所作即名为院画。当时李唐、刘松年、马远、夏珪称四大家，其他高手云集，如林椿、阎次平、梁楷、李嵩、张茂、马和之、苏显祖、马麟、白良玉、陈宗训、陈清波、苏汉臣、鲁宗贵等，皆一时之选。南宋院画，或谓其工巧太过，视北宋门径有殊，然其初尚多宣和旧人，流派相传，各臻工妙，专门之艺，实非后人所及。由于朝廷的倡导，这种文化影响具有普遍性，由深宫而社会，由贵族而百姓，创作、评说、收藏绘画成为一时风尚。正因为杨妹子的身份特殊，且天资聪颖，才情横溢，就成为这一时尚流风中表现突出的女性代表。她擅长写字、绘画、作诗、填词，水平也可与当时一般内廷供奉媲美，且能接近皇上，走动于深宫与画院之间。她又懂得如何去迎合圣意，讨得宁宗的喜欢，比如她特意去学写宁宗的字，学得非常像，让人难以辨别，这就让宁宗很高兴，将赐给大臣贵戚的画，让她来代笔题写。孙承泽《庚子消夏记》卷八著录："又有《女诫》一卷，为马麟画，相传为宁宗书，实杨妹子书，用御书之印耳。"厉鹗《南宋杂事诗》卷六有云："书学官家笔势骞，杨家妹子最承恩。偷从琴鹤图中见，妩媚清诗粉指痕。"所谓"杨家妹子最承恩"，想来也不是宁宗去揩小姨子的油，而是对她的充分信任。她没有什么名份，宁宗或就在一次筵席上开玩笑，戏称她"大知阁"，她也老实不客气，有时在画上就落款“赐大知阁”。

杨妹子题得最多的，是马远的画。马远字遥父，号钦山，隶籍河中，生于钱塘，时为画院待诏，山水、人物、花鸟皆臻妙逼真，独步一时，所绘多残山剩水，故人称“马一角”，他尤擅长表现湖山的迷濛湿润，在画史上开创水墨山水的另一路风气。杨妹子的字，波撇秀颖，妍媚之态，映带缥缃，和马远的画在风格上比较合契。李日华《六研斋三笔》卷二著录马远画水十二幅，“云生沧海”、“层波叠浪”、“湖光潋滟”、“长江万顷”、“寒塘清浅”、“晚日烘山”、“云舒浪卷”、“波蹙金风”、“洞庭风细”、“秋水回波”、“细浪漂漂”、“黄河逆流”，皆杨妹子题，李东阳、吴宽、王鏊、俞允文、文伯仁、王世贞等均有题跋。据《六艺之一录》续编卷十二引项鼎铉《呼桓日记》，马远单条四幅，均杨妹子题，其一《白玉蝶梅》云：“重重叠叠染缃黄，此际春光已半芳。开处不禁风日暖，乱飘晴雪点衣裳。”再题“晴雪烘香”四字。其二《着雪红梅》云：“铢衣翠盖映朱颜，未委何年入帝关。默被画工传写得，至今犹似在衡山。”再题“朱颜傅粉”四字。其三《烟锁红梅》云：“夭桃艳杏岂相同，红润姿容冷淡中。披拂轻烟何所似，动人春色碧纱笼。”再题“霞铺烟表”四字。其四《绿萼玉蝶》云：“浑如冷蝀宿花房，拥抱檀心忆旧香。开到寒梢犹可爱，此般必是汉宫妆。”再题“层叠冰绡”四字。并说：“后各有‘杨娃之章’一小方印，与余家所藏妹子题马远杨叶、竹枝二册字画差大，然笔腕瘦嫩，略相似二册。杨叶题‘线捻依依绿，金垂袅袅黄’，竹枝题‘雨洗娟娟净，风吹细细香’。”张丑《清河书画舫》卷八上记崇祯元年四月过项氏，获观宋元真迹，中有“杨妹子题马远花卉对幅”。孙承泽《庚子消夏记》卷八著录：“马远红梅。远在画院中最知名，予有红梅一枝，菁艳如生。杨妹子题一诗于上，字亦工。按杨妹子者，宁宗恭圣皇后之妹，书法类宁宗，凡御府马远画，多令之题。此帧李梅公见而爱之，携去，竟毁于火。”《石渠宝笈》卷四著录乾清宫藏《历朝名绘册》：“第三幅山水，款署马远，上有杨娃题云：‘高人无一事，独坐看云生。兴剧忘归去，斜阳隔水明。杨妹子题。’”

因为她题马远画很多，如陶宗仪《书史会要》卷六说：“往往诗意关涉情思，人或讥之。”这也是很自然的事，深宫寂寞，梧桐秋雨之夜，鹧鸪春啼之晨，感情总得有所寄托，但想来也只能寄托于纸面，并不能真与之偷情。她题在马远画上的诗词，可真有点儿情思，据姜绍书《韵石斋笔谈》卷下记载，杨妹子有《诉衷情》一阕题马远《松院鸣琴》小幅，词曰：“闲中一弄七弦琴。此曲少知音。多因淡然无味，不比郑声淫。　松院静，竹楼深，夜沉沉。清风拂轸，明月当轩，谁会幽心。”毛晋辑《二家宫词》，收杨皇后所作五十首，《四库全书总目》卷一百八十九说：“今考集中‘阿姊携侬近紫微，蕊宫承宠对芳菲，绣帏独自裁新锦，怕看花开蝴蝶飞”

一首，亦似杨妹子作，故有首句。《书史会要》称杨妹子诗，语关情思，人或讥之，盖即此类。”如今看来，实在也无伤大雅。

杨妹子也为其他画家题画，曾为马和之四小景各题一绝，《六艺之一录》续编卷十二引沈清《吏隐录》：“人道中秋明月好，欲邀同赏意如何。华阳洞里秋坛上，今夜清光此处多。”“石楠叶落小池清，独下平阶弄扇行。倚日绿阴无觅处，不如归去两三声。”“清献先生无一钱，故应琴鹤是家传。谁知默鼓无弦曲，时向珠宫舞幻仙。”“雨洗东坡月色清，市人行尽野人行。莫嫌荦确坡头路，自爱铿然曳杖声。”还为马远子马麟题画，汪砢玉《珊瑚网》卷二十九著录马麟画卷《蝶戏长春图》、《美人扑蝶图》，有杨妹子题字。吴其贞《书画记》卷二著录马麟《风晴雪月梅花图》四幅：“气色尚佳，画法高简，气韵悠然。每幅上有杨妹子题咏，有坤卦图书。”卷三著录马麟《梅花图》小绢画一幅：“写一枝倒垂梅花，清简之甚，意趣有馀，气色亦佳。上有楷书题五言绝一首，用坤卦图书，盖杨妹子奉杨后所题也。”

杨妹子不但为人题画，自己也擅画。王宸《绘林伐材》卷十著录《赵清献公琴鹤图》：“不特琴声入耳，而鹤舞之态得传，清献公之孤高，真在九皋上也”。《珊瑚网》卷四十三著录《菊花图》，题诗云：“莫惜朝衣准酒钱，渊明身即此花仙。重阳满满杯中泛，一缕黄金是一年。”款署“赐大知阁”，并钤坤卦印章“杨氏画记”。汪珂玉跋曰：“杨娃为宁宗后之女弟，故称妹子，以艺文供奉内庭，凡颁赐贵戚画，必命娃题署，故称‘大知阁’。然印文擅用坤卦，人讥其僭越。王弇州以其字柔媚而有韵，乃此画亦清妍而有致，第画记稗乘独遗之，不得与建炎刘夫人希并垂为欠事。”吴其贞《书画记》卷三著录绢画一卷：“气色佳，画天日云三则，馀皆花卉。法简而文绝，无画家气。每则有一题咏。前识云：‘御制中殿生辰诗，四月八日。’仍有题识，失记其名，上有‘三城王’图书。”柴小梵《梵天庐丛录》卷十九著录红梅团扇：“清陈云伯旧藏团扇，画红梅一枝，上题诗云：‘楼台金碧月舒波，宫麝香消掩黛螺。貌得南唐新粉本，飞花如雪扑红罗。’印曰‘杨娃’，笔墨纤丽，殆真本也。云伯有诗纪之，在《碧城仙馆诗钞》中。”她还画过摺扇，在当时还是舶来品，方以智《物理小识》卷八说：“摺叠扇，贡于东夷，永乐间盛行。陆文裕得杨妹子写扇，摺痕尚存。”

南宋偏安一百五十馀年，虽说城市经济繁荣，文化科技发达，政治体制也较为稳固，但统治集团内部的倾轧和争斗，从来没有停息过，甚至有时还相当激烈。杨妹子生活在深宫楼台里，看到得太多，知道得也太多，于是她就只能采取一种独特的处世态度，一意在笔墨间消遣人生，对政治几乎没有什么兴趣，尽管她没有作品流传下来，但由于马远等人的缘故，画史上留下了她的芳名，佳话流传，也绝不逊于徽宗显恭皇后王氏和高宗刘夫人。她在宫闱中扮演这样的角色，也可能是杨皇后的授意，让她从另一方面多多接近宁宗，了解宁宗的想法，能给这个姐姐传递出更多的消息。

泥孩儿

早在春秋时期，社会就注重家族和子嗣，相对忽视个性和情感，生儿育女是夫妇的天职，特别是生子，关系重大，如果做不到，妻子就有被休的理由。《仪礼·丧服》记有“七出”，“无子”即为其中之一；《大戴礼记·本命》记有“妇有七去”，“无子去”也是其中之一。妻子若不被休去，丈夫也就有了纳妾的藉口。原始的生殖崇拜观念，至此不仅具有繁衍子孙的意义，更有了浓厚的伦理宗法色彩。故而祈求子嗣的偶像，逐渐由图腾转化为宗教，由各种民间神灵发展到各种具有多子象征意义的事物，并由婚姻的礼仪普及到一年四季的习俗，祈求子嗣的愿望渗透在意识形态的许多方面，并通过具体的事物表现出来。这里说的泥孩儿，便是求子风俗中很普及的祈愿寄托物。

泥孩儿是加服饰的孩儿泥偶，除用泥抟埴的外，还有用木、牙、玉、蜡等材料来制作。凡这种孩儿偶像，统称为摩睺罗，宋元戏文里也写作摩侯罗、摩诃罗、摩孩罗、摩喝乐、磨喝乐、魔合罗等，语本梵语摩睺罗伽（Mahoraga）。据《大毗庐遮那成佛神变加持经》、《一切经音义》等记述，它即是佛教天龙八部之一、胎藏界的摩睺罗神（大蟒神、乐神，人身蛇首），佛经里又译作罗睺罗、摩睺罗伽、摩睺勒、摩呼洛伽、牟呼洛等。为什么将这些孩儿偶像，称为摩睺罗呢？《阿弥陀经疏》卷一说：

“罗睺罗者，此云覆障，亦曰宫生。《五百弟子本起经》云：我昔为王，有一仙犯罪，禁安后园，忘经六日，不与其食，然我无恶心，以忘因缘，遂堕黑绳地狱，经六万岁，最后身受胎，六年乃生，故曰覆障，谓被胎膜久所覆障也。佛出家六岁，罗睺罗乃生，诸释皆疑非是佛种。佛成道后，还宫说法，其妻耶输陀罗，此云名声，欲自雪身，知其清白，乃以欢喜丸与罗睺罗，令奉汝父。佛知其意，乃变弟子皆作佛身，罗睺罗献奉而不错。佛既受已，化佛皆灭，诸释方信真是宫生。《入大乘论》云：罗睺罗久住世者，是变化身。”

正由于这个缘故，摩睺罗就有了象征的意义，被作为宜男之物，进入风俗史。

唐代七夕就有化生之俗。杨士弘《唐音》卷一引唐《岁时纪事》:“七夕，俗以蜡作婴儿形浮水中，以为妇人宜子之祥，谓之化生。本出西域，谓之摩睺罗。今富贵家犹有此。”杜仁杰有散曲咏七夕，唱道:“[集贤宾]今宵两星相会期。正乞巧投机。沉李浮瓜肴馔美，把几个摩诃罗儿摆起。齐拜礼。端的是塑得来可嬉。”化生求子，那是要放在水盆里的，福申《俚俗集》卷四引《月令》:“唐宫中，以蜡制小孩，浮银盘水面弄之，以为求子之兆，名弄化生。”那水盆也称化生盆，顾瑛《天宝宫词》有云:“后宫举做金钱会，香水兰盆浴化生。”章轩《和刘工部无题》有云:“钿合鸾钗昨尚存，几看新水化生盆。”洪昇《长生殿·密誓》写道:“旦引老旦、贴同二宫女各捧香盒、纨扇、瓶花、化生金盆上。”又，“作将瓶花、化生盆设桌上，老旦捧香盒，旦拈香介。”这是《长恨歌》“七月七日长生殿，夜半无人私语时”的特定环境，化生盆也就是那天的特定道具了，吴舒凫批注:“化生盆乃金盆中坐一粉孩儿。”唐人也有在中元节化生求子，薛能《吴姬十首》之一云:“身是三千第一名，内家丛里独分明。芙蓉殿上中元日，水拍银台弄化生。”

至北宋，摩睺罗作为七夕节物，已风行一时。孟元老《东京梦华录》卷八说:“七月七夕，潘楼街东宋门外瓦子、州西梁门外瓦子、北门外、南朱雀桥门外街及马行街内，皆卖磨喝乐，乃小塑土偶耳。悉以雕木彩装栏座，或用红纱碧笼，或饰以金珠牙翠，有一对直数千者。禁中及贵家与士庶为时物追陪。”金盈之《醉翁谈录》卷四说：“京师是日多博泥孩儿，端正细腻，京语谓之摩睺罗，小大甚不一，价亦不廉。或加饰以男女衣服，有及于华侈者。南人目为巧儿。”这是京城开封的情形。

南渡后，风气不衰，临安七夕亦盛此风。周密《武林旧事》卷三说：“七夕节物，多尚果实茜鸡及泥孩儿号摩睺罗，有极精巧，饰以金珠者，其直不赀。”又说：“七夕前，修内司例进摩睺罗十卓，每卓三十枚，大者至三尺，或用象牙雕镂，或用龙涎佛手香制造，悉用镂金珠翠，衣帽、金钱、钗镯、佩环、真珠、头须及手中所执戏具，皆七宝为之，各护以五色缕金纱厨。制阃贵臣及京府等处，至有铸金为贡者。宫姬市娃，冠花衣领，皆以乞巧时物为饰焉。”吴自牧《梦粱录》卷四说：“内庭与贵宅皆塑卖磨喝乐，又名摩睺罗孩儿，悉以土木雕塑，更以造彩装栏座，用碧纱罩笼之，下以桌儿架之，用青绿销金桌衣围护，或以金玉珠翠装饰尤佳。”

南宋时，摩睺罗制作已极精美，作为七夕节物，用来送人，也是上档次的礼品，王安中《七夕日送泥儿与彭少逸代简》云：“此儿眉宇大儇好，中但泥沙相合和。造化作人日无数，凭君熟看几争多。”由此而成为一种时尚，《宋季三朝政要》卷四说，咸淳六年，严格科举，“覆试之日，露索怀挟。辛未榜李钫孙者，少时戏雕摩睺罗于股间，惧搜者之见，蒙纸其上。搜者视之，骇曰：‘此文身者。’事闻被黜”。厉鹗《南宋杂事诗》卷五咏道："此日轻儇嗟士风，谑谈盆盎浴堂中。摩睺罗样黜雕戏，灯禁自应先蜡红。"在屁股上文刻摩睺罗图案，虽然有点想入非非，但亦可见摩睺罗之深入民间心理的情形。

在宋元话本戏文里，时常提到摩睺罗。《京本通俗小说·碾玉观音》说，郡王要谢官家，"去府里寻出一块透明的羊脂美玉来，即时叫将门下碾玉待诏道：'这块玉做甚么？'内中一个道：'好做一副劝杯。'郡王道：'可惜恁般一块玉，如何将来只做得一副劝杯。'又一个道：'这块玉上尖下圆，好做一个摩侯罗儿。'郡王道：'摩侯罗儿只是七月七日乞巧使得，寻常间又没无用处。'"可见摩睺罗只合七夕，且是乞巧的内容，宋元乞巧本就是祈子。又，孟汉卿杂剧《张孔目智勘魔合罗》，演的是李文道害死堂兄谋占堂嫂刘玉娘不成，反而诬告玉娘杀害亲夫，后经孔目张鼎研究案情，从摩睺罗得到线索，查出真凶。第一折说："每年家赶这七月七，入城来卖一担摩合罗。"第二折高山说："你休打孩儿，我与他一个魔合罗儿。你牢牢收着，不要坏了，底下有我的名字，高山塑。"可见担卖摩睺罗赶趁七夕，而每个摩睺罗底部一般都戳着塑者的印记。

宋代摩睺罗的造型，以孩儿执荷叶如伞状比较常见，往往着红背心、系青纱裙。《西湖老人繁胜录》说："御街扑卖摩睺罗，多着乾红背心，系青纱裙儿，亦有著背儿戴帽儿者。

牛郎织女，扑卖盈市。卖荷叶伞儿，家家少女乞巧饮酒。”为什么有卖“荷叶伞儿”呢？因为七夕那天，孩儿们都扮作摩睺罗形象，奔走闾巷，以作嬉戏。《东京梦华录》卷八说：“又小儿须买新荷叶执之，盖效颦磨喝乐。”《武林旧事》卷三说：“小儿女多衣荷叶半臂，手持荷叶，效颦摩睺罗，大抵中原旧俗也。”《梦粱录》卷四也说：“市井儿童，手执新荷叶，效摩睺罗之状。此东都流传，至今不改，不知出何文记之。”赵师使《鹊桥仙·丁巳七夕》上阕咏道：“明河风细，鹊桥云淡，秋入庭梧先坠。摩孩罗荷叶伞儿轻，总排列、双双对对。”

摩睺罗一般都是眉清目秀的男孩，苏州城内定慧寺巷罗汉院大殿，重建于南宋绍兴年间，毁于太平军战火。现存四周石檐柱十六根，覆盆式石础三十个，前檐六柱及础为圆形，通体浮雕牡丹、夏莲、秋葵等缠枝花卉和婴戏纹饰，有童子造型六十馀处，姿态各异，不少与荷紧密联系，或持荷叶，或扛荷叶，或倚荷叶，应该最接近宋代“荷叶伞儿”的摩睺罗。又，河南禹县扒村窑出土宋白釉加彩童子，骑坐鼓形绣墩上，上着背心，敞怀坦腹，腰间缠带，手持荷叶，高二十一厘米，红黑彩釉勾画眉目、头鬟、服饰，也是摩睺罗的造型。摩睺罗并没有标准器，凡宋元间的男孩儿塑作，都可归入摩睺罗范畴。

摩睺罗也有女性，孟汉卿杂剧《张孔目智勘魔合罗》，第四折正末责问摩睺罗，唱道："[醉春风] 不强似你教幼女演裁缝，幼佳人学刺绣。要分别那个不明白的重刑名，魔合罗，全在你，你。若出脱了这妇衔冤，我教人将你享祭，煞强如小儿博戏。"又唱道："[滚绣球] 我与你曲湾湾画翠眉，宽绰绰穿绛衣，明晃晃凤冠霞帔，妆严的你这样何为？你若是到七月七，那其间乞巧的，将你做一家儿燕喜。你可便显神通，百事依随。比及你露十指玉笋穿针线，你怎不启一点朱唇说是非，教万代人知。"这摩睺罗分明是女性，唐阿闍梨《大毗庐遮那成佛经疏》卷六亦提到有"摩睺罗迦女"。但女性摩睺罗在七夕祈子的具体风俗活动中，或许另有其用途，今已无可详考。张尔岐《蒿庵闲话》说："邑令杜公乃云，大同于七夕以蜡若彩为女人形，涂朱施粉，衣祝奇锦，佩金珠，肩舆鼓吹，道送婚姻家，酒殽果饵继至，至则衰媪童姹，焚香密祝，继以笑弄，名之曰摩侯罗。既云生子之祥，又不当止为女人形，要是儿女嬉戏之事，设之原庙何居。"这已是清初的事了，那女摩睺罗带有送子娘娘的神格，虽然与宋元的化生摩睺罗已相去已远，但在风俗意义上仍有相同的地方。

傅芸子《宋元时代的"磨喝乐"之一考察》认为，《东京梦华录》既说"有一对直数千者"，"这当然是两性都有的"。宋元时摩睺罗销售，确是以"对"为单位，但这"对"并非指男女两个，而是指孩儿塑作的大小、造型、形态相对等的一双。

摩睺罗之俗，源于印度，传入中土后，历经改造，成为童子的形象。七夕陈供，始于唐，盛于两宋，续于元，至明代已成尾儿，仅见旧日临安的“熙朝乐事”了。田汝成《西湖游览志馀》卷二十称七夕那天，“市中以土木雕塑孩儿，衣以彩服而卖之，号为摩睺罗”。这个外来词，在元代已引申为对漂亮、可爱的形容，如关汉卿杂剧《诈妮子调风月》第一折正旦唱“[天下乐]和哥哥外名，燕燕也记得真，唤作魔合罗小舍人。”岳伯川杂剧《吕洞宾度铁拐李》第二折正末唱道：“[煞尾]花朵般浑家不能勾恋，魔合罗孩儿不能勾见。”杨暹《西游记》第五本第十九出，行者说：“小鬼，对恁公主说，大唐三藏国师魔合罗俊徒弟孙悟空来求见。”至明代仍沿用这个形容词，如在《二刻拍案惊奇》第五回《襄敏公元宵失子，十三郎五岁朝天》里，小衙内不慎丢失，夫人说：“魔合罗般一个孩子，怎生舍得失去了。”随着社会发展，语言变化，在以后的戏文小说中，就很少看到这个词的引申义了。

摩睺罗泛指各种材料的孩儿塑作，其中用泥抟埴的，直呼为泥孩儿，因为摩睺罗用泥抟埴的占绝大多数，故泥孩儿一词，甚至比摩睺罗还要流行。泥孩儿自有七夕风俗上的意义，但在孩儿们眼里，也是玩具的一种，周必大《答胡伯信》有云：“却忆儿童聚嬉戏，争骑竹马弄泥孩。”如果研究玩具史，这一点是要了解清楚的。

在宋代，各地都产泥孩儿，以苏州所出尤享盛名，衣服装饰塑得更为精致讲究，因此远销京师，甚至有入贡内廷。祝穆《方舆胜览》卷二“平江府”条下有“七夕摩睺罗”，称“土人工于泥塑，所造摩睺罗尤为精巧”。陈元靓《岁时广记》卷二十六谈到摩睺罗时也说：“惟苏州极巧，为天下第一。”南宋有袁遇昌者，以抟埴化生摩睺罗著名。洪武《苏州府志》卷四十一说：“袁遇昌，吴之木渎镇人。以像塑婴儿，名扬四方。每用泥抟埴一对，约高六七寸者，价直三数十缗，非预为钱以定，则经年不可得。盖其齿唇眉发与夫衣襦襞积，势似活动，至于脑顄，按之胁胁。遇昌死，其子不传，此艺遂绝。”卷四十二又说，摩睺罗，“今木渎袁家所制，益异众工”。许棐《梅屋集》卷四有《泥孩儿》一首，咏道：“牧渎一块泥，装塑恣华侈。所恨肌体微，金珠载不起。双罩红纱厨，娇立瓶花底。少妇初尝酸，一玩一心喜。潜乞大士灵，生子愿如尔。岂知贫家儿，呱呱瘦于鬼。弃卧桥巷间，谁或顾生死。人贱不如泥，三叹而已矣。”这首诗对泥孩儿实在是很好的写照，首句“牧渎”，即是木渎的雅写，所咏也许正为袁遇昌所制；“少妇初尝酸”正是祈求子嗣的心态，且与信仰“大士”相联系；“人贱不如泥”则又有对世道人心的感慨。

一九七六年，镇江五条街小学宋代遗址出土过一批泥孩儿，高约十馀厘米，用泥抟埴捏成后经过烧制，素胎泥土本色，不施彩绘，上有“吴郡包成祖”、“平江包成祖”、“平江孙荣”等戳记。这是惟一可见的宋代苏州泥孩儿实物。这批泥孩儿经过修复，有五个完整无缺，塑得天真活泼，充满稚气，姿态各异，富有浓厚的生活气息。泥孩儿本来是各自独立的单塑，将它们聚在一起，便成为一组相互呼应的摔斗戏嬉的群塑。这五个泥孩儿神情逼真，透视比例准确，衣纹线条洗练流畅，不啻是艺术珍品。宋时平江府乐桥大市（在今乐桥南），当时是商肆、作坊集中之地，曾出土一批宋代泥塑印模。从这些印模和翻制出来的泥塑小件上，可以窥见宋代泥塑风格特色及其批量生产的情况。

当时平江府的属县常熟，也产泥孩儿，《重修常昭合志》卷十五说：“摩睺罗，《方舆胜览》、《东京梦华录》俱称摩睺罗惟苏州精巧，而实出邑中，仿佛生动。龚复澄诗：‘列肆摩睺色色新，游人竞买赛亲邻。画船何处闺中妇，玉指拈来不让人。’今有担挑捏粉像，以山芋粉捏成戏剧人物者，着色点染，亦光艳如生。”

《湖海新闻夷坚续志》后集卷二记“泥孩儿怪”故事：“临安风俗，嬉游湖上者，相尚多买平江泥孩儿，仍与邻家，谓之土宜。”虽然临安以苏州泥孩儿为尚，但本地亦有所出。南宋时泥人铺大都集中在保和坊，后称孩儿巷。丁丙《武林巷坊志》引《康熙仁和志》：“保和坊，即砖街巷，又名孩儿巷。宋时售泥孩儿多在此，故名。”又引《张玠老编年诗》：“《康熙癸酉秋闱试毕归家解嘲》：‘形貌虽衰心尚孩，喧喧一例选场回。三年消缴三场苦，三个胶泥蜡烛台。’系孩儿巷泥人铺支应。”丁丙按：“今孩儿巷已无泥人铺，秋闱仅有瓷盘碗暨中秋月饼放给，胶泥烛台久停给矣。此诗不特斯巷旧闻，抑亦秋闱故事也。”清代杭州卖泥孩儿的地方，以昭庆寺前为盛，张璇华《西湖杂咏》就有“日暮人从昭庆来，土宜十九抱泥孩”之咏。

陕西鄜州亦出泥孩儿，晁说之《排闷》云：“鄜畤来为吏，多愁尚喜论。山川分汉郡，人物客羌村。宫废神仙在，天清贰负昏。莫言无妙丽，土稚动金门。”陆游《跋嵩山景迂集》说：“盖鄜人善作土偶儿，精巧虽都下莫能及，宫禁及贵戚家争以高价取之。”哲宗、徽宗时鄜州有抟埴名家田玘，晁说之有《赠鄜州田玘》云：“前世能歌田顺郎，今身追悔太昌昌。戏泥巧尽群儿态，休忆小姑初倚床。”其所作泥孩儿，陆游家曾藏，《老学庵笔记》卷五说：“承平时，鄜州田氏作泥孩儿，名天下，态度无穷，虽京师工效之，莫能及。一对至直十缣，一床至直十千，一床者或五或七也。小者二三寸，大者尺馀，无绝大者。予家旧藏一对卧者，有小字云‘鄜畤田玘制’，绍兴初避地东阳山中，归则亡之矣。”

至清代，无锡惠山的泥孩儿名声渐起。徐珂《清稗类钞·工艺类》说：“高宗南巡，驾至无锡惠泉山，山下有王春林者，卖泥人铺也。工作精妙，技巧万端。至此，命作泥孩儿数盘，饰以锦片金叶之类，进御时，大称赏，赐金帛甚丰。其物至光绪时尚存颐和园之佛香阁中，庚子之乱为西人携去矣。”

宋元时泥孩儿的销售方式，除田玘、袁遇昌那样的名家，先为预订，一对可卖三四十缗，大多数摊肆则采用扑卖方式。当时流行的扑卖，大多以掷钱为之，视钱之正反多寡定输赢，赢者得物，输者失钱。鲁应龙《闲窗括异志》说，张湘“梦人持巨盘扑卖，湘一扑五钱皆黑，一钱旋转不已，竟作字”。扑卖本是赌博性质，又有游戏的趣味，用于销售泥孩儿这类物事是很适宜的。陈元靓《岁时广记》卷二十六记下了描写扑卖泥孩儿的一首谑词：“天上佳期，九衢灯月交辉，摩喉孩儿，斗巧争奇。戴短檐珠子帽，披小缕金衣，嗔眉笑眼，百般地敛手相宜。转睛底工夫不少，引得人爱后如痴，快输钱，须要扑，不问归迟。归来猛醒，争如我活底孩儿。”将扑卖泥孩儿的情景，描写得十分生动。晚近流行的“转糖得彩”、“升官图卖糖”等售货形式，便是扑卖的延续。

以泥孩儿作祈求子嗣的寄托，随着风俗演变，也并不局限于七夕了。如江苏兴化新年风俗，凡望子殷切人家，都求孩儿灯（孩儿形泥灯），如求来的孩儿灯稍有缺损，则将来生子必有残疾。再如安徽歙县风俗，有三月十五日烧四顶山香，庙祝多买泥孩置佛座上，供人抱取，抱泥孩者，谓之偷子，如果偷子后果然得子，则须买泥孩为之披红挂彩送还庙中，称为还子。纪昀《阅微草堂笔记》卷五记了一件事，他二三岁时，常有四五个彩衣金钏的孩子，与他一起嬉戏玩耍，并称他为弟弟，后来都不见了，他十分奇怪，便去问父亲，父亲说："汝前母恨无子，每令尼媪以彩丝系神庙泥孩归，置于卧内，各命以乳名，日饲果饵，与哺子无异。殁后，吾命人瘗楼后空院中，必是物也。"这也就是"拴娃娃"祈子风俗的故事。

生存和繁衍是人类和一切生物最基本的群体意识，也是作为人类群体文化现象的基本内涵。泥孩儿的风俗现象，正反映出这样一种意识，由此而产生的民间风俗和民间艺术形态，也是在不断的嬗变和进化之中。

泥人春色

泥人，一抔黄土，抟埴而塑，有何春色可言。拈着这个题目，无非想说说其中的两类，戏文和春宫。

苏州泥人具有悠久的历史，工艺精湛，名闻遐迩，苏州又是昆曲的故乡，当明嘉靖、万历间昆曲开始流行，泥人也就有了新的题材。昆曲极雅，乃所谓“阳春白雪”，但用泥来捏塑戏文故事，以极通俗的样式销行于市，正反映了昆曲在民间的广泛影响。

在戏文泥塑的形成过程中，泥美人是重要过渡，它将人物塑造得越来越精致细腻，不但外形趋于写实，且能表现出人物的神采风韵。在民间艺术造型中，美人自古就是一个题材，唐代已有“帛新妇子”、“瓷新妇子”等。就苏州的情形来说，一九七四年在横塘鸳鸯墩唐墓曾出土乐舞女陶俑七件，其中立俑两件，高三十二点五厘米；坐俑五件，均高十九点五厘米。立俑梳单螺髻，着窄袖袒胸短襦，披帛，系窄长裙，双手置胸前，从形象神态来看，当是伴唱或侍舞者。坐俑的服饰、造型与立俑大致相同，手执乐器，一抱琵琶，一已残缺。虽然这组陶俑也属小型美人造像，但与泥美人并非一类，不可混为一谈。

早期苏州泥美人的情形，不可确考。南宋平江的泥孩儿就称“天下第一”，自此以降，各种泥货制作，历久不衰，坊肆集中在虎丘山塘。顾禄《桐桥倚棹录》卷十一说：“头等泥货在山门以内，其法始于宋时袁遇昌，专做泥美人、泥婴孩及人物故事，以十六出为一堂，高只三五寸，彩画鲜妍，备居人供神攒盆之用，即顾竹峤诗所云‘明知不是真脂粉，也费游山荡子钱’是也。他如泥神、泥佛、泥仙、泥鬼、泥花、泥树、泥果、泥禽、泥兽、泥虫、泥鳞、泥介、皮老虎、堆罗汉、荡秋千、游水童，精粗不等。”虎丘泥美人属上等泥货，彩绘精细，衣以绫罗绸缎，或缀以刺绣，或饰以贴花，称之为绢人。绢人头像，必用虎丘“滋泥”。《桐桥倚棹录》同卷说：“虎丘有一处泥土，最滋润，俗称‘滋泥’。凡为上细泥人、大小绢人塑头，必此处之泥，谓之‘虎丘头’。”迟在明末清初，虎丘泥美人就已享有盛名，一直延续到咸丰十年战火之前。

前人于虎丘泥美人颇多咏唱，如尤侗《好女儿·泥美人》云："彼美人兮。半面风姿。谁向妆台描五色，有顾恺传神，何郎傅粉，张敞修眉。 可惜红颜黄土，立而望、是耶非。问若个小名君识否。是罢舞西施，停歌子夜，不笑褒姬。"吴绮《泥美人》云："弃置沟中已不辞，偶然朱粉为君施。漫夸婢子言词巧，应羡夫人和合奇。踏作落花原不可，沾来芳絮更何时。独怜陌上倾城质，只伴儿童几日嬉。"施於民《虎丘百咏·泥美人》云："缕金衣衬缕金裳，一捻腰支体自香。连臂六街随伴侣，回头九陌失家乡。灯前每夜伤筵泞，镜侧终朝懒换妆。此处蛾眉尘土贱，尽人携得向殊方。"竹枝词里也时常提到泥美人，如翁照《山塘竹枝词》云："捏作腰肢态俨然，画中佳丽果神仙。更怜一种闲花草，但到山塘便直钱。"黄任《山塘口占》云："十二金钗粉面新，琴川春店绿杨津。最宜色相相参印，真美人看假美人。"顾瑶光《虎丘竹枝词》云："落花飞絮按歌尘，踏作香泥做美人。双手便拈看更好，爱伊一捻小腰身。"

乾隆二十八年仲春，高宗南巡至苏州，綵幔盈衢，花灯夹道，且黏贴了不少灯谜，其中有一首隐泥美人，写得颇有思致，诗云："谁倩芳尘作丽妆，鞋弓犹画两鸳鸯。心多块垒因无语，身恐颠危易断肠。秋火含将蚁垤润，春山留得燕巢香。相逢莫讶频相唤，可是卿卿旧姓黄。"这首灯谜被传抄一时，泥美人姓黄，或就是"游春黄胖"的后人，这是颇为发噱的段子。

泥美人在泥货里是特殊的一种，它的消费对象不受年龄限制，主要消费者甚至不是儿童，可以说是成人的玩具，因此其装潢就很讲究。嘉庆时人捧花生在《画舫馀谭》里说："近时虎嵺人技最擅长，曳罗绮之衣裙，镂金玉之玩好，凉床暖炕，制造精良，贮以香楠木小匣。价之低昂，视装潢之繁简为准。来游吾郡，多购之者。"这与捏相的"相堂"仿佛，《桐桥倚棹录》卷十一说："位置之区，谓之相堂，多以红木紫檀镶嵌玻璃，其中或添设家人妇子，或美婢侍童，其榻椅几杌以及杯茗陈设，大小悉称。"这种精致的小匣，自然是用来作摆设的，如果从性心理学上来考察，一定会有合乎情理的解释。

虎丘戏文泥塑是在绢人基础上发展起来的，小巧玲珑，大的五六寸，小的二三寸，取材于折子戏，每出仅两三人，紧扣戏文情节，用夸张的手法予以塑造，而服饰也正是剧中角色妆扮，一如舞台所见。一般以八出或十六出为一堂，供节日陈列，借代演戏。《红楼梦》第六十七回说，薛蟠从虎丘买回"一出一出的泥人儿戏，用青纱罩的匣子装着"。这"一出一出的泥人儿戏"，究竟是什么折子，作者没有说，故就也无从考索。

晚清苏州戏文绢人的坊肆，主要有"老荣兴"、"老荣泰"、"金合成"、"沈万丰"、"汪春记"等，苏州博物馆藏"沈万丰”、“汪春记”出品的《牧羊卷》、《四杰村》、《四郎探母》、《打龙袍》、《打金枝》、《长坂坡》、《金雁桥》、《杨排风》等戏文绢人，有生旦净末丑各式人物，其头小如豆，用模子塑成，轮廓分明，神态生动，宛然若真。描眉点睛、敷面染唇等“开相”手法，十分精到。其服饰精美，甲胄袍服、纶巾羽扇、丝絛流苏等皆备，综合了盘金、刺绣、贴花、彩绘等多种工艺。“沈万丰”的木质底坐上，还粘有红纸墨印“观西大成坊巷内”的标贴。南京博物院也藏光绪时苏州人沈顺生、周春奎所作的《下山》、《盗草》、《闹海》、《借扇》等戏文绢人，另外还有人物头像模子，共四百三十六件，模子上刻有“光绪三年”字样。当时的戏文绢人，更具浪漫主义表现手法，紧扣矛盾冲突和人物性格集中展现的瞬间，以渲染之法出之，如《教歌》一出，人物比例失诸准确，但神情生动，造型简练，线条流畅，拙朴可爱，具有独特的地方特点。在晚清苏州，这项技艺的名家也多，如项琴舫，乃捏相世家的最后一位传人，本就酷好昆曲，故其所塑也就别有体味，一般工匠是不能望其项背的。

苏州的戏文绢人，也影响到其他地方。李斗《扬州画舫录》卷十六说："雕绘土偶，本苏州拔不倒做法。二人为对，三人以下为台，争新斗奇。多春台班新戏，如倒马子、打盏饭、杀皮匠、打花鼓之类。其价之贵，甚于古之鄜畤田所制泥孩儿也。"

无锡与苏州近在咫尺，惠山泥人，亦由来已久，为一方土宜，但与虎丘货并非一路。王思任《游慧锡两山记》说：“居人皆姓蒋，市泉酒独佳，有妇折阅，意闲态远，予乐过之。买泥人，买纸鸡，买木虎，买兰陵面具，买小刀戟，以贻儿辈。”这是晚明的情形，当时惠山乡人做耍货，应该还属于农闲时的副业，泥货主要是泥孩儿，由此而变化发展，逐渐形成大阿福、小花囡、老寿星、车状元等传统产品系列，具有浓郁的乡土气息。至乾隆前后，出现名家王春林等，制作日益精致。秦琦《惠山竹枝词》云：“泥孩工致胜苏州，眉目都从妙笔勾。郎爱美人能试马，侬怜稚子独骑牛。”清代后期，惠山下形成泥货的专业产销市场，有“家家善塑，户户会彩”之说。由此而至民国年间，行业依然兴旺。徐振新编《无锡大观名胜号·惠泉山竹头木屑》称“业此者百馀家，岁出达十万金”。据一九三六年《无锡概览》记载，当时泥货店号有四十六家，主要分布在龙头场、观前街、香花桥、山门内、山门口横街、山门口直街、河塘上、河塘下。秦铭光《锡山风土竹枝词》云：“傀儡衣冠色色新，谁为作俑土抟人。滥觞管赵成佳话，咫尺山街赛析津。”自注：“惠山泥人，行销颇广，与天津齐名。”

惠山泥美人，所塑极为工致，惟妙惟肖。周镐《锡山泥美人》云：“款款纤腰掌上珍，琅玕为骨水为神。蓝田已断无根梦，紫陌休忌未了因。屏影自随云母立，衣香欲与粉侯亲。怪伊不学凌波步，罗袜由来怕染尘。”“疑尔前身是阿娇，绮塍街上暗魂销。写生岂待三毫颊，换骨难拚一搦腰。误落红尘偏耐寡，笑归黄土不成妖。河塘游女还相妒，买尽胭脂照样描。”凌学放《惠山泥美人》云：“一样蛾眉夕照妍，桃花含雨柳含烟。青山有意恋黄土，莫误婵娟却聘钱。一粒胡麻疗世愁，三星在户付绸缪。凝妆拥髻春风笑，夫婿应教觅粉侯。”惠山泥美人不同于虎丘绢人，衣饰是直接画在泥胎上的。

乾隆以后，惠山泥美人呈现绚丽多彩的面貌，由简单粗放向繁富精美发展，戏文泥塑亦随之而出现。刘继曾《惠山竹枝词》云：“一篮土产客中添，五彩泥人样巧纤。耍货招牌高挂起，骄儿欢喜价难廉。”自注：“以山泥作各种戏出，彩画工巧，历久不拆。”惠山戏文泥塑更不用模子，全用双手捏塑，故称手捏戏文。从此，惠山泥塑便有了粗细之分，凡用模子制作可批量生产的称为“粗货”，凡手捏戏文和神像等称为“细货”。“细货”的价格自然也远高于“粗货”，赵克宜《惠山竹枝词》云：“灵根净植遍幽蹊，鬻向街头价不低。黄土也同奇货售，吴舲满载种花泥。

手捏戏文的产生，与戏曲的流传普及和地方经济的繁荣密不可分。晚近以来，昆、徽、京、越诸戏班都受到锡金观众的欢迎，特别是惠山的迎神赛会接连不断，草台班几乎常年在惠山寺山门外演出，于是艺人根据剧情创制了一出出戏文。光绪十六年，“胡万成”等七家泥人铺建立耍货公所，进一步推动了“细货”的发展。

早期的手捏戏文，主要取材于昆曲，有《单刀会》、《渔家乐》、《时迁盗甲》、《搜孤救孤》等，艺人们在捏制时，并不完全按照戏曲本事来处理情节，也并不完全按照舞台形象塑造人物，而是有所选择和侧重，根据自己的道德观、历史观和美学观来理解和创造。因此在同一戏曲人物的处理上，形象各不相同，促进了手捏戏文的创作。一般来说，手捏戏文的人物比例合度，形体优美，舒袍展袖，生动异常，且注重人物的“开相”，生旦净丑，一颦一笑，无一雷同。

晚清惠山艺人丁阿金、周生观等改进了“捏段镶手”的做法，即将人物的头、身、手、脚分别捏制，然后再将它们镶接起来，故极为精细玲珑。丁阿金的抟埴以昆曲为主，有《拐儿》、《游殿》、《借靴》、《北饯》、《寄柬》、《挑帘裁衣》等，色彩鲜明，生意盎然，可称是“手捏戏文”的代表作。由于他对戏曲人物有深刻的观察，并经常请演员给摆姿式，故善于把握戏曲情节的高潮，且又擅长“开相”，使人物性格更鲜明突出。南京博物馆藏有他的《定军山》、《西厢记》、《渔家乐》、《教歌》等二十多出戏文。

值得一提的是，周生观在咸同年间曾作大型组塑“蟠桃会”，人物动作，可谐夸张，堪称精品力作。杨令茀女士在民国初年曾作大型组塑“大观园”，复明《无锡志略·民生》

说："园中人物，悉以泥塑，以遨以嬉，各极情态，可谓锡邑泥塑艺术之代表。"这都是惠山手捏戏文的发"另类"。

春宫雕塑起于何时，无可细考。明代宫中的欢喜佛，就被人视作大型秘戏像塑。沈德符《万历野获编》卷二十六说："予见内庭有欢喜佛，云自外国进者，又有云故元所遗者。两佛各璎珞严妆，互相抱持，两根凑合，有机可动，凡见数处。大珰云，每帝王大婚时，必先导入此殿，礼拜毕，令抚揣隐处，默会交接之法，然后行合卺，盖虑睿禀之纯朴也。"雍和宫密宗殿，上下两层十四间楼房里，供奉佛像不下百十种，其中便有不少欢喜佛。欢喜佛本是密宗的一种修炼方式，从经义上说，并不含有性娱乐的色彩，但它们在明清宫廷里却失去密宗本义，成为性教育的实物展示。由宫廷而民间，遂成一时风气。《万历野获编》同卷又说："今外间市骨董人，亦间有之，制作精巧，非中土所办，价亦不赀，但比内庭殊小耳。京师敕建诸寺，亦有自内赐出此佛者，僧多不肯轻示人。此外有琢玉者，多旧制；有绣织者，新旧俱有之。闽人以象牙雕成，红润如生，几遍天下。总不如画之奇淫变幻也，工此技者，前有唐伯虎，后有仇实甫，今伪作纷纷，然雅俗甚易辨。倭画更精，又与唐、仇不同，画扇尤佳，余曾得一箑，面上写两人野合，有奋白刃驰往，又有一挽臂阻之者，情状如生，旋失去矣。"唐寅和仇英都是苏州人，他们的春宫画，许多人去摹仿，形成滚滚春潮，特别是苏州，作为当时全国的出版中心，春宫画是一个重要品种。在这个春意盎然的市场里，表现男女交媾的春宫秘戏小雕像也占居了一席之地，它们的材料有玉石、象牙、陶瓷等等，当然也有价格相对低廉的泥作。那些秘戏小雕像往往有匣子，外表通常做成桃子、苹果、葫芦等状，也有做成小船、娃娃状的，匣子由上下两半合成，上半为盖，开启盖子，便可见里面有男女两人裸体交媾，交媾姿式也有种种不同。

春宫秘戏小雕像和春宫画一样，作为商品，具有多方面的用途，不但作为婚嫁时“压箱底”的性启蒙教材，催情唤爱的辅助物，而且更多的是具有风俗上的意义，用它来祈子，用它来防火，用它来厌胜辟邪，甚至用它来做护身符，如随身携带的秘戏古钱、秘戏古镜就起这个作用。

这种风俗意义由来已久，李诩《戒庵老人漫笔》卷一记了苏州人沈辩之遇到的一件事：

“青州城北四十馀里丰山下，麦地古冢得厚蛤壳（俗谓之绵歪卮者，苏人谓之仓蒲）四五千枚，以锦绮重重间铺，锦皆毁化，壳背随尖阔就脐作嘴、二目、双角，短长异状，皆为鸟形，以漆画之。每壳中各色画树木人物，竹篮纷错，如妇人采桑之状，有在树上者，有倚树下者，坐卧行立，种种皆备。亦有僧掷篮满地，亦有人顶篮树底。馀率倮行男女交感，横斜俯仰，上下异态，不可具言。男间有作回回貌并椎髻者，妇人或散发在后，长乳尖足，毛窍阴阳之物显然，抱持牵挽。一壳多者至十数对。正类今之春画，然不知作何用耳。沈辩之得百枚回。又云冢中他物甚多，木梳尚存圆背，亦异今制。铜器皆商金银者，疑为三代物。然僧不始于三代，或是北朝时魇镇物为近。”

古墓里出土的这四五千只厚蛤壳，如果真是“北朝时魇镇物”，可见那时人们已将性交画面作为辟除邪恶的武器，这一风俗流传的历史，真够久远了。再说，鸟形和蛤壳本身就具有象征意义，在这蛤壳里壁绘上这些图画，掰开方能得见，想来便是明清秘戏小雕像安置方式的滥觞。

春宫画和那些秘戏小雕像，明清士大夫并不忌讳。纪昀《阅微草堂笔记》卷十四说了一个故事：

“亲串家厅事之侧有别院，屋三楹。一门客每宿其中，则梦见男女裸逐，粉黛杂沓，四围环绕，备诸媟状。初甚乐观，久而夜夜如是，自疑心病也。然移住他室则不梦，又疑不妖。然未睡时寂无影响，秉烛至旦，亦无见闻。其人亦自相狎戏，如不睹旁尚有人，又似非魅，终莫能明。一日，忽悟书厨贮牙镌石琢横陈像凡十馀事，秘戏册卷大小亦十馀事，必此物为祟，乃密白主人尽焚之。有知其事者曰：‘是物何能为祟哉，此主人征歌选妓之所也，气机所感，而淫鬼应之。此君亦青楼之狎客也，精神所注，而妖梦通之。水腐而后蠛蠓生，酒酸而后醯鸡集，理之自然也。市肆鬻杂货者，是物不少，何不一一为祟？宿是室者非一人，何不一一入

梦哉？此可思其本矣。徒焚此物，无益也。某氏其衰乎。’不十岁，而屋易主。”

这个故事含有的意思很丰富，但至少从中可以知道两点，一是“书厨贮牙镌石琢横陈像凡十馀事，秘戏册卷大小亦十馀事”，可见有人专事收藏的，收藏者也不会受到道德上的谴责；二是“市肆鬻杂货者，是物不少”，可见它在市场上颇为畅销，有时货摆柜上，公开发卖，有时则暗地里交易，特别是“压箱底”秘戏小雕像之类，不同与春宫画和春宫器物，民间需求量较大，即使禁止，也大概在眼开眼闭之间。据余治《得一录》卷十一记载，道光十八年江苏按察使裕谦禁淫书淫画，谕称“至淫画显导邪淫，较淫书尤为盛，盖淫书尚须粗知字义，始得阅看，淫画则无论男女老少，一目了然。乃苏郡如阊门桃花坞及虎丘山门内等处，耳目昭著之地，公然悬挂售卖，并可对客挥毫，甚至盒底镜背，无不绘画，实属寡廉鲜耻，若不严行禁止，何以端风化而正人心，合亟出示严禁”云云。至于禁谕所称“盒底镜背，无不绘画”者，是否包括那些秘戏小雕像呢，就不得而知了。

无锡地方，开风气之先，追求新鲜事物，清末就有泥塑洋人，赵克宜《惠山竹枝词》咏道：“好从抟埴悟胚浑，捏就神灵气象尊。何事海边虏氛靖，鬼形犹自幻游魂。”自注：“市鬻泥孩有捏作洋鬼像者。”进入民国后，此风依然，周贻白《无锡景物竹枝词》云：“世界原同傀儡场，又娲抟土辟洪荒。鄘州妙手无田玘，竟把新型仿外洋。”自注：“惠山泥人，素称特产，近多摹仿西洋作风，有圣母、耶苏等石膏像。”一九三〇年代，有高标者在惠山创设艺术公司，开始塑作东西洋建筑模型，作为带有时代性的泥货新品，《无锡概览》称其“技术精巧，成绩斐然，于是同业诸店皆随之革新，不复泥于旧法”。

在这种风气熏陶下，惠山泥货店家制卖春宫泥塑，就不会大惊小怪了。盖绍周《无锡导游》介绍说：“一般聪敏朋友，发明制作特种泥人，投外埠游客所好。所谓特种泥人，说穿了就是泥制的春宫，装在香烟匣子里面，匣盖一开，有一张装饰华丽的床，悬着帐，叠着红绿绸子做成的被，配着枕头和褥单，床前配有小型的桌椅，床上有赤身男女在玩着把戏，色彩看来是十分鲜明的。但严格讲起来，泥人制作大粗，毫无线条，皮肤太白，重要部分的色彩太鲜艳，反而失去了真实性。如果泥人店想在这上面求出路，必须努力改善，始可与日本产品一争高下。特种泥人不是家家泥人店都有出售的，你想买，必须找识途老马来介绍，否则你拣大一点的泥人店，向伙计轻轻的问，也许他会领到你里面去，完成交易，但代价比普通泥人是高得多的。”这种春宫泥塑，时人称为“特种泥人”，想来它的买客，大概完全是为满足“好顽”、“猎奇”的心态罢了。

话说沈万三

商品经济社会，说说陶朱公、沈万三、胡雪岩等巨商豪贾，似乎就成了时髦话题，寻找国粹，重提旧事，仿佛也就可与今日比照了。有人写小说，有人写剧本，虚设情节，铺陈故事，戏说戏说无所谓，因为历史的空白太多，想象的空间也就更大，“演义”也就可以说下去，饭馀茶馀，枕上厕上，当然也颇可解颐的，但决然不能当作历史来看。

沈万三，以富可敌国而闻名天下。《金瓶梅》第十三回，潘金莲说：“你还捣鬼，‘南京的沈万三，北京的枯柳树，人的名儿，树的影儿’。”又第七十二回，潘金莲说：“‘南京沈万三，北京枯柳树，人的名儿，树的影儿’，怎么不晓得，雪里的死尸自然消他出来。”潘金莲喜欢引用这句当时流行的俗语，意思是说，任何事情都是客观存在的，正像南京沈万三有名气，北京枯柳树有影子，想要掩盖也掩盖不了的。沈万三是富有传奇色彩的历史人物，且是古代富豪的代表，不但各地流传着他的故事，甚至在各地出品的年画里，也有他的形象，或描绘他的勤劳致富，或描绘他的安闲享乐，总之都是吉祥画面，满足人们对幸福生活的渴望。甚至“沈万三”这三个字也成为富有的代名词，田艺蘅《留青日札》卷三十五记了一件事：“嘉靖间，严嵩盗窃国柄，贪墨滔天，苞苴公行，仕路汙秽。嘉兴丙辰科一进士，用金一万三千两买选吏部考功主事，时人号之曰‘沈万三官’。”这位嘉兴进士不惜巨资去行贿买官，便被人称为“沈万三官”，由此也可知道沈万三在民间的影响了。

众所周知，沈万三是元末明初人，富甲天下，资助朱元璋，输金无算，筑城劳军，后被朱元璋诛杀或流放。但在文献记载里，他的生平，他的结局，说法不一，扑朔迷离。

沈万三的生平，以田艺蘅《留青日札》的记载最具体，卷三十五说：“今人言富者，必曰沈万三秀云。盖元末人也，沈姓，万三行秀者。元时称人以郎、官、秀为等第，至今人之鄙人曰不郎不秀，是言不高不下也。万三名富字仲荣，其弟万四名贵字仲华，本湖州南浔人。父沈祐，始徙苏之长洲东蔡村。贵之子汉杰，又徙于化周庄。今南京之会同馆乃其故宅，后湖中地乃其花园。初居东蔡村时，人以汙莱之地归之。祐躬率子弟服劳，粪治有方，潴泄有法，由是致富不赀。洪武中，万三、万四率先两浙大户输税万石，仍献白金五千两，以佐用度。上命其造廊房，为楹六百五十，披甲马军者十，务罄所献金乃已。又，命分筑南京城，自洪武门至水西门，其工先毕。太祖尝犒军，万三欲代出犒银。上曰：‘朕有军百万，汝能遍及乎？’万三曰：‘每一军，愿犒银一两。’上曰：‘此虽汝好意，然不须汝也。’由此遂欲杀之。太后苦谏，以为彼富固敌国，然未尝为不法事，奈何杀之？上意乃释。然亦由此被人告讦，或旁累所逮及，往往曲宥之。后得流云南，其婿余十金，亦流潮州。寻命选大户家为京官六曹，令近侍各举所知，得汉杰之子曰玠者，擢为户部仓曹员外郎。受官辞禄，上益器重之也。至今传二家子孙之在流所者，尚富足。”

按《留青日札》的说法，沈万三的结局，是被朱元璋流放云南，与《明史·太祖孝慈高皇后传》的记载略同。

更多的说法，沈万三是被朱元璋所杀，弘治《吴江志》卷七说：“沈万三秀宅，在二十九都周庄之上。万三，长洲人，富甲江南，名闻天下，田宅跨于各邑，故吴江有是宅也。洪武末年，坐蓝党，籍没家产，父子兄弟俱坐极刑而死。”作者莫旦自注：“万三曾孙女归先伯祖轮，而先侍郎之女，又归其六世孙寔。”弘治元年距洪武末年，仅九十年，且莫氏与沈氏有姻亲关系，想来说法是可靠的。万三的被杀，又另有传说，孔迩《云蕉馆纪谈》说："适万山筑苏州街，以茅山石为心。上谓其有谋心，将为逆，遂收杀之，血流出尽白。以兵围其家，尽抄擿之，家财入官。"

又有一种说法，沈万三未遭籍没，而是早早脱身，往湖湘去了。沈周《石田翁客座新闻》卷四说："洪武初，嘉定新亭沈万三，元之遗民也，富甲一郡。尝有人自京回，因问何所闻，其人曰，皇帝近日有诗曰：'百僚未起朕先起，百僚已睡朕方睡。不如江南富足翁，日高丈五犹添被。'某叹曰：'已兆萌于此矣。'即以家遣诸仆干掌之，买巨航载妻子，远游湖湘而去。不二年，江南大族以次籍没，独某获全终，其亦达而知几者欤。"此据国家图书馆所藏清钞本，收入《续修四库全书》

还有一种说法，沈万三早在元代就已去世，做过万三家塾师的王行，在《沈荣甫墓志铭》中说："荣甫，姓沈氏，讳荣，世为苏之长洲人。考富，妣曾。生于元大德十年春正月闰之甲申，卒于国朝洪武九年秋八月之壬寅，得年七十有一。"他又在《沈茂卿墓志铭》中说："茂卿讳森，姓沈氏，茂卿其字也。世吴人，祖富，父荣，妣叶。生元天历二年蜡月壬寅，卒国朝洪武九年如月戊辰，年四十有八。"由这两篇墓志可知，万三沈富有子沈荣，为曾氏所出，沈荣有子沈森。洪武九年，沈荣七十一岁，沈森四十八岁。按此推算，洪武元年，万三年已八十上下，如果在世，亲自奔走京城、贡献新朝，亦为难矣。朱元璋平定云南是在洪武十五年，万三已近百岁，如何会被流放而去。惟沈荣父子同死于洪武九年，一在二月，一在八月，亦是沈氏家族史上的疑窦。

黄暐《蓬轩吴记》支持这一说法，卷上说："沈富，字仲荣，行三，故吴人呼沈万三秀，元末江南第一富家。富卒，二子茂、旺，我太祖定鼎金陵，召廷见，令其岁献白金千锭，黄金百斤，甲马钱谷，多取资于茂。茂为广积库提举，侄孙玠为户部员外郎。后茂罪当辟，以有营建，工绪未讫，但黥颡为蓝党，犹得乘马出入。既而发辽阳从戎，籍其田数千顷，每亩定赋九斗三升，吴下粮额之重坐此。沈之从戎辽阳，又穴地得金，牛马亦累千云。"则万三在"太祖定鼎金陵"前已卒，贡献新朝的是他两个儿子沈茂、沈旺，他们与沈荣是兄弟行。

洪武二十四年，刘三吾撰《故吴兴处士沈汉杰墓志铭》，仍以为贡献新朝的是万三兄弟，他说："国初有万三公、万四公兄弟，率先两浙户家输其税石者万，玉音嘉叹久之，复献白金为两者千五，以佐用度。上曰：'尔心诚忠，竟诚厚，第系天下观望，万一人人相效，是启利原，一有不效，人必不自安。我今富有天下，政不少此也。'好语却之不得，乃俾任所意造廊房，楹者六百五十，披甲马军者千，务罄是金乃已，至诚至若此。嗣是，厥家或被告讦，或旁累所逮，往往曲为肆宥，宸衷眷注固多。沈氏长者，亦以风厉天下也。

以任海内户家为京官，六曹近侍各举所知。惟万四曾孙玠简在帝心，首擢奉训大夫、户部员外郎，例不受禄。”刘三吾写这篇墓志铭时，蓝玉案尚未启端，万三他们因贡献特殊，受到皇上庇护，过得还很安逸。

由此可见，沈万三的人和事，众说纷纭，莫衷一是，就我浅近的认识来看，可以说半是真实，半是虚构，虚构者既是象征，又是缩影。这暂且不去管他，就在这真真假假里，随便说点元明间的往事吧。

沈万三，名富，字仲荣，《明小纪》称其“以行三，故呼为沈万三，一名万三秀”。这“万三秀”的“秀”字，乃元明间称人的等第。汤沐《公馀日录》说：“明初闾里称呼有二等，一曰秀，一曰郎。秀者故家右族，颖出之人；郎则微裔末流，群小之辈。称秀则曰某几秀，称郎则曰某几郎。”董穀《碧里杂存》也说：“沈万三秀，不知其名。盖国初钜富者，谓之万户、三秀者。国初每县分人为五等，曰哥，曰畸，曰郎，曰官，曰秀，哥最下，秀最上。洪武初家给户由一纸，以此为第，而每等之中，又各有等，沈乃秀之三者也。至今民俗尚有‘郎不郎，秀不秀’之谚云。”《明史·太祖孝慈高皇后传》就称“吴兴富民沈秀”。如此则万三未必排行第三，而是“秀”中的最高级。孔迩《云蕉馆纪谈》、褚人穫《坚瓠馀集》等则称其为“沈万山”，改“三”为“山”，想来也是因为“三”字难以解释的缘故。

据《留青日札》说，沈氏祖上是湖州南浔人，至万三父沈祐，“始徙苏之长洲东蔡村”，据光绪《周庄镇志》卷二说，“东蔡”即东垞，在“镇之东偏，过一水即青浦界”。沈祐父子在东蔡时，还是卑微小户，靠一家两代老小辛勤耕耘，逐渐摆脱贫困，积累资财。到了元末，天下大乱，苏州一带更战火纷飞，地主们惧怕各路兵马的杀戮抢掠，纷纷出逃，田价相当低廉，沈祐父子便趁机买下，俨然成为一方大地主。但《碧里杂存》称其“赀钜万万，田产遍吴下”;《蓬轩吴记》称“其田数千顷”;《梅圃馀谈》称“苏州府属田亩三之二属沈氏”。这样富赡的固定资产，如果仅仅依靠种田的积累，那是不可能的，必然进行资金运作和货殖经营。

《碧里杂存》从另一侧面记载了沈万三发放高利贷的事:“太祖高皇帝尝于月朔召秀，以洪武钱一文与之，曰:‘烦汝为我生利，只以一月为期，初二日起，至三十日止，每日取一对合。’秀忻然拜命，出而筹之，始知其难矣。盖该钱五万三千六百八十七万零九百一十二文，今按洪武钱，每一百六十文重一斤，则一万六千文为一石，以石计之，亦该钱三万三千五百五十四石四十三斤零。沈虽富，岂能递办此哉。圣祖缘是利息（只以三分）为率，年月虽多，不得过一本一利，著于律令者，以此也。”

至于在贸易上的开拓发展，更形成良性循环，使沈万三家族从大地主逐渐成为大地主兼大商人。元一统后，由于版图辽阔，南北物资交流畅通无阻，“舍本农，趋商贾”的风气盛行。张之翰《仪盗》说：“观南方归附以来，负贩之商，游手之辈，朝无担石之储，暮获千金之利。”除蒙古、色目人外，出现了一大批汉族民间大商人，如李椿，安熙《寿李翁八十诗序》称其“国初北渡，客云、朔间，转徙至真定稾坡之西管镇，始以陶为业，器不苦窳，有约必信，远近化之。中年以后，买田力穑，不二十年为里巨族”。又如张文盛，陆文圭《巽溪翁墓志铭》称其“乃弃其所学，从计然之术，研得其精，为大区广陵市中。家僮数百，指北出燕齐，南抵闽广，懋迁络绎，资用丰沛，散施不倦，远近赴之，皆嗛如志”。即使在偏远的上都，也多经商致富者，周伯琦《扈从集》说：“两水之间，壤土隆阜，广袤百馀里，居者三百馀家，区脱相比，诸部与汉人杂处，颇类市井。因商而致富者甚多，有市酒家赀至巨万而连姻贵戚者，地气厚完可见也。”

沈万三就是其中的佼佼者，他究竟如何经商，未见具体记载。孔迩《云蕉馆纪谈》说了一段故事：“沈万山，苏州吴县人也。家贫无产，以渔为生，常于吴淞、三泖之间撒网捕鱼，冀其所得，以具饔飧。一日饭毕，就水洗碗，碗忽坠水中，山因撩之，不知碗所在。但觉左右前后累累如石弹，遂拾数枚，光泽迥常，乃尽其所有取之，然不知其为何物也。有识者异之，谓曰：‘此乌鸦石也，一枚得钱数万。’山秘不言，乃变为海贾，遍走徽、池、宁、太、常、镇豪富间，转展贸易，致金数百万，因以显富。”这当然是无稽之谈，但细细想来，“乌鸦石”当是原始积累，他不但“遍走徽、池、宁、太、常、镇豪富间”，同时还是“海贾”，揭示了沈万三所从事货殖经营的途径和范围。

元代对外贸易有很大发展，通过海陆两路与亚非各国展开国际贸易，据汪大渊《岛夷志略》记载，当时与中国发生海外贸易关系的国家和地区，仅菲律宾以南以西沿海的国家和地区就有九十多个，包括今菲律宾诸岛，印度支那半岛、马来半岛、印度尼西亚各岛屿，印度半岛及巴基斯坦、斯里兰卡各岛及沿海地区，波斯湾沿岸及阿拉伯半岛，非洲北部及东岸沿海地区，最远的到达层摇罗（今坦桑尼亚桑给巴尔岛）。自庆元（今宁波）到高丽、日本的航线也是畅通的，自庆元港启航，三五天可到高丽，七八天可到日本。一九七七年在韩国木浦附近海底发现元代中国商船，装有瓷器、铜器、铁器数千件，钱币七万枚，可见当时中国与高丽、日本海上贸易的规模。

在海外贸易中，中国出口的商品很多，主要有生丝、花绸、缎绢、金锦、麻布、棉布等纺织品，青白花碗、花瓶、瓦盘、瓦罐等陶瓷器，金、银、铁器，真州锡镴、温州漆盘、明州席、雨伞、木梳、针等日用手工制品，水银、硫黄等矿产品，檀香、白芷、麝香等药材。其中虽然有的是当时违禁商品，但仍有大宗出口。至于从亚非各国进口的商品，以珍宝、香料、药材为主，如珍珠、象牙、犀角、玳瑁、钻石、铜器、珐琅、豆蔻、沉香、檀香、木材、漆器等。

当时苏州是重要的交通枢纽，商品经济随交通而迅速发展。方回《姑苏驿记》说："东南郡苏杭第一，杭今设行省。南海百蛮之入贡者，南方之数百郡之求仕者，与夫工技贸易之趋北者，今日杭而明日苏。天使之驰驲而来者，北方中原士大夫之仕于南者，东辽西域幽朔之浮淮越江者，今日苏而明杭。是故苏为孔道，陆骑水舫供给良难。"元初，海舟巨舰可取道吴淞江、青龙江，直抵城东葑门外。葑门外墅里浜一带，曾建海船修造船坞。太仓刘家港因创漕运而成为对外贸易港口，号称"六国码头"。至正二年设市舶分司于太仓州城武陵桥北，专掌番货、海舶、征榷、贸易。在海外贸易中，苏州出现了一批富商巨贾，元初以朱清、张瑄为代表，两人早年在海上以行贩抄掠为业，江南平定后，受招安，授金符千户，因运河供输漕粮困难，他们建议改由海道。陶宗仪《南村辍耕录》卷五说："二人者，建言海漕事，试之良便（至元十九年也），上方注意向之。初年不过百万石，后乃至三百万石。二人者，父子致位宰相，弟侄甥壻皆大官，田园宅馆遍天下，库藏仓庾相望，巨艘大舶，帆交番夷中，舆骑塞隘门巷，左右仆从皆佩於菟金符，为万户、千户，累爵积赀，气意自得。二人者，既满盈，父子同时夷戮殆尽，没赀产县官，党与家破禁锢，大德六年冬也。"不少江南民间商人从事海外贸易，如嘉定沈氏、朱氏、管氏，澉浦杨氏，杭州张氏等，都因“通蕃”而致富。

沈万三因为拥有大量土地，资金积累雄厚，在海外贸易的运作中，大进大出，遂至巨富。但当时人们对海外贸易利润率的认识不足，感到沈万三们像渔人一样出海，就能成为巨富，那一定有神奇力量起着作用。因此在沈万三的发财故事里，他总是一位渔人，或是“秦淮大渔户”，或“常于吴淞、三泖之间撒网捕鱼”，他在渔船上就有奇遇了。《云蕉馆纪谈》说：“夏月，山仰卧渔船上，见北斗翻身，遂以布襴盛之，得一杓。及天明，有一老者，引七人挑罗担七条而至，谓山曰：‘汝为我守之，我将来取。’言讫，忽不见。山启视之，皆马蹄金也，以此致富。”另有传说，沈万三在渔船上遇张三丰，授以炉火之术，点铜铁悉成黄白，不一载而富甲天下。还有聚宝盆的故事，大概也是从沈万三开始的。褚人穫《坚瓠馀集》卷二引《挑灯集异》：“明初沈万山贫时，夜梦青衣百馀人祈命，及旦见渔翁持青蛙百馀，将事刲刳，万山感悟，以镪买之，纵于池中。嗣后喧鸣达旦，聒耳不能寐，晨往殴之，见俱环踞一瓦盆，异之，持其盆归，以为盥手具，初不知其为宝也。万山妻于盆中濯濯，遗一银记于其中，已而见盆中银记盈满，不可数计，以金银试之，亦如是，由是财雄天下。”沈万三的致富原因，当时人们弄不清楚，就只能这样去想象了。

当沈万三有了数不清的金银财宝时，首先想到的，就是生活上的享受。《云蕉馆纪谈》说：

“山既富，衣服器具，拟于王者。后园筑垣，周回七百二十步，垣上起三层，外层高六尺，中层高三尺，内层再高三尺，阔并六尺。垣上植四时艳冶之花，春则丽春、玉簪，夏则山矾、石菊，秋则芙蓉、水仙，冬则香兰、金盏。每及时花开，远望之如锦，号曰‘绣垣’。垣，十步一亭，亭以美石香木为之。花开则饰以彩帛，悬以珍珠。山尝携杯挟妓，游观于上，周旋递饮，乐以终日，时人谓之‘磨饮’。垣外，以竹为屏障，下有田数十顷，凿渠引水，种秫以供酒需。垣内起看墙，高出里垣之上，以粉涂之，绘珍禽奇兽之状，杂隐于花间。墙之里，四面累石为山，内为池，山莳花卉，池养金鱼。池内起四通八达之楼，面山瞰鱼。四面削石成桥，飞青染绿，俨若仙区胜境。矮形飞檐接翼，制极精巧。楼之内又一楼居中，号曰‘宝海’，诸珍异皆在焉。山闲居则必处此以自娱。楼之下为温室，中置一床，制度不与凡等。前为秉烛轩，何取？何不秉烛游之义也。轩之外皆宝石栏杆，中设销金九朵云帐，四角悬琉璃灯，后置百谐卓，义取百年谐老也。前可容歌姬舞女十数。轩后两落有桥，东曰‘日升’，西曰‘金明’，所以达洞房者。桥之中为青箱，乃置衣之处。夹两桥而长，与前后齐者为翼寝，妾婢之所居也。后正寝曰‘春宵涧’，取春宵一刻值千金之义。以貂鼠为褥，蜀锦为衾，毳绡为帐，用极一时之奢侈。”

“万山有妻十三，尤爱者曰丽娘。山尝与之观花后园，至探香亭傍，有一古梅，白萼鲜美，馥郁充斥，娘因脱所着金翡衫加于树头，曰：‘香则有矣，但少兹艳色耳。’未几，娘亡。后人有月夜见梅底走一美人，着金翡衫，时皆谓丽娘精魄也。山思之甚，或夜宿梅下，或日祷梅间，又作恩锁台于冢上，置离思碑其中，有曰：‘红脂尘化，万态俱空。玉骨土融，百形皆幻。构室见其恩牵，树碑由于情结。’会稽杨铁崖所制也。”

这当然是小说写法，但在一些文献记载里，万三家族的生活，奢侈情形是仿佛的。弘治《吴江志》卷七记周庄有沈万三宅，作者莫旦自注：“洪武二十三年。先侍郎赐告归省，乃过访焉。其家屏去金银器皿，以刻丝作铺筵，设紫定器十二卓，每卓设羊脂玉二枚，长尺馀，阔寸许，中有沟道，所以置筯，否则筯污刻丝作故也。行酒用白玛瑙盘，其斑纹乃紫葡萄一枝，五猿采之，谓之五猿争果，以为至宝。其赘婿顾学文设宣和定器十二卓，每汤一套，则酒七行，每一行易一宝杯。两家僮仆皆衣青罗里褺。其他珍异肴果，不言可知。乌乎，一钗七十万钱，前辈以为妖物与祸相随，今观沈氏之富，岂止一钗七十万而已哉，其受祸宜也。”又，郎瑛《七修类稿》卷八说：“国初，南都沈万三秀者甚富，今会同馆是其故宅，后湖中地是其花园。”会同馆的规模已不可知，但将玄武湖中几个岛屿作为自家的花园，真不啻蓬莱景象。

相传丽娘有观音床，精美异常，《云蕉馆纪谈》说："新妇先万山卒，以床施周普寺，为观音床，沉香胚、象牙格、八宝栏，又金留殿十三只，床乃万山之妻所用者，皆制极精巧。"清初，叶梦珠在朱泾镇上亲见之，《阅世编》卷三说："镇之东市，向闻有洪武中富人沈万三之卧床，今为佛座。予时往观，座高六七级，上周以雕栏，内施以窗槅，质皆彤镂，顶如佛殿体制，斗栱架叠，盘旋以上，渐锐而结，世俗所谓螺顶也。闻之昔年，漆色最古，如断纹古琴，所以为贵。今则丹雘焕然，不复辨其为古器矣。然看来或本是佛座，乃沈所施耳，未必是卧床也。"

这样一个高门大族，家用器具之异制，亦在意料之中。蒋一葵《长安客话》卷二说："工部有铜簋四，一在节慎库，高可过人，云是国初籍没沈万三家物。又光禄寺有铁力木酒榨，每榨或用米二十石，得汁百瓮，亦云是万三家没入者。"莫旦提到的白玛瑙盘，应该也是有的，张应文《清秘藏》卷上说："水晶玛瑙，虽不甚珍，间有奇绝者。《云烟过眼录》载叶森家有水晶钩一，中如稍空，内有藻一枝，随水倾泻。《邵氏闻见录》载楚元辅家藏黑水晶枕，中有半开繁杏一枝。又《珍玩考》载沈万三有玛瑙壶一，质通明，类水晶，上有葡萄一蔓枝，如墨点就。余初不甚信之，后见一白玛瑙盘中有黑色窠石及硃鱼二枚，毫发毕具，在白下人家，不知存否。

始信三书所载不谬也。”

据《云蕉馆纪谈》说，沈万三有妻妾十三人，惟一落实的是沈荣之母曾氏，其他都无可考证。旧时吴江盛泽有妆楼，相传是其第九妾所居，仲廷玑《盛湖志》卷五说：“妆楼，相传元富民沈秀妾九娘所居，今地名楼下。其埋玉处在中山桥北，墓上有水仙花，去之复生。”钱云有《妆楼》诗云：“可有村人拾坠珰，曾闻楼上艳新妆。春风不异分湖路，只是无谁问海棠。”想来这妆楼也是后人杜撰的古迹。

沈万三作为天下一等的富豪，自然不会仅仅满足享受奢侈的生活，他还用自己的财富作政治上的追求。蒙元统治的倒坍，让他迅速积聚资财，成为改朝换代的受益者，进入了新兴大地主兼大商人的行列，故而他拥戴朱元璋，也拥戴新政权，不吝贡献出自己的财富，为百废待兴的朱明天下作经济上的支持。光绪《周庄镇志》卷六说：“洪武初，诏万三建南京廊庑一千六百五十四楹，酒楼四座，筑城甃阶，造铁桥、水关诸处，所费不可胜计。”重建南京城，他又自告奋勇，捐资筑洪武门至水西门一段。沈万三凭藉自己的资财，襄助造城，甚至想代朱元璋犒军，却忘了朱元璋的尊严，这自然让朱元璋忌恨了。如果说，沈万三确是被朱元璋诛杀籍没，也是不难理解的。

在野史里，或说被籍没的，不是万三，而是万四，万四名贵，字仲华。杨循吉《苏谈》说：“被没者非万三家，盖万四之在黄墩者耳。”或说被籍没的确是万三，万四给逃脱了，高士奇《天禄识馀》卷下说：“其弟贵，以诗讽万三云：‘锦衣玉食非为福，檀板金尊可罢休。何事子孙长久计，瓦盆盛酒木棉裘。’万三不听，贵遂隐于终南，不知所终。”

无论正史，还是野史，记述沈万三们的遭遇，总是历史的事实，这也正是明初社会的一个缩影。

洪武初年，朱元璋为了天下的长治久安，防止豪族地主的财势过大，保护农民利益，进一步巩固封建秩序，采取了一系列措施，限制和打击豪族地主。据《明太祖实录》卷五十五记载，洪武三年八月，朱元璋说：“近世风俗相承，流于僭侈，闾里之民，服食居处，与公卿无异。”这段话，与沈周《石田翁客坐新闻》所引之诗的意思相同。朱元璋首先向江南富民发难，手段是严厉残酷的。杨复吉《梦阑琐笔·丛谈》引《路氏族谱序》：“华亭路华以丁产甲吴中，明高帝籍其家，诛戮极惨，华母张氏抱幼子逃至陶宅，依其姻以居，既长，冒张姓再传，犹被仇讦，遣一子戍，馀遇赦而复姓路。夫明祖之籍富民，岂独路氏，就松属若曹、瞿、吕、陶、金、倪诸家，非有叛逆反乱谋也，徒以拥厚赀而罹极祸，覆宗湛族，三世不宥。当时纂《实录》，隐其猜忌残忍之迹不载，往往见诸野纪家乘，然后知谱之可以苴史漏也。”朱元璋还仿效刘邦徙天下富豪于关中的做法，徙苏、松、杭、嘉、湖富民十四万户，以实凤阳。洪武二十四年再徙富户五千三百户于应天，三十年又迁富民一万四千三百馀户于应天。《明太祖实录》卷一百十记下了他的话：“昔汉高祖徙天下富豪于关中，朕初不取，今思之，京师天下根本，乃知事有当然，不得不尔。”被迁徙的富民，离开拥有土地的原籍，财势俱失，而中都凤阳和京师应天，正是政府统治力量最强的地方，有效地对这些豪族地主进行控制。

关于这一情况，贝琼《横塘农诗序》说，洪武初年，“三吴巨姓，享农之利，而不亲其劳，数年之中，既盈而复，或死或徙，无一存者”。方孝孺《故中顺大夫福建布政司左参议郑公墓表》也说：“太祖高皇帝以神武雄断治海内，疾兼并之俗，在位三十年间，大家富民多以逾制失道亡其宗。”沈万三们终于成为朱元璋新政的牺牲品。那些被徙凤阳的江南地主，每年乞讨回乡，省墓探亲。赵翼《陔馀丛考》卷四十一说：“江南诸郡，每岁冬必有凤阳人来，老幼男妇，成行逐队，散入村落间乞食，至明春二三月间始回。其唱歌则曰：‘家住庐州并凤阳，凤阳原是好地方。自从出了朱皇帝，十年到有九年荒。’以为被荒而逐食也，然年不荒亦来行乞如故。”

同时，中央政府对江南特别是苏州征收全国最重的税粮。《明史·食货志二》说：“惟苏、松、嘉、湖，怒其为张士诚守，乃籍诸豪族及富民田以为官田，按私租簿为税额。而司农卿杨宪又以浙西地膏腴，增其赋，亩加二倍。故浙西官、民田视他方倍蓰，亩税有二三石者。大抵苏最重，松、嘉、湖次之，杭又次之。”陆容《菽园杂记》卷五说得更具体：“苏州自汉历唐，其赋皆轻。宋元丰间，为斛者止三十四万九千有奇。元虽互有增损，亦不相远。至我朝，止增崇明一县耳，其赋加至二百六十二万五千九百三十五石，地非加辟于前，谷非倍收于昔，特以国初籍入伪吴张士诚义兵头目之田，及拨赐功臣与夫豪强兼并没入者，悉依租科税，故官田每亩有九斗八斗七斗之额，吴民世受其患。”苏州一府七县，可耕地面积约占全国的九分之一，上交税粮则约占全国的十分之一。苏州一带的税粮之高，与沈万三们的藉没大有关系。顾炎武《日知录》卷十说：“平江之官田又多，至张士诚据吴之日，其所署平章、太尉等官，皆出于负贩小人，无不志在良田美宅，一时买献之产，遍于平江。而一入版图，亦按其租簿没入之。已而富民沈万三等又多以事被籍。是故改平江曰苏州，而苏州之官田多而益多。”据宣德五年苏州知府况锺所奏之数，民田与官田之比，约一比十五，“民田仅以五升起科，而官田之一石者，奉诏减其什之三，而犹为七斗，是则民间之田一入于官，而一亩之粮而为十四亩矣”。

相传沈万三父子对周庄的繁荣，起过重要作用，故至今周庄以沈万三为招牌，出品“万三蹄”等土产。光绪《周庄镇志》卷二说：“周庄以村落而辟为镇，实沈万三父子之功。

当时镇西半皆墓地，人烟所萃，惟严字一圩。其东南隅曰东垞，万三住宅在焉，西北半里许即东庄地及银子浜，仓库、园亭，与住宅互相联络，其巨富气象犹可想见，然亦仅中人家制耳。”杨循吉《苏谈》也说：“沈万三家在周庄，破屋犹存，亦不甚宏壮，殆中人家制耳，惟大松犹存焉。”沈万三宅在明代中叶已是破屋，想来很久以前就片椽不存了。晚近有沈姓者在富安桥堍建大屋，里人称为沈厅，也就有人误以为主人是沈万三的后裔，因为杨循吉曾提到“大松”，故沈厅今有松茂堂，聊存故事。镇上的万三遗迹，还有银子浜，《周庄镇志》卷一说：“银子浜为沈万三之园居，湖石尚存。浜尽处有水一泓，下通泉源，迂回曲折，旱岁不枯，上筑小丘，名曰金钩钓月。水底有古墓，坚实完固，未知所葬何人。其以银子名浜者，殆因万三之多金钦，或云是当年鼓铸处。”浜上的湖石、小丘，早已渺无影迹，惟在月夜里，银子浜波光粼粼，正仿佛无数白银在闪烁。

南京聚宝门重建于洪武十九年，相传为沈万三斥资助建。名为聚宝者，取义有两，一是城门正对聚宝山（东岭为雨花台），二是相传沈万三埋聚宝盆于门下。谢肇淛《五石组》卷三说：“金陵南门名曰聚宝，相传洪武初沈万三所筑也。沈之富甲于江南，太祖令筑东南诸城，西北者未就而沈工已竣矣，太祖屡欲杀之。人言其家有聚宝盆，故能致富，沈遂声言以盆埋城门下以镇王气，故以名门云。”聚宝门前临长干桥，后倚镇淮桥，规模宏大，结构复杂，三道瓮城由四道拱门贯通，瓮城内外共有藏兵洞二十七个，在明初金陵十三门中是最雄伟的一座。一九三一年，聚宝门改名中华门，至今依然巍峨屹立。

梅花墅主人

梅花墅是江南造园史上的经典之作，它的遗址在苏州近郊甪直镇姚家弄西，为里人许自昌始建于明万历三十六年。落成之时，占地百亩，潴水蓄鱼，堑石为岛，榆柳纵横，花竹秀擢，峰峦攒立，亭馆台榭俱备，有得闲堂、杞菊斋、浣香洞、小西洞、招爽亭、锦淙滩、在涧亭、转翠亭、碧落亭、流影廊、维摩庵、漾月梁、秋水亭、竟观居、浮红渡、涤砚亭、湛华阁、滴翠庵、浥露桥、宿花亭、藏书楼、溪上村，暎阁、樗斋、莲沼、鹤籞、蝶寝诸胜。使梅花墅名闻遐迩，且誉延至今者，缘的是锺惺的《梅花墅记》、陈继儒的《许秘书园记》和祁承㸁的《书许中秘梅花墅记后》。这三篇都是晚明小品的佳构，熟悉的人很多，虽然只是纸上的游览，已让人沉醉迷离了。

锺惺在《梅花墅记》中，例举当时名园，如邹迪光惠山愚公谷，徐氏拙政园，范允临天平山庄，赵宧光寒山别业，“所谓人各有其园者。然不尽园于水，园于水而稍异于三吴之水者，则友许玄祐之梅花墅也。玄祐家甫里，为唐陆龟蒙故居，行吴淞江而后达其地。三吴之水，不知有江，江之名复见于此，是以其为水稍异”。可见梅花墅是坐落吴淞江边水乡古镇上一个颇具规模的水园。那么就随着锺惺的写，去园里走一圈。

“大要三吴之水，至甫里始畅，墅外数武，反不见水，水反在户以内。盖别为暗窦，引水入园。开扉坦步，过杞菊斋，盘磴跻暎阁”。“登阁所见，不尽为水，然亭之所跨，廊之所往，桥之所踞，石所卧立，垂杨修竹之冒荫，则皆水也”。“迹暎阁所上蹬，回视峰峦岩岫，皆墅西所辇致石也。从阁上缀目新眺，见廊周于水，墙周于廊，又若有阁亭亭处墙外者。林木荇藻，竟川含绿，染人衣裾，如可承揽，然不可得即至也。但觉钩连映带，隐露断续，不可思议”。“乃降自阁，足缩如循褰渡，曾不渐裳，则浣香洞门见焉。洞穷得石梁，梁跨小池，又穿小酉洞，憩招爽亭，苔石啮波，曰锦淙滩。指修廊中隔水外者，竹树表里之”。“折而北，有亭三角，曰在涧，涧气上流，作秋冬想”。“由此行峭蒨中，忽著亭，曰转翠。寻梁契集暎阁乃在下。见立石甚异，拜而赠之以名，曰灵举。向所见廊周于水者，方自此始，陈眉公榜曰流影廊。沿缘朱栏，得碧落亭。南折数十武，为庵，奉维摩居士，廊之半也。又四五十武为漾月梁，梁有亭可候月，风泽有沦，鱼鸟空游，冲照鉴物。渡梁，入得闲堂。堂在墅中最丽，槛外石台可坐百人，留歌娱客之地也。堂西北结竟观居，奉佛。自暎阁至得闲堂，由幽邃得宏敞，自堂至观，由宏敞得清寂，固其所也。观临水，接浮红渡，渡北为楼以藏书。稍入为鹤籞，为蝶寝，君子攸宁，非幕中人或不得至矣。得闲堂之东流，有亭曰涤砚，始为门于墙如穴，以达墙外之阁，阁曰湛华"。"向所见亭亭不可得即至者是也。墙以内所历诸胜自此而分，若不得不暂委之，别开一境。升眺清远阁以外，竹林则烟霜助洁，花实则云霞乱彩，池沼则星月含清。严晨肃月，不辍喧妍"。"虽复一时游览，四时之气，以心准目，想备之，欲易其名曰贞萋。然其意渟泓明瑟，得秋差多，故以滴秋庵终之，亦以秋该四序也"。

梅花墅的主人许自昌，字玄祐，号霖寰，万历六年十月十二日生人。父亲许朝相，字国用，号怡泉，出身贫穷，后以经商致富，热心公益事业。陈继儒《怡泉许公墓志铭》说："吴役最钜者，增郡城，修郡学。豪有力者皆逊谢不敢当，或夺役以去。闾师乡三老独目属公，当事者亦推公为祭酒。公锐身骈剧，役竣而损帑不赀，公无几微见颜色。岁恶则平粜，减市价什之三，其不能粜者，则设糜粥饲之，殍则椁而掩之。”为了表彰他的见义勇为，有司闻于朝，恩诏例授四川龙安府照磨，照磨是执掌衙门文书宗卷的小官，秩从九品，当然是不必到任的。

早年许家举炊艰难，许朝相至三十馀岁，方娶昆山沈氏为妻，沈氏生一子，未久夭折。朝相又娶昆山北新渎陆氏为妾，陆氏二十一岁时生一子，即许自昌，那年朝相已五十岁了。

许自昌从小喜欢读书，董其昌《中书舍人许玄祐墓志铭》说："玄祐少有奇表，广上而下丰。少读书，即好渔猎传记两汉四唐之业，筑仓而藏之，饮食其中，不屑屑为经生言。"许朝相将改换门楣的希望寄托在他身上，对他着意培养，鼓励他去结交天下名士，并为他提供必要的物质条件，包括给他刻书，给他交游所需的花费。正由于这个缘故，"四方名士，皆折辈行与交"。他二十多岁，就结识了钱希言、王穉登、张献翼、董其昌、陈继儒、屠隆、邢侗等，各位名士也为他延誉，为他进入文坛鼓吹捧场。万历二十九年，他刻第一本诗集《咏情草》，王穉登撰序，钱希言题辞；三十年，又刻第二本诗集《卧云稿》，屠隆、陈继儒撰序；同年，他又刻《秋水亭诗草》，除王穉登、陈继儒两序外，又增邢侗一序；张献翼则为他的手钞本《百花杂咏》题词。钱希言认为，许自昌"居恒读唐人白香山集，嗜之甚，乃弃去举子业，习为诗，下笔奕奕，辄有元和间风气"。屠隆说：

“大海回风，人推武库，则属弇翁；天巧良匠，字比琳球，则归敬美；名家当行，永垂尺度，则昌穀擅长；灵姿异禀，独造微言，则子威高步；神锋峻洁，香馥栴檀，则彦吉卓尔；气韵清英，秀含桃李，则百穀斐然。嗣响传芳，乃有玄祐。”认为许自昌的诗，上承王世贞、王世懋、徐祯卿、刘凤、邹迪光、王穉登馀绪。更多的是称赞他的为人做派，陈继儒说：“余异日粗毕婚嫁，当买一舟，可仿鲁望故事，逍遥东吴烟水间，赍束书史及笔床茶灶，从君为人外游，山川之事仆为政，骚雅之事君为政，玄祐其肯分白鸥半席，以甫里渔竿授我否。”万历三十年春天，董其昌去甫里访许自昌，钱希言说：“忆昔壬寅之春，余偕董太史玄宰自五茸城脚衔芦而西，剪吴淞东渡，遇石尤，厄之不前。相与叩玄祐门，盘礴卧云楼下。于是庭梅落尽，空斋寂然。太史为余擘玉叶笺，呵砚冰，临晋唐人名家法书。酒痕烛影，凌乱乌皮几上。主人手持黄金叵罗沃客。村鼓紞紞，未肯休。楼距陆天随鸭池牛宫不数武，凭阑远眺，慷慨留连，信宿乃别去。”董其昌有《甫里夜泊酬许玄祐中舍》（题中官衔当为编集时追加）记之，诗云：“谁知玄度宅，又在五湖汀。隐几时生白，雠书几杀青。鸭池春浸月，渔火夜浮星。自笑烟波艇，频年问此亭。”

自万历二十五年到三十五年的十年里，许自昌先后赴试四次，都名落孙山。最后一次，他已三十岁了，回到家里，羞愧得躲在床下。许朝相见了哈哈大笑，说：“这真是要命的事，与其等待黄河水清，还不如去捐个官来。”于是让他进京纳赀，捐了个文华殿中书舍人。这对许家来说是一件大喜事，锦衣煌煌，阖家庆贺。既然不必再去应试，许自昌的性情也解放了不少。李流芳《许母陆孺人行状》说：“中书君官京朝，亦以亲老，驰传归而拜庆，彩衣象服，焜耀里闾，人皆荣之。中书虽以赀为郎，雅非意所屑。独好奇文异书，手自雠校，悬之国门。暇则辟圃通池，树艺花竹，水亭山榭，窈窕幽靓，不减辋川、平泉。而又制为歌曲传奇，令小队习之，竹肉之音，时与山水映发。其诸郎则翩翩竞爽，耽书下帷，足不窥户。登其堂，歌锺馔玉，履舄交错，豪华之气，熏然灼人，如游金张之庭。而披其帷，则图书盈架，丹铅杂陈，哦讽之声，不绝于耳，又如入董夏之室。自郡幕公起家，至中书君不再世，而衣冠文物，蔚为令族，无问素封，即奕叶鼎贵之家，或不逮焉。”

黄裳先生在《梅花墅》里说：“许自昌是生长在一个大商人兼地主的家庭里，他有一个一心想摆脱商人地位、挤入上层统治圈子的‘雄心壮志’的精明的父亲，十分醉心于地主阶级的文化，尽力培养儿子这方面的兴趣并予以赞助。关于许自昌，陈继儒为他写的行状里说：‘玄祐不屑问家人生产，而部署家政，会计内外上下吉凶出入之数，皆犁然且有案检。’可见也是一个有心计的人，他继承并经营着父亲的事业，这是主要的一面。自然，他也十分‘风雅’，这是许多名人尽力称说渲染的。”许氏两代，由贫而富，由富而达，许自昌不但跻身于士夫之林，且成为当时士夫群体里的中心人物之一，这正是新兴社会阶层出现在晚明的一个缩影。

万历三十六年，许朝相八十寿庆，许自昌告归侍亲，开始建造梅花墅。陈继儒《许玄祐樗斋诗钞序》说：“玄祐近创一别墅，几百亩广，地半之，花木葱倩，廊榭窈窕，中为樗斋五六楹。客至赋诗，诗罢游戏，为乐府，命童子按而奏之。”梅花墅自然以梅花著名，钱允治《梅花墅歌赠许元祐》起首便唱道：“君园名署梅花墅，种梅已自成千树，我来不及见花开，一陟梅园自成趣。”那园里梅树，晚清时尚在，王韬《漫游随录 · 古墅探梅》说：“墅本以梅花名，冬时花开，弥望皆是，不逊香雪海也，暗香疏影，浮动月华中，别开静境。自选佛场兴，月榭云房，风景顿异，不过二十年间，已有沧海桑田之感。余少时，尚存数十枝，老干纷披，着花妍媚。每结二三伴侣，踏雪寻梅，清芬在望，逸兴遄飞，必借樗斋为行赏地，酒一壶，肴一盒，出自家厨，足供大嚼。”可惜的是，道光二十九年的一场大水，那些梅树都被淹死了。

梅花墅的落成，在这幽僻的水乡古镇上构筑了一个迷人的去处，许自昌的交游也更广泛了，他又结识了曹学佺、臧懋循、林古度、锺惺、祁承㸁等。董其昌《中书舍人许玄祐墓志铭》说："与玄祐交者，吾邑陈征君、竟陵锺伯敬、山阴祁夷度及不佞辈，咸乐其旷逸。花时柑候，命驾相期，雀舫布帆，间集梅花墅下。"主人是那样好客，那样宽绰，又那样风雅，这里有戏班，有美婢，有佳酿，有精馔，有下榻之居，有抚琴之室，更有这样一个人间难得的园子，天下名士也就接踵而来，凡有客来，许自昌便在闳爽弘敞的得闲堂里，设歌舞之席，陈继儒《许秘书园记》说："每有四方名胜客来集此堂，歌舞递进，觞咏间作，酒香墨彩，淋漓跌宕于红绡锦瑟之傍。鼓五挝，鸡三号，主不听客出，客亦不忍拂袖归也。"钱允治《梅花墅歌赠许元祐》也咏道："清歌一曲酒千觞，妙舞千回醉万场。斗杓北指月西堕，犹自留人不下堂。主人好客更殊妙，六子森森尽文豹。引商刻羽掷金声，日与调人艺相较。分题寄胜日无何，烂熳盈篇卷帙多。"对于许自昌的生活，士人们是颇为钦羡的，陈继儒便说："今玄祐不妄想而坐得之，又且登阁四眺，远望吴门，水如练，山如黛，风帆如飞鸟，市声簇簇如蜂屯蚁聚，而主人安然不出里门，部署山水。朝丝暮竹，有侍儿歌吹声；左弦右诵，有诸子读书声。饮一杯，拈一诗，舞一棹，沿洄而巡之，上留云借月之章，批给月支花之券，袍笏以拜石丈，弦索以谢花神。此有子之白乐天，无贬谪之李赞皇，而不写生绡、不立粉本之郭恕先、赵伯驹之图画也。"锺惺在万历四十七年冬天来访，许自昌有《锺伯敬先生过访》、《冬日锺伯敬先生同诸君集小园》记之，后一首云："静对寒流意自闲，开门绿野闭门山。主人兴逸惭非庾，宾客才高尽拟班。夕磬棹声清远外，晚霞枫色浅深间。长歌不竭樽中酒，可是天心纵老顽。"宾客或许为了感激主人的盛情，便以诗文赞之，赞之人不如赞之园，于是梅花墅成为江南水乡的名胜所在。

梅花墅落成后，许自昌具备更好的条件，来做自己想做的事。他刻印了自己的著作《樗斋漫录》、《樗斋诗草》、《唾馀草》、《捧腹编》等。当然他的主要精力放在两个方面，一是经营刻书业，二是创作戏曲传奇，这是他对晚明文化史的最大贡献。

许自昌是著名刻书家，他对刻书的爱好，始于万历二十一年翻刻宋人杨齐贤集注本《分类补注李太白诗》二十五卷和《分类编次李太白集》五卷，那年他十六岁，并在此年或稍后，又翻刻了《集千家注杜工部诗集》二十卷附《文集》二卷。这是受父亲的鼓励，让他尝试着去进入刻书这一新兴行业。陈继儒《怡泉许公墓志铭》记许自昌"广募剞劂氏"刻书，许朝相高兴地说："捐数千金，藏书万卷，何如扃金穴中，散之六博格五，而更付于展转不可之子孙乎。"张溥《许年伯母诸太孺人寿序》也说："玄祐先生嗜学博交，不喜美田宅、握筹算，独好奇字异书，委宛之篇，琬玦之记，悬金募刻，昼夜不倦。”后来他与名人交接，特别是陈继儒，对他进行切实的指导，《甫里许氏家乘》收了陈继儒的十几封信，不少谈到刻书，其中一封说：“吾兄既居甫里，何不刻《陆鲁望集》，集不下数卷，并其传刻之。又得觅《皮日休集》附于后。曾读皮陆唱和诗，二公真劲斗，晚唐之奇思险字，不逊玉川子也。此集若行，发幽阐秘，犹胜为李杜拈一瓣香耳。吾兄谓何？”可见许自昌的一些刻书选题，也是陈继儒提出的。据著录，他刻的书，主要有《前唐十二家诗》二十四卷、《合刻陆鲁望皮袭美二先生集》三十八卷、《皮陆从事唱和集》十卷、《太平广记》五百卷《目录》十卷、《琼台先生诗话》一卷、《皮子文薮》十卷及传奇《水浒记》、《橘浦记》、《灵犀记》、《弄珠楼》、《报主记》、《临潼会》、《瑶池会》、《玉茗堂批评节侠记》、《玉茗堂批评种玉记》等。当时刻书，讲究的也是经济效益，陈继儒在给许自昌的另一封信里说：“其书局促不甚利益，弟半置之高阁。即使纂续，雅俗参半，前后糅杂，操翰之人，反多掊击，不如姑止之。即刻不行，即行不广。”黄裳在《梅花墅》里说：“这就非常清楚地说明，编书、刻书必须顾到读者的趣味、需要，以及能否畅销。因而也就解除了人们的一大误会，以为陈眉公大刻其《宝颜堂秘籍》，许自昌大刻其李杜集……，都是雅人韵事，捐了家赀来流传文化的。其实‘秘籍’云云就带有浓重的广告宣传气味。‘秘籍’中所收，多数并非罕秘，倒往往是无聊之作，而校刻草草，底本欠佳，为了节省刻资而割裂删削，更是所在都有。过去不能理解，以为陈眉公所以刻了坏书，无非是由于‘山人好名’之过，现在明白，还是经济因素起了决定作用的。”由此看来，许自昌之所以饶有资财，与他经营刻书业必有关系。

在戏曲创作上，许自昌的重要作品是传奇《水浒记》，刊刻于万历三十六年，此前十八年，即万历十八年，南京世德堂曾有无名氏的南戏《水浒记》，今存日本东京御茶水图书馆成篑堂文库，全剧共四十八折，有学者认为与许自昌之作是一本，其实不然。许自昌《水浒记》凡两卷三十二出，与其说是对这本南戏进行改编，不如说直接依小说进行再创作，传奇以智取生辰纲和宋江杀惜为中心，枝蔓情节都被干净利落地删去了。《曲海总目提要》卷十四说：“记内演宋江事，皆据罗贯中《水浒传》，惟张三郎借茶，阎婆惜活捉，及张三郎调戏宋江正妻孟氏等出，皆系脱空结撰。宋江事止于江州劫法场小聚会，便作团圆，避冗长也。”这都是富有创造性的。据崇祯本传奇《金钿盒》第六出对白，此剧问世不久，就出现了扮饰张三郎的弋阳腔名角，这从另一侧面反映了此剧在舞台上的成功。万历四十四年，许自昌又刊刻了《橘浦记》，署“勾吴梅花墅编”，凡两卷三十二出，写柳毅传书故事，则又穿插虞湘灵事，《远山堂曲品·能品》说："余阅黄山人所撰柳毅传奇，嫌其平衍，乃此又何多骈枝也，于传书一事，情景反不彻。词喜用古，而舌本艰涩，反为累句。惟钱塘君数北调，有豪举之致，故拔入能品。"青木正儿《中国近世戏曲史》亦称其"曲白典雅，虽整法有可观处，然亦是骈绮之甚者，往多修饰，少实质，气格靡弱，才气不足，竟不及李笠翁《蜃中楼》之巧思"。此外，有《节侠记》两卷三十二出，演武则天时故事，系改订许三阶之作，今存崇祯刻本；还有《灵犀佩》两卷三十五出，演萧凤侣和宝湘灵、梅琼玉婚姻故事，或说王元功撰，许自昌改订，今存天启四年查味芹钞本。

天启三年，许自昌四十六岁，正月里还在梅花墅里张灯演剧，蒋铉有诗记之，诗题甚长，"癸亥上元前四日，许中翰张灯梅花墅，岩阿竹树，庭榭廊庑，悬缀皆满。檄两部奏剧，昼夜宴游，极声伎灯火之盛。予适归里中，得与斯会。腊月先闯剧场，并见之"。诗云："春入江乡小有天，黛生岩岫锦生川。偶来看竹逢高会，忽复当歌忆旧年。万炬列城光不夜，百妍受月境疑仙。停觞笳鼓周遭急，应是催诗客欲眠。"一片太平欢乐景象，想不到四月十三日，生母陆氏病榻流年，终因脾病去世，享年六十有六。虽说许自昌早有思想准备，但母亲真的离去了，让他哀毁极了。李流芳《许母陆孺人行状》说："中书君玄祐之葬其母陆孺人也，病不胜丧，且惧一旦溘然，不克身襄大事，力疾营窀穸，四方之会葬者麇至。中书君哭泣拜稽，一勉于礼，病遂不起。"不到两个月，许自昌竟然也追随母亲去了。董其昌《中书舍人许玄祐墓志铭》说："迨郡幕公捐馆舍，沈孺人继殇，窥园之日遂以少也。惟昕夕侍陆太君起居，称药量水，不能刻晷离左右。已太君病脾，度且不起，即有以身殉之之志，预为戒饬诸子，微及后事，家人方讶其不详，及承讳，神气绵惙，已不可为，犹匍匐成丧，以劳毁卒。卒之前一日，里人闻有旌幢导从喧阗于市者，为往生之验云。"许自昌死的那天是六月十日。

许自昌逝世后，其长子许元溥继为园主。元溥字孟宏，好读书，好买书，自号千卷生，崇祯三年举于乡，未出仕。张采《梅花墅诗序》说："先生于宅旁辟园，江水周流，渺渺作势，中栽竹木，构亭榭，引桥接流，修廊断续，遂极雅胜。先生以娱亲辟园，园成忽殁，孟宏偕诸弟读书其中。先生养志，孟宏继志，游闲之地，孝思寓焉。"晚明风烟离乱，虽然梅花墅依旧，但已无复当年裙屐麇集的盛况了，门庭冷落，深院寂寞，碧波残叶，红阑尘埃，蛛网结于屋角，破帷在冷风里轻轻飘动，一个衰败了的高门大族，再也没有能力来维持这样一个园子的开销。

清顺治三年，许元溥兄弟舍梅花墅十分之七为海藏庵，并延高僧愿云住持。康熙四十一年，尤侗撰《海藏庵碑记并铭》，追述了它的历史：“甫里之有海藏庵，自高阳许氏昉也。先是中书君元祐筑室于兹，以隙地为梅花墅，供维摩诘其中。迨孟宏孝廉舍宅为寺，犹短簿之虎丘别墅也。厥后子弟群起，如孝酌、祈年、香谷、竹隐辈，并著文名，兼参佛法，香火至今不绝，则高阳许氏草创之功也。若其开山，肇愿云和尚，卓锡三年，旋归庐岳；云隐具公，亦尝说戒过焉；灵岩继公、元墓剖公递代主之。康熙己未乃请拈花佛日和尚大启宗门，倡举莲社，仿佛东林之风。”可见当时住持都是一代名僧。康熙二十七年元旦，一场大火毁了正殿，四月间即重建，规模复整，僧寮、香积、仓房、浴室等也焕然一新。但“继之者未能振起，日就废荒”，于是里人又请亦可大师总持常住，香火稍稍恢复。其时，“庵虽偏僻，其在甫里，隐若丛林。自堂徂基，方员数百丈，有田一顷，蔬圃间之复辟放生池，儵鱼瀺灂，得濠濮间意，四围精舍数椽，如得闲堂、樗斋等，为先贤陈、董诸公燕游之地，题名在焉”。可见当时庵中还保留着梅花墅的部分建筑，数椽精舍里还悬挂着陈继儒、董其昌等人题写的匾额楹联。至乾隆三年，因经久失修，竟然又圮败了，于是再重修，并增建山门、韦驮殿、香花桥、禅堂、库寮、秀野堂、文昌殿，并创惜字文会。旧时甫里八景有“海藏钟声”、“浮图夕照”两景，均在海藏庵。彭方周《甫里八景诗序》说：“里东有许中翰旧园，曰梅花墅，舍为海藏禅院，六时课诵，钟声远闻。旁起一塔，乃里人新建，七级巍然，夕阳返照，则馀曛可爱。”彭方周诗云：“冷尽梅花别墅香，池光绿上晒经堂。野田荒草斜阳岸，时有钟声流出墙。”“玲珑七级小安排，不入梅花旧讲堂。趁得夕阳西下影，也曾斜过隔邻来。”

梅花墅的大部分舍为海藏庵，一部分散作民居，还有一部分则许氏后人自己居住，仅半亩地，有诗两首为证，蒋楷《题梅花墅为许箕屋》云：“怅望昆明劫火馀，十年不入子将车。隔墙钟鼓闻仙梵，半亩松筠读父书。过客已知居有竹，临渊休叹食无鱼。此生若不飘零去，常向兰亭共祓除。”马万《留别许不远于梅花墅》云：“剪取名园半亩宫，著书何必恨途穷。与君相约须春晚，灵举峰前暎阁中。”已为他人所居者，有沈氏的且闲居。顾鸿时《且闲居秋景八咏序》说：“沈子容轩雅工诗，其尊大父允仪先生构书舍，颜之曰且闲居，盖即许中翰梅花墅故址也。庭则桂树连蜷，叠石成小山，其远峰之高出者曰灵举，岁久苔渍，苍翠欲滴；旁凿方池，曰小沧浪，甃间置石鱼，引泉喷薄，作瀑布状；仰见荫阁，时有弹棋者，子声丁丁；然迤而东，古槐蟠屈，下覆石砌，少憩觉阴翳可爱。他若风篁拂槛、落叶堆床，皆眼前景，可罗致几席。”顾时鸿等拈题分赋。且闲居秋八景为“灵峰积翠”、“沧浪浸月”、“古墅槐荫”、“石鱼喷水”、“小山桂露”、“银床落叶”、“荫阁棋声”、“疏帘竹影”。似亦尚可流连，但毕竟只是当年梅花墅的一角。而汪氏亦占一区，汪缙《二耕草堂记》说：“二耕草堂者，许中书故址，所谓梅花墅者也，今为我家别墅，地在甫里。”友人李禹定以在城中圆妙观中看归鸦为胜事，“于薄暮时，固邀予至观中，见枯树撑天，横云远带，点点归鸦，度返照而下，须臾满树巅矣”，其弟汪缑说：“吾在二耕堂已饱观此景矣。”夕阳将落，鸦声喳呀，盘天几黑，这样的景象，难免让人感到有点悲凉。

歌舞园林化为佛教净地，前人颇多感慨，蒋铉《海藏禅院》云：“廿载重游径不通，亭台非旧故林空。金铺中翰笙歌地，草创如来贝叶宫。法雨遥飞甦甫里，天花乱落接娄东。敢云莲社从高会，拥篲朝朝侍远公。”许虬《坐海藏庵小阁系旧时梅花墅》云：“烟磬声寒绝管弦，垂杨如醉晚风前。空王不下新亭泪，啼鸟还思天宝年。”庵内虽木鱼声声，诵经悠悠，香烟袅袅，然旧时景物依然。顾景芳《游甫里月掌庵》云：“昔日梅花墅，今题月掌庵。曲桥欹不断，怪石落犹含。花发山头半，亭开水面三。行行清磬近，林外有僧龛。”可见它还有过月掌庵这个别名。

至道光年间，海藏庵尚未完全坍圮，王韬《漫游随录·古墅探梅》说："寺今经二百馀年，虽多荒废，规模尚在。入门即一巨池，驾以石桥。池畔旧所称秋水亭者，久已倾圮。樗斋最在寺后，独完善，诗扉八扇犹无恙。读书之暇，辄往静坐，闻当盛时，常宴客于此，曲院丽人，梨园子弟，银筝檀板，各献所长。樗斋之外多隙地，皆当日之楼台亭榭也。叠石引泉，回廊曲折，犹有遗迹可寻。池宽广，遍及寺外。临池一带皆平屋，朱槛碧窗，备极幽静，寺僧赁为民居。池中多种莲花，红白烂熳，引手可摘。花时芬芳远彻，满室清香。余戚串家尝居此，每于日晚，置茶叶于花心，及晨取出，以清泉瀹之，其香沁齿。今四周之屋，尽已摧为薪矣，莲花迥不及昔时之盛。"又一百多年过去，昔日海藏庵的地方，仅存荷池一潭、高墙一截、荒土一丘、瓦屋数间而已了。

梅花墅终于成为一个逝去的梦，人们绘之以图，咏之以诗，追忆它的胜观和雅韵。王韬《漫游随录·古墅探梅》说："梅花墅图有数本，并名人手笔。余所见一本，顾元昭临庄平叔笔也，工妙绝伦，中翰长孙王俨字孝酌题长歌一篇，叙其始末。图后归里中严氏，乞人题咏，韦君绣光黻二律最佳。其一：'绢海胶山迹尚存，伤心家国不堪论。梅开古雪春无主，钟度寒霜月有痕。土地祠留黄主簿，伽蓝神奉顾黄门。祢园香火消尘迹，能报平泉祖父恩。'其二：'樗斋隐迹感沧田，回首香云涌白莲。易代谁知丁卯宅，长歌忍溯甲申年。

辋川画手师前辈，甫里高风替后贤。六直至今南下水，暮潮呜咽绕禅天。’” 咸丰初，有人将这卷画带到上海，王韬得以重睹，并题诗一首：“梅花今已半枝无，为念梅花展旧图。回首故园悲寂寥，夕阳一抹下平芜。”可惜的是，这画卷在不久后的太平军战火中给毁了。

拙政园丽影

苏城东北隅，即今娄门、齐门内的一大片地方，至少在唐代还很冷清，民居寥落，人烟稀少，虽说在城内，却有郊外的风光。自古以来，就有人贪图清静，在那里建造第宅。当然也是稍近市廛，并且是相对集中的，按文献分析，这些建筑大都在今临顿路一带。如三国吴人陆绩，自郁林太守罢归，就住在临顿里。晚唐诗人陆龟蒙是陆绩的后裔，在苏州理应住在祖宅里，《新唐书·陆龟蒙传》说："陆氏在姑苏，其门有巨石，远祖绩尝事吴为郁林太守，罢归无装，舟轻不可越海，取石为重，人称其廉，号郁林石，世保其居云。"可见陆绩廉石的故事，在唐代已经传开了。皮日休有诗题陆宅屋壁，诗题就是"临顿（里名）为吴中偏胜之地，陆鲁望居之，不出郛郭，旷若郊墅，余每相访，款然惜去”。六朝刘宋高士戴颙，自桐庐出居吴下，也住在那里，《宋书·戴颙传》说：“吴下士人共为筑室，聚石引水，植林开涧，少时繁密，有若自然。”正德《姑苏志》卷三十一说：“戴颙宅，今北禅寺，唐司勋郎中陆洿尝居之，有花桥、水阁。”白居易《梦苏州水阁寄冯侍御》云：“扬州驿里梦苏州，梦到花桥水阁头。觉后不知冯侍御，此中昨夜共谁游。”《广异记》则说：“苏州山人陆去奢亭子者，即宋散骑戴颙宅也。”当然有记载的第宅仅是少数，但实际也不会多到哪里去。

就整个苏城的空间来说，五代吴越开始逐渐繁盛，建筑密度大增；南宋建炎四年，金兵毁城，遂成一片废墟；绍兴间开始重建，从绍定二年的《平江图》上，可见当时的城市规模，虽然东北一隅仍属空旷，但已非复唐代的情形了。

元大德间，僧判筌友兰在今临顿路以东、东北街以北建大弘寺，延净法师开山，至延祐间奏赐今额。有僧余泽居此，尝别创东斋，斋前有井，因自号天泉。元末寺毁，相传起火时，有人见红衣沙门立烟焰上，久之乃没，寺既荡尽，而东斋独存。

既提到大弘寺，就要说起始建拙政园的王献臣了。王献臣，字敬止，号槐雨，直隶吴县人，隶籍锦衣卫镇抚司，属匠籍。弘治六年举进士，授行人，出使朝鲜。未久，擢御史，以执法严明而得罪权贵，弘治十六年谪长汀府上杭县丞，十七年再谪琼州府崖州都许驿丞。武宗即位，迁温州府永嘉知县，算是给他平反。大约就在正德二年，他迎养双亲于永嘉，未几，即送回苏州。献臣计划建造园子，应该是从这时开始的。

大弘寺在元末遭兵燹，一说其全毁，一说其西部已毁，总之，王献臣看中了大弘寺的废地，将它买了下来，开始营造园子。也有传说，那里本是废圃，大弘寺在其西，当时尚在，献臣巧取豪夺，一并归之。徐树丕《识小录》卷四说："拙政园在娄门迎春坊，乔木参天，有山林杳冥之致，实一郡园亭之甲也。园创于宋时某公，至我明正嘉间，御史王某者复辟之。邻为大横（弘）寺，御史移去佛像，赶逐僧徒而有之，遂成极胜。相传御史移佛像时，皆剥取其金，故号'剥金王御史'，末年，患身痒，令人搔爬不快，至沃以沸汤，如此逾年，溃烂见骨而死。其子即贫，孙某至以吊丧为业，余少时犹识之。"这一传说，真假无论，聊可作园史谈助。

至正德五年，王献臣迁高州府通判，同年父亲王瑾病卒，他就丁忧回苏州，守丧三年，期满不再复出。文徵明《王氏拙政园记》说："而君甫及强仕，即解官家处，所谓筑室种树，灌园鬻蔬，逍遥自得，享闲居之乐者，二十年于此矣。"献臣《拙政园图咏跋》也说："罢官归，乃日课僮仆，除秽植楥，饭牛酤乳，荷锸抱瓮，业种艺以供朝夕、竢伏腊，积久而园始成，其中室庐台榭，草草苟完而已，采古言即近事以为名。献臣非往湖山、赴庆吊，虽寒暑风雨，未尝一日去，屏气养拙几三十年。”

拙政园的建造是个漫长的过程。正德十二年，文徵明有《寄王敬止》诗云：“流尘六月正荒荒，拙政园中日自长。小草闲临青李帖，孤花静对绿阴堂。遥知积雨池塘满，谁共清风阁道凉。一事不经心似水，直输元亮号羲皇。”这是第一次提到拙政园的名字。所谓“拙政”者，乃取潘岳《闲居赋》中语，“池沼足以渔钓，舂税足以代耕，灌园鬻蔬，以供朝夕之膳；牧羊酤酪，以俟伏腊之费”，“此亦拙者之为政也”。嘉靖七年，文徵明绘《槐雨园亭图》；十年，文徵明作《拙政园诗三十咏》，题园中三十景；十二年，文徵明撰《王氏拙政园记》，并绘《拙政图三十一景册》，前已有三十景诗，至此补玉泉一景，一一绘图，凡三十一景。至此，拙政园算是初告竣工了。

关于王献臣时代的拙政园，以文徵明《王氏拙政园记》写得最详细而具体：

“槐雨先生王君敬止所居，在郡城东北，界齐、娄之间。居多隙地，有积水亘其中。稍加浚治，环以林木。为重屋其阳，曰梦隐楼。为堂其阴，曰若墅堂。堂之前为繁香坞，其后为倚玉轩。轩北直梦隐，绝水为梁，曰小飞虹。逾小飞虹而北，循水西行，岸多木芙蓉，曰芙蓉隈。又西，中流为榭，曰小沧浪亭。亭之南，翳以修竹，经竹而西，出于水澨，有石可坐，可俯而濯，曰志清处。至是水折而北，滉漾渺弥，望若湖泊，夹岸皆佳木。其西多柳，曰柳隈。东岸积土为台，曰意远台。台之下，植石为矶，可坐而渔，曰钓碧。遵钓碧而北，地益迥，林木益深，水益清驶。水尽，别疏小沼，植莲其中，曰水花池。池上美竹千挺，可以追凉，中为亭，曰净深。循净深而东，柑橘数十本，亭曰待霜。又东出梦隐楼之后，长松数植，风至泠然有声，曰听松风处。自此绕出梦隐之前，古木疏篁，可以憩息，曰怡颜处。又前，循水而东，果林弥望，曰来禽囿。囿尽，缚四桧为幄，曰得真亭。亭之后为珍李坂，其前为玫瑰柴，又前为蔷薇径。至是水折而南，夹岸植桃，曰桃花沜。沜之南为湘筠坞。又南古槐一株，敷荫数弓，曰槐幄。其下跨水为杠，逾杠而东，篁竹阴翳，榆槐蔽亏，有亭翼然，西临水上者，槐雨亭也。亭之后为尔耳轩，左为芭蕉槛。凡诸亭槛台榭，皆因水为面势。自桃花沜而南，水流渐细，至是伏流而南，逾百武，出于别圃丛竹之间，是为竹涧。竹涧之东，江梅百株，花时香雪烂然，望如瑶林玉树，曰瑶圃。圃中有亭，曰嘉实亭，泉曰玉泉。凡为堂一楼一，为亭六，轩槛池台坞涧之属二十有三，总三十有一，名曰拙政园。”

当时拙政园广袤两百馀亩，茂树曲池，胜甲吴下。郡中士人常于此雅集，题咏景致，吟觞风月。除文徵明外，王献臣与沈周、唐寅、仇英、王宠、周天球、王穉登等都有交往，就以园中诗画来说，唐寅绘《西畴图》，并题《西畴图为王侍御作》一诗，仇英绘《园居图卷》，王宠不但有《王侍御敬止园林四首》诸作，还有《拙政园赋》。笔墨润泽，使拙政园更加闻名遐迩。在明人诗文里，拙政园具有疏朗旷远、水木明瑟的风格。万历间，袁宏道知吴县，虽不曾入园游赏，但因友人的介绍，也心神向往，他在《园亭纪略》中说："拙政园在齐门内，余未及观，陶周望甚称之，乔木茂林，澄川翠干，周回里许，方诸名园，为最古矣。"

王献臣殁后，其子一夜豪赌，将园子输与徐氏。徐乾学《苏松常道新署记》说："侍御有子，弗克负荷，以樗蒲与里中豪士徐君决赌，一掷失之。"徐树丕《识小录》卷四说得更具体："当御史殇后，园亦为我家所有。曾叔祖少泉以千金与其子赌，约六色皆绯者胜，赌久，呼妓进酒，丝竹并作，俟其倦，阴以六面皆绯者，一掷四座大哗，不肖子惘然叵测，园遂归徐氏。故吴中有'花园令'之戏，实昉于此。"

拙政园既归徐氏，历经五世，正值清兵南下，苏城内外一片乱纷纷，拙政园也成了清军将弁驻扎的地方。主人一点办法也没有，与其让花木糟塌、家人惊恐，不如将园子卖了，与其卖给毫不相干的他姓，不如卖给有点姻亲关系的新贵，那就是降清不久的陈之遴，因为陈之遴继室徐灿是徐氏族人。徐家是个大族，徐灿曾祖一代的徐泰时，就是花步里东园的主人；祖姑徐媛嫁给范允临，也就是天平山庄的女主人。正由于这个缘故，卖价虽然低一点，有些事也好商量。拙政园易主的事，据徐树丕《识小录》卷四说，徐氏后人“于清朝之十年，贱售与海宁陈阁老，仅得二千金云”。赵士履《唐亭杂记》也说：“余姐适苏城监生徐树启，所居临顿里，有拙政园，为吴中名园，居之五世矣。清朝为武弁占居其家，不得已，得价二千金，售与海宁陈之遴，值止五之一也。姐言其曾祖性泉，光禄寺典簿，造基竖楼时，梦二麟，是故题其楼为致麟楼。今始知为‘之遴’二字，事之前定如此。”

然而总是出于无奈将园贱卖的，徐家后人不但憎恨新朝，对买主陈之遴也颇有恶言，徐树丕《识小录》卷二便说：“鼎革之际，率先投诚则浙海宁陈之遴首也。之遴世受国恩，簪缨四五代矣。父为蓟抚，以失机逮，之遴探知上无宽典，买毒药陨其父命于刑部福堂。是时，之遴已榜眼及第矣。”“其投诚一疏，至谓父为清朝而死，真涂面丧心，狗彘之不若也。”

陈之遴的一生，实在也够凄惨的。他是浙江海宁人，字彦升，号素庵。在“海宁陈家”发迹史上是继往开来的人物。崇祯十年举一甲二名进士，顺治二年降清，历侍读学士、礼部侍郎、尚书，九年授弘文院大学士，时政因革厘定，俱出其手，故人称“海宁相国”。十三年，被左副都御史魏裔介等参劾其植党徇私，他在辩疏中竟有“南北各亲其亲，各友其友”之语，让世祖大为愤怒，遂命其以原官发盛京居住。

是年冬，即复命召回。十五年，以贿结犯监吴良辅论斩，免死流徙。《清世祖实录》卷一百十六记圣旨道："陈之遴受朕擢用深恩，屡有罪愆，叠经贷宥，前犯罪应置重典，特从宽，以原官徙往盛京，后不忍终弃，召还旗下，乃不思痛改前过，以图报效，又行贿赂，交结犯监，大干法纪，深负朕恩。本当依拟正法，姑免死，著革职，交父母兄弟妻子流徙盛京，家产籍没。"如此便断送了陈之遴的一切，终于在康熙五年病死开原尚阳堡贬所，年六十一岁。

陈之遴买下拙政园后，重加修葺，备极奢华，但他自己正在北京做官，后来也未曾回过苏州，贬徙盛京后，更是关山万重，西风斜照，故园茫茫了，大概只有在冬夜的残梦里，才见到自己园中的花光水影。阮葵生《茶馀客话》卷八说："然主人身居政府，十载未归，图绘咏歌，目未睹园中一树一石。及穷老投荒，穹庐绝域，黄榆白草，父子茕茕，而此园已籍没县官，为驻防将军府矣。"这也真是不堪的事。

就在陈之遴遥作主人的这段时间里，拙政园里先后住过两位丽人，一位当然是徐灿，另一位就是柳如是。

顺治五年三月，钱谦益因黄毓祺案被缉拿，锒铛拖曳，解押南京，时"河东夫人沉疴卧蓐，蹶然而起，冒死从行，誓上书代死，否则从死。慷慨首涂，无剌剌可怜之语"，跟随着一同前往，那年柳如是三十一岁。钱谦益在狱中作《和东坡乌台诗韵》，第一首便咏道："朔气阴森夏亦凄，穹庐四盖觉天低。青春望断催归鸟，黑狱声沉报晓鸡。恸哭临江无壮子，徒行赴难有贤妻。重围不禁还乡梦，却过淮东又淮西。”记咏的正是柳如是冒死从行的事。在南京，经柳如是多方周旋，疏通关节，钱谦益在刑部大狱四十馀天，终于开释。

钱谦益虽然出狱，但尚在管制之中，不能随便走动，苏州却是可去的，因为黄毓祺案也在驻苏州的江苏巡抚职权范围之内。当时土国宝任江苏巡抚，而陈之遴的亲家吴伟业正在土国宝幕中，吴伟业与钱谦益交谊甚笃，由于这层关系，钱、柳至苏州，就住进了拙政园。钱谦益跋《钞本元徽之集》，款署“著雍困敦之岁，皋月廿七日，东吴蒙叟识于临顿之寓舍”，曹溶《绛云楼书目题词》说：“余以后进事宗伯，而宗伯绝款曲。丙戌同客长安，丁亥戊子同僦居吴苑，时时过予。”倦叟《绛云楼书目再识》也说：“丁亥予挈家寓阊门，宗伯先在拙政园。”这几条都是钱谦益当时住在拙政园的记录。

就在拙政园里，柳如是生下婚后七年方得的一个女儿，钱谦益有《己丑元日试笔二首》，第二首咏道：“频烦襆被卷残书，顾影颓然又岁初。自笑羁囚牢户熟，人怜留滞贾胡如。渊明弱女咿嚘候，孺仲贤妻涕泪馀。为问乌衣新燕子，衔泥何日到寒庐。”此时，钱、柳的女儿未满周岁，宁馨可爱，给这对忧愁夫妇带来一点欢乐和慰藉。

陈寅恪先生《柳如是别传》对这首诗有一段笺注："盖牧斋本以为顺治五年戊子十二月能被释还常熟度岁，岂意狱事仍未终结，至六年己丑元旦，犹在苏州也。第伍句指赵管妻（即柳女）。《河东君殉家难事实》康熙三年甲辰七月'孝女揭'云：'母归我父九载，方生氏。'及康熙三年甲辰六月廿八日'柳夫人遗嘱'云：'我来汝家二十五年，从不曾受人之气。'盖河东君及其女皆以河东君之适牧斋实在崇祯十三年庚辰十二月一日，我闻室落成与牧斋同居时算起。牧斋垂死犹念念不忘半野堂寒夕文宴者，即由此乃其'洞房花烛夜'之故。然则赵管妻出生乃在顺治五年戊子。（寅恪案：《蘼芜纪闻》上载《盛湖杂录》'柳如是绝命书'条，案语云：'小姐柳出，以顺治戊子生，辛丑赘婿赵管，年仅十四岁，遇变之年为甲辰，才十七岁，故书中有年纪幼小之语。'可供参证。）至在何月何日，则不可考。但己丑元旦，正是'呷嗄'之候也。"

可惜钱、柳都没有留下拙政园的记咏，这是颇为遗憾的事。

过去不少学者对钱、柳和拙政园的关系未作深究，好作想象之语，如徐乾学《苏松常道新署记》说："始虞山钱宗伯尝构曲房其中，以娱所嬖河东君。"吴骞《尖阳丛笔》卷一也说："柳蘼芜亦尝寓此中，有曲房，乃其所构。"岂不知钱谦益时为罪人，且借居在陈之遴的园子里，哪能筑什么曲房，去讨柳如是的欢心。

再说徐灿，字湘蘋，又字明深、时霞，吴县人，光禄丞徐子懋的女儿。她许配给陈之遴做继室，也有一段奇事，董潮《东皋杂钞》卷三说：“崇祯中，相国春闱下第，南还，舟泊吴门，遇雨闷甚，觅散步处。闻徐氏饶花石，因独诣之。先一夕，徐翁梦黑龙碎其金鲫鱼缸。是日相国至，方徘徊花竹间，误触一盆堕，适碎其缸，相国方踽踖致不安，拟奉价偿之。而徐翁欣然问姓名，因留小酌，备极款曲。酒酣，自言有二女，俱有才色，愿奉箕帚。时相国适丧偶，闻之心动。素善子平，遂索其二女干支，归舟推之，则皆贵，惟长女微带桃花星，因纳其次，即夫人也。”那是在崇祯初年的事，陈之遴尚未进士及第。

徐灿是大才女，工诗善画，犹擅长倚声。陈维崧《妇人集》说：“徐湘蘋不（名灿），才锋遒丽，生平著小词绝佳，盖南宋以来闺房之秀一人而已。其词娣视淑真，姒畜清照。至‘道是愁心春带来，春又归何处’，又‘衰杨霜遍灞陵桥，何处是前朝’等语，缠绵辛苦，兼撮屯田、淮涨诸胜，直可凭衿。”周铭《林下词选》卷十也说：“徐灿字湘蘋，茂苑人，陈之遴相国夫人。善属文，兼精书画诗馀，真得北宋风格，绝去纤佻之习，其冠冕处，即李易安亦当避席，不独为当代第一也。”至于她的诗，吴骞认为胜过其祖姑徐媛和赵宧光妻陆卿子，《拜经楼诗话》卷四说：“明季东吴徐氏，号多才女。徐媛字小淑，为范长倩先生之室，所著《络纬吟》盛称于时。无何而湘蘋继起。湘蘋名灿，实小淑从孙，尤工长短句，间亦为诗，人以为方阮氏之有仲容。然小淑诗以绮丽胜，故姚园客以为才情不及陆卿子。湘蘋则尽洗铅华，独标清韵，又多历患难，忧愁拂郁之思，时时流露楮墨间，恐卿子亦当避之三舍。”她的画也有名于时，绘写观音大士和宫妆美人，笔法古秀，衣纹如莼叶，设色雅淡，颇得北宋人傅染意，晚年则专画水墨观音，偶也点染花草。闺阁才情之作，藏家以为珍宝，杨岘《迟鸿轩所见书画录》卷四著录："潘星斋少宰藏有珠菊绢本小帧，笔意苍楚，而有士气，闺秀中无其匹。”吴骞曾得其观音像一帧，有《题徐夫人白描大士》云："拙政园边野草春，平泉花木半为薪。巫咸未剪辽阳纸，辛苦鸥波忏佛人。”相传清圣祖亦取数帧于内廷，并以御题。此外，徐灿还善刺绣，有发绣观音大士像，工净有度，论者以为不减晚明刺绣名家邢净慈。

徐灿与陈之遴结缡后，随宦北京，以《燕京元夜词》而名声远播。尽管丈夫已经降清，节气尽失，但有又什么办法呢。某夕，与丈夫在合欢花下联吟，有“共挽鹿车归旧隐，待浮渔艇散秋怀”之句，以仕途险恶，劝丈夫早作引退。然而她只是个小女子，不能为丈夫作什么选择，无奈怨恨，只能寄托于笔墨，有《踏莎行·初春》咏道："芳草才芽，梨花未雨。春魂已作天涯絮。晶帘宛转为谁垂，金衣飞上樱桃树。　故国茫茫，扁舟何许。夕阳一片江流去。碧云犹叠旧山河，月痕休到深深处。”谭献评曰：“兴亡之感，相国愧之。”陈之遴又怎能理解妻子的心情呢。她又《永遇乐·病中》咏道：“翠帐春寒，玉炉雨细，病怀如许。永昼愔愔，黄昏悄悄，金博添愁炷。薄幸杨花，多情燕子，时向琐窗细语。怨东风、一夕无端，狼籍几番红雨。　曲曲阑干，沈沈帘幕，嫩草王孙归路。短梦飞云，冷香侵珮，别有伤心处。半暖微寒，欲晴还雨，消得许多愁否。春来也、愁随春长，肯放春归去。”谭献评曰：“相国加膝坠渊，愆咎自积，此词殊怨。”但怨苦之情，怎会在倚声里化解，只能随着一江春水悠悠流逝。在北京，徐灿不得亲侍陈母吴太夫人，便手绘观音大士像五千四十零八幅，为之祈寿。这样的孝道，自然为人传颂。但谁能理解她的心情呢，她正以此排解自己的忧愁，也默默祈祷家人的平安。

然而祈祷并未灵应，隔了几年，陈之遴的灾难降临了。先是在顺治十三年以原官发居盛京，徐灿未曾同行，回到故乡，住在拙政园里，后来她有《一斛珠·有怀故园》，记忆对拙政园的最后印象：“恁般便过，元宵了，踏歌声杳。二月燕台犹白草。风雨寒闺，何处邀春好。　吴侬只合江南老，雪里枝枝红意蚤。窗俯碧河云半袅。绣幕才牵，一枕梅香绕。”至顺治十五年，陈之遴又获罪遭贬，这一次不同与前，父母兄弟妻子一并流徙。在即将到达盛京时，徐灿有《望沈城》云："遥望层城带落晖，昔年曾次一枝依。别来已见梅三发，到日惊看柳半肥。莫向殊方悲失路，暂离尘网幸忘机。秋空杲日天中照，旅雁征人却共归。"谁知这一次却回不来了，丈夫和儿子们都在塞外的冷风寒雪里先后死去。

流戍岁月，真往事不堪回首。徐灿《水龙吟·次素庵韵感旧》上阕咏道："合欢花下留连，当时曾向君家道。悲欢转眼，花还如梦，那能长好。真个而今，台空花尽，乱烟荒草。算一番风月，一番花柳，各自斗，春风巧。"她还有一首《送方太夫人西还》，也反映了愁惨的情思，方太夫人即方拱乾妻，方拱乾因科场案流放宁古塔，顺治十八年遇赦放还，徐灿既为他们的归去感到高兴，很有点羡慕，更为自己一家羁留关外而倍感凄苦，诗云："旧游京国久相亲，三载同淹紫塞尘。玉珮忽携春色至，兰灯重映岁华新。多经坎坷增交谊，遂别云龙断夙因。料得鱼轩回首处，沙场犹有未归人。"

在贬所的日日夜夜，夫妇俩经常说起拙政园，徐灿《唐多令·感怀》咏道："玉笛送清秋，红蕉露未收。晚香残、莫倚高楼。寒月羁人同是客，偏伴我，滞幽州。 小院入边愁，金戈满旧游。问五湖、那有扁舟。梦里江声和泪咽，频洒向，故园流。"故园正在江南的春风秋雨里，那亭台楼阁，那水上的绿荷和林中的鸟鸣，是那样清晰，又是那样虚无缥缈。徐灿重又编起自己的集子，一本是《拙政园诗集》，共两卷，收诗二百四十六首；一本是《拙政园诗馀》，共三卷，收词九十九首，书前置陈之遴写于顺治七年的一篇旧序，四个儿子陈坚永、陈容永、陈奋永、陈堪永写了跋。然而这两本书，当时无法镌刻，直到嘉庆八年才由吴骞拜经楼刊刻，收入《海昌丽则》。

康熙五年，陈之遴死于戍所，几个儿子也在那里先后死去，徐灿的心几如枯灯一般，她的孤苦，她的怨恨，更不是笔墨所能排遣的。一直等到康熙十年，圣祖谒先陵，经过那里，徐灿跪于道旁，圣祖问："宁有冤乎？"徐灿答："先臣惟知思过，岂敢言冤？伏惟圣上覆载之仁，许先臣归骨。"圣祖恩准，陈之遴骸骨得以归葬故乡。

徐灿终于南归，这时拙政园早已籍没，她便来到夫家海宁，布衣练裳，长斋绣佛，更号紫箮氏，卜居小桐溪之上，人称阁老厅。就在那里，她和闺阁诗人柴静仪、林以宁、朱柔则、钱凤纶结蕉园诗社，人称"蕉园五子"，家国沧桑之慨，悉寓于篇章。据孙殿起《贩书偶记续编》卷三著录，她还和袁终彩合辑《四书要达》二十七卷，有康熙三十七年刻本。徐灿晚年，族侄女徐文琳一直陪伴着她。文琳自幼许配给徐灿之子陈堪永，陈家谪戍盛京，堪永也死于贬所，母家劝她改适，她说："富贵而许，患难而背，我不为也。"徐灿南归后，她兴奋地说："我有家矣。"便赶去海宁，与徐灿相守，孝养以终。文琳亦好吟咏，著有《镜山阁诗稿》。

一代闺阁才人，经历了富贵荣华，经历了千里流徙，也经历了夫丧子殁那人世间最为不堪的悲哀，终于在佛影的笼罩下，在香烟的萦绕中，渐渐归于平淡，就像是悬崖下的一潭碧水，再也掀不起波澜了。

再说吴伟业，他与陈之遴是亲家，吴之仲女嫁陈之次子容永（字直方）。清初，他们又先后投靠新朝，尽管两人的人品才华很有高下，但毕竟是姻亲，政治处境也几乎相同。陈之遴全家流徙，吴伟业的女儿虽不在遣中，女婿却随着去了，于是他一字一泪写下了《赠辽左故人》八首，第八首咏道："齐女门前万里台，伤心砧杵北风哀。一官误汝高门累，半子怜渠快婿才。失母况经关塞别，从夫只好梦魂来。摩挲老眼千行泪，望断寒云冻不开。"真是哀痛之情，见于纸上。未久，又作《寄怀陈直方》四首，第一首咏道："汉法三冬系，秦关万里流。可怜诸子壮，不料阖门收。要路冤谁救，宽恩病独留。羁栖骑瘦马，风雪阻他州。"可谓是苦语危机，衷肠百转，一时眼底都尽了。

顺治十七年春天，吴伟业的女儿积忧成疾，咯血不止，来到苏州就医。当时拙政园尚未籍没，父女俩就住在园子里，园中那株宝珠山茶花正在盛开，一片花光烂熳，吴伟业感慨万千，作《咏拙政园山茶花》，小引说："拙政园，故大弘寺基也。其地林木绝胜，有王御史者侵之以广其宫，后归徐氏最久。兵兴，为镇将所据，已而海昌陈相国得之。内有宝珠山茶三四株，交柯合理，得势争高，每花时，钜丽鲜妍，纷披照瞩，为江南所仅见。相国自买此园，在政地十年不归，再经谴谪辽海，此花从未寓目。”这首歌行体长诗，俱从花字生情，层层摹写，感叹祝诵，极芊眠丽密之致，咏道：

“拙政园内山茶花，一株两株枝交加。艳如天孙织云锦，赪如姹女烧丹砂。吐如珊瑚缀火齐，映如螮蝀凌朝霞。百年前是空王宅，宝珠色相生光华。长养端资鬼神力，优昙涌现西流沙。歌台舞榭从何起，当日豪家擅闾里。苦夺精蓝为玩花，旋抛先业随流水。儿郎纵博赌名园，一掷留传犹在耳。后人修筑改池台，石梁路转苍苔履。曲槛奇花拂画楼，楼上朱颜娇莫比。千条绛蜡昭铅华，十丈红墙饰罗绮。斗尽风流富管弦，更谁瞥眼闲桃李。齐女门边战鼓声，入门便作将军垒。荆棘从填马矢高，斧斤勿剪莺簧喜。近年此地归相公，相公劳苦承明宫。真宰阳和暗回斡，长安日日披薰风。花留金谷迟难落，花到朱门分外红。独有君恩归未得，百花深锁月明中。灌花老人向前说，园中昨夜零霜雪。黄沙淅淅动人愁，碧树垂垂为谁发。可怜塞上燕支山，染花不就花枝殷。江城作花颜色好，杜鹃啼血何斑斑。花开连理古来少，并蒂同心不相保。名花珍异惜如珠，满地飘残胡不扫。杨柳丝丝二月天，玉门关外无芳草。纵费东君着意吹，忍经摧折春光老。看花不语泪沾衣，惆怅花间燕子飞。折取一枝还供佛，征人消息几时归？”

阮葵生《茶馀客话》卷八说："梅村出山，陈素庵相国之遴实为推毂，盖将虚左以待。比及京师，素庵事已决裂，尽室迁谪塞外。梅村《拙政园山茶歌》为素庵而作，感慨婉惜，盖有不能明言之情。"这首长歌虽然咏唱的是宝珠山茶，然而也正记述了拙政园的沧桑，记述了一个哀怨凄迷的故事。

卞云装

明末清初的名妓卞赛，一名赛赛，字云装，后为女道士，自号玉京道人，不知何处人氏，早年在秦淮河畔高张艳帜，故有人说她就是南京人。

那时秦淮河上，桨声灯影，罗绮芬芳，行酒纠觞，留髡送客，在那莺莺燕燕中，艳名远播者很多，卞赛无愧个中翘楚。余怀与她见过面，《板桥杂记·雅游》说："妓家分别门户，争妍献媚，斗胜夸奇。凌晨则卯酒淫淫，兰汤滟滟，衣香一园；停午乃兰花茉莉，沉水甲煎，馨闻数里；入夜而擫笛搊筝，梨园搬演，声彻九霄。李、卞为首，沙、顾次之，郑、顿、崔、马，又其次也。"这里列举了李十娘、卞赛卞敏姐妹、沙才、顾媚、郑妥娘、顿文、崔科、马娇马嫩姐妹，在这些丽人里，以李十娘和卞氏姐妹为第一流。

晚明以来，秦淮名妓，层出不穷，不可胜数。康熙十七年苏州阊门钱益吾萃奇馆刻过《金陵百媚》七卷，一人一幅，有名有姓，各有姿态，应该都是活跃在当时的名妓。书贾还异想天开，居然将冯梦龙请来作点评，让人捧腹。想不到，到了晚清，好事者又弄了一个“秦淮八艳”，这不像“扬州八怪”，人物是确定的，她们是马守真（湘兰）、卞赛（玉京）、李香（香君）、柳是（如是）、董白（小宛）、顾眉（横波）、寇湄（白门）、陈沅（圆圆）。在这以前，或许已有“秦淮八艳”的说法，但真正落实下来是番禺叶衍兰绘图、钱塘张景祈题咏的《秦淮八艳图咏》一卷，今存光绪十八年羊城越华讲院刻本。选定这“八艳”，当然出于约定俗成的民众心理，她们都生活在明末清初，艳迹流传，几乎家喻户晓，每个人都可铺陈长篇故事，每个故事都反映了那个特殊时代的风月和风云。严格地说，这“八艳”中，至少柳如是、陈圆圆两位不能归入“秦淮”，但又何妨将她们凑合在一起呢。“秦淮”本来就是当时社会的缩影，它的意义已超越地域的空间概念。

卞赛的称呼，没有卞玉京的名气大，但玉京是她入道后才起的号，入道前是不能称玉京的，称她卞云装，总没有错。

卞云装的容貌韵致，几乎没有文字描述。关于她的才华，李濬之《清画家诗史》癸下说：“善鼓琴，工楷书，精画兰，间作山水，喜着女子像，款署画中人。”她画兰极精，吴伟业《过锦树林玉京道人墓并传》说：“道人画兰，好作风枝婀娜，一落笔尽十馀纸。”陈撰《玉几山房画外录》卷下著录陈洪绶《题卞云装画兰》：“一枝婀娜，香气满纸，望而知为此人之笔也。”她还能作小诗，如《题扇送吴志衍入蜀》云：“剪烛巴山别思遥，送君兰楫渡江皋。愿将一幅潇湘种，寄与春风问薛涛。”再如《题自画小幅》云：“沙鸥同住水云乡，不记荷花几度香。颇怪麻姑太多事，犹知人世有沧桑。”雷瑨《青楼诗话》卷上称其所作“音韵悠扬，有飘飘欲仙之致”。据《众香词》著录，她著有《玉京道人集》，惜早已给历史风尘湮没了。

卞云装在甲申鼎革前不久移居苏州，那年她十八岁，住在虎丘山塘，慕其艳名而造访者，云集其门。吴江周枢与云装亦有交往，他在《十美词纪》里说：“卞赛，金陵乐部伎也，工诗，好画兰，寓虎丘山塘白公堤侧，慕而邀之者，香车画舫，不绝于道。常以金陵十竹斋小花笺、阊门白面圆箑画兰，邀余题诗。余信笔题就，颇惬其意，每以十竹斋硃砂印色及水沉香等赠余。不好华饰，不轻与人狎，似良家妇。”云装和其他名妓一样，仰慕名士，并倾心交结，就像柳如是之与钱谦益，顾横波之与龚鼎孳，在苏州时，最让她心动的就是吴伟业。

崇祯十六年春天，吴伟业至苏州，与云装相识，他在

《过锦树林玉京道人墓并传》里回忆，那年她十八岁，“侨虎丘之山塘，所居湘帘棐几，严净无纤尘，双眸泓然，日与佳墨良纸相映彻。见客初亦不甚酬对，少焉谐谑间作，一坐倾靡。与之久者，时见有怨恨色，问之辄乱以它语，其警慧虽文士莫及也。与鹿樵生一见，遂欲以身许，酒酣拊几而顾曰：‘亦有意乎？’生固为若弗解者，长叹凝睇，后亦竟弗复言”。云装大胆地向吴伟业表示自己的爱慕，并欲以身相许，然而吴伟业假装不领会她的意思，这让她很伤心，暗暗落下了眼泪。也就在那时，李自成大顺军屡屡胜战，大明江山岌岌可危，既国难将临，又失恋苦闷，她就回南京去了。

第二年，即崇祯十七年，三月，思宗朱由检自缢于煤山；五月，吴伟业被弘光朝召为詹事府少詹事，也到了南京，又与云装相见。吴伟业在后来写的《听女道士卞玉京弹琴歌》里回忆：“玉京与我南中遇，家近大功坊底路。小院青楼大道边，对门却是中山住。”这几句将云装家的位置也说得很详细，中山王徐达府邸门前有大功坊，也就是在如今瞻园附近。顺治二年，清军南下，扬州十日，南京失守，弘光朝覆灭。吴伟业先已返回太仓，旋又携全家百馀口，避乱于长洲矾清湖。云装则留在南京，困顿凄惶，风烟流离，哪里还会有她的消息。

过了五年的顺治七年十月，吴伟业到常熟，拜访钱谦益，想不到云装也正在常熟，借住在尚湖之滨的友人家。吴伟业就将自己的心思告诉钱谦益，钱谦益劝慰他说：“力能致之。”于是派人去接，云装先是托辞要化妆，迟迟不下楼；继而又说旧病忽发，改日再作回访。这让吴伟业十分失望，怅怅不已，叹道：“吾自负之，奈何。”抚今追昔，情怀悒快，写了《琴河感旧》四首，小序说：“枫林霜信，放棹琴河。忽闻秦淮卞生赛赛，到自白下，适逢红叶。余因客座，偶话旧游。主人命犊车以迎来，持羽觞而待至。停骖初报，传语更衣，已托病痁，迁延不出。知其憔悴自伤，亦将委身于人矣。予本恨人，伤心往事。江头燕子，旧垒都非；山上蘼芜，故人安在。久绝铅华之梦，况当摇落之辰。相遇则惟看杨柳，我亦何堪；为别已屡见樱桃，君还未嫁。听琵琶而不响，隔团扇以犹怜，能无杜秋之悲、江州之泣也。”一首咏道：“油壁迎来是旧游，尊前不出背花愁。缘知薄幸逢应恨，恰便多情唤却羞。故向闲人偷玉筯，浪传好语到银钩。五陵年少催归去，隔断红墙十二楼。”另一首咏道：“休将消息恨层城，犹有罗敷未嫁情。车过卷帘劳怅望，梦来携袖费逢迎。青山憔悴卿怜我，红粉飘零我忆卿。记得横塘秋夜好，玉钗恩重是前生。”

想不到过了三个月，顺治八年正月，云装身穿道人装，携着侍儿柔柔，一叶扁舟，来到太仓梅村。这让吴伟业大喜过望，云装为之弹琴，还给他讲了柔柔被选中淑女的事。吴伟业《过锦树林玉京道人墓并传》说：“逾数月，玉京忽至，有婢曰柔柔者随之。尝着黄衣作道人装，呼柔柔取所携琴来，为生鼓一再行，泫然曰：‘吾在秦淮，见中山故第有女绝世，名在南内选择中，未入宫而乱作，军府以一鞭驱之去。吾侪沦落，分也，又复谁怨乎？’坐客皆为出涕。”关于福王选妃之事，谈迁《枣林杂俎仁集》亦有记载，《逸典》说：“秋九月，有选宫之命，恶阉横扰，或母子自刭。徐魏公宗女妅丽，韩司礼赞周以勋臣家例禁出之。皇太后自于外守备厅择六人未嗛，命再选。初各官毖慎，其后会于贡院，狎笑亵视。选七十人，寖及苏杭，吴中俶扰。太后侍女金□，年十八，来自中州，殊色也，所选并不逮，上待如妃礼。明年，阮大铖入其宗女，虽姝丽，竟不知谁氏也。又书佐周某自献其女。太监田成来杭州，驻贡院，树黄旗二，选五人，止王氏留京。”“民家设香，彩女出见，太守旁揖，疲于奔命。上之出奔也，阮氏、周氏、王氏命还外家，而贡院罢试矣。”

吴伟业听了柔柔的遭遇后，十分感动，写了一首《听女道士卞玉京弹琴歌》，以云装的口吻，细细叙来，悲泣莫诉，其中咏道：

“中山有女娇无双，清眸皓齿垂明珰。曾因内宴直歌舞，坐中瞥见涂鸦黄。问年十六尚未嫁，知音识曲弹清商。归来女伴洗红妆，枉将绝技矜平康，如此才足当侯王。万事仓皇在南渡，大家几日能枝梧。诏书忽下选蛾眉，细马轻车不知数。中山好女光徘徊，一时粉黛无人顾。艳色知为天下传，高门愁被旁人妒。尽道当前黄屋尊。谁知转盼红颜误。南内方看起桂宫，北兵早报临瓜步。闻道君王走玉骢，犊车不用聘昭容。幸迟身入陈宫里，却早名填代籍中。依稀记得祁与阮，同时亦中三宫选。可怜俱未识君王，军府抄名被驱遣。漫咏临春琼树篇，玉颜零落委花钿。当时错怨韩擒虎，张孔承恩已十年，但教一日见天子，玉儿甘为东昏死。羊车望幸阿谁知，青冢凄凉竟如此。我向花间拂素琴，一弹三叹为伤心。暗将别鹄离鸾引，写入悲风怨雨吟。”

写得正如急管繁弦，凄清入耳，又如惊风骤雨，震心荡魄，表达了诗人对不幸女子的同情和明亡的痛楚之情。云装也不能自已，泪流满面。

两人又从太仓去苏州，泛舟横塘。那是早春天气里一次舒心的郊游，梅花已经开了，暗香浮动，风吹过，还很有一点寒意，但两人的心却是异常的温暖。谁也不会想到，这是他俩的最后一次幽会。

过了没有多久，云装携柔柔渡浙江，归于“东中一诸侯”，这“诸侯”便是郑应皋。应皋字建德，号慈卫，曾官户部，其人其事，史载无多。云装和他没有什么感情，特别不喜欢他的为人，便以柔柔来代替自己。就在进柔柔的当天，云装便削发为尼，那真是身心的解脱。周枢《十美词纪》说，云装“后为杭宦取去，生一子，闻已为显宦矣”，而吴伟业《过锦树林玉京道人墓并传》则说：“侯死，柔柔生一子而嫁，所嫁家遇祸，莫知所终。”周枢大概因道听途说，误以为是云装了。云装离开郑家，即返回苏州，嫁给名医郑钦谕。那是顺治十年冬天的事，云装二十八九岁，郑钦谕六十六岁。

李学颖集评标校《吴梅村全集》，卷十引邓汉仪《诗观》:“忆癸巳冬，汪然明招同赵月潭饮湖上之不系园。然明言及卞生毁妆学道近事，月潭未之深信。比甲午春，予同钱牧斋宗伯往吴阊郑翁家访之，则楼头红杏照人，隔墙隐隐闻梵呗声。属郑翁致殷勤，终不肯出。今已葬锦林一抔土矣。读梅村歌，为之叹惋。”可见顺治十一年春天，云装已在郑钦谕家了。

郑钦谕这个人物，需要介绍一下。钦谕字三山，号初晓道人，吴县人，世家业医，与吴伟业是中表亲，康熙元年卒，年七十六岁。吴伟业为撰《保御郑三山墓表》，其中说：“君自少攻诗书，镞言行，早孤，居丧能哀，仲兄病，刲肉以进，人皆曰郑氏有子。长身美须髯，温良乐易，一见知为通人长者。其于医也，发挥精微，行之以诚心恻怛，名乃益起。千里之内，钜公贵游，辎軿接迹，书币交错于庭，君造请问遗无虚日。窭人踽叟偻行过者，手注善药以去，视之必均。性不喜入官府，有愿交者必见重，始终不干以私。居常删食疏为章程，然中厨日具十人之馔，高人胜流，明灯接席，评骘诗文书画为笑乐。”清初，徐汧投水自尽，杨廷枢被执杀，子孙朝夕不保，郑钦谕便以自己的女儿嫁给杨廷枢的次子，将自己的孙女嫁给徐洐的孙子，成就门户。“徐之长子孝廉屏迹山中，不交人事，尝抱病且困，君急拏舟往访，见突烟不起，奄然坏絮弊箦中，为之泣，手和药，解衣易粟，割半毡充卧具，孝廉乃张目能视，起而录其事曰更生。他若指囷赒寓公之急，推宅慰谪宦之穷，为粥路人，脱骖旧馆，不可悉数”。他的著作有《医家炯戒》、《女科心法》，可惜已久佚。

云装既归郑钦谕，筑别馆而居，吴伟业还和她见过，但只能以方外礼见了。顾禄《桐桥倚棹录》卷八说，云装“后依良医郑保御于山塘，长斋绣佛，刺舌血书《法华经》，以报保御”。

至于云装的卒年，吴伟业《过锦树林玉京道人墓并传》称“凡十馀年而卒，墓在惠山祇陀庵锦树林之原”。如以顺治十年归郑钦谕起算，十馀年而卒，当不早于康熙二年。

康熙七年凉秋，吴伟业去无锡，访云装墓于惠山，写下了《过锦树林玉京道人墓并序》，诗云：

“龙山山下茱萸节，泉响琤淙流不竭。但洗铅华不洗愁，形影空潭照离别。离别沉吟几回顾，游丝梦断花枝悟。翻笑行人怨落花，从前总被春风误。金粟堆边乌鹊桥，玉孃湖上蘼芜路。油壁曾闻此地游，谁知即是西陵墓。乌桕霜来映夕曛，锦城如锦葬文君。红楼历乱燕支雨，绣岭迷离石镜云。绛树草埋铜雀砚，绿翘泥涴郁金裙。居然设色倪迂画，点出生香苏小坟。相逢尽说东风柳，燕子楼高人在否。枉抛心力付蛾眉，身去相随复何有。独有潇湘九畹兰，幽香妙结同心友。十色笺翻贝叶文，五条弦拂银钩手。生死栴檀祇树林，青莲舌在知难朽。良常高馆隔云山，记得斑骓嫁阿环。薄命只应同入道，伤心少妇出萧关。紫台一去魂何在，青鸟孤飞信不还。莫唱当时渡江曲，桃根桃叶向谁攀。”

这首诗写尽了对云装的倾倒和缅念，然而佳人天际，无复再晤，真是至为不堪的情怀。

再来说说云装的妹妹卞敏。余怀《板桥杂记·丽品》说：“玉京有妹曰敏，颀而白，如玉肪，风情绰约，人见之，如立水晶屏也，亦善画兰、鼓琴。对客为鼓一再行，即推琴敛手，面发赪。乞画兰，亦止写篆竹枝，兰草二三朵，不似玉京之纵横枝叶、淋漓墨沛也。然一以多见长，一以少为贵，各极其妙，识者并珍之。携在吴门，一时争艳，户外屦恒满。”可见她和云装一起来到苏州，住在虎丘山塘，也能弹琴画兰，吴伟业初识云装时，见到卞敏，年仅十五岁，《画兰曲》有道是“画兰女子年十五，生小琵琶怨春雨。记得妆成一见时，手拨帘帷便尔汝”。

卞敏像姐姐一样，也仰慕名士，想找一个理想的归宿，就在往来客人中物色到申紘祚，并嫁给了他。紘祚字维久，号嵩臣，长洲人，祖父是“太平宰相”申时行，父亲是广西右参政申用嘉。《板桥杂记·丽品》称紘祚“性豪举，好宾客，诗文名海内，海内贤豪多与之游。得敏，益自喜，为闺中良友”。顺治十一年应顺天乡试，十二年会试告捷，殿试三甲进士，先在兵部观政，十三年又选授贵阳府推官，可惜命薄，尚未启程，就疾病而死，年仅三十六岁。

申紘祚死后，申家当然容不得她，便“复嫁一贵官颍川氏，官于闽”。有人考证，这“贵官颍川氏”就是陈启泰。启泰字大来，汉军镶红旗人，康熙三年官福州漳南道，八年转巡海道。十三年，耿精忠在福建叛清，自称兵马大元帅，巡抚刘秉政降附，总督范承谟被幽，檄至漳州，陈启泰一家自尽。《清史稿·陈启泰传》说：“启泰自度不能守，语妻刘曰：‘义不偷生，忠不附贼，死吾事也。然死而妻子为僇，吾何以瞑？’刘请询，家人皆愿从死。乃以巨盎置酒下药，刘及侍妾婢仆饮者二十一人。幼子方六岁，持觞拜而饮。启泰朝服坐堂皇，召僚属与诀，引弓弦自绞死，僚属为殡。”此说妻妾皆服毒死。洪若皋《闽难记》则说：“巡海道参议陈启泰驻漳州，闻变，同妻刘氏并妾二十馀人皆投缳死。”《板桥杂记·丽品》说得最为惨烈：“闽变起，颍川氏手刃群妾，遂自刭。闻敏亦在积尸中也。”

这是一个悲惨的结局，如此红妆，如此人生，又在如此兵荒马乱的年代，真让人扼腕叹息。

杨绛子

柳如是生前死后，名声藉藉，陈寅恪先生为作《柳如是别传》，正像他在第一章《缘起》里说的那样，“虽然，披寻钱柳之篇什于残阙毁禁之馀，往往窥见其孤怀遗恨，有可以令人感泣不能自已者焉。夫三户亡秦之志，九章哀郢之辞，即发自当日之士大夫，犹应珍惜引申，以表彰我民族独立之精神，自由之思想。何况出于婉娈倚门之少女，绸缪鼓瑟之小妇，而又为当时迂腐者所深诋，后世轻薄者所厚诬之人哉”。那些深诋厚诬的迂腐者和轻薄者，真不在少数，就是与她曾经很接近的人，对她也没有深刻的理解。

这里要说的一位，就是杨绛子。徐乃昌《闺秀词钞》、叶恭绰《全清词钞》、胡文楷《历代妇女著作考》等都有她的著录，极简略，即杨绛子，浙江嘉兴人，柳如是妹。据《小檀栾室闺秀词钞》等记载，她撰有《鹃灵阁小集》，一作《灵鹃阁小集》，久佚不传。徐乃昌《闺秀词钞》补遗卷引录柴紫芳《芦峰旅记》，说的正是杨绛子的故事：

“柳河东君如是归虞山蒙叟后，其妹杨绛子犹居吴江垂虹亭。鄙姊之行，遂不与人往来。质钗镯得千馀金，构一小园于亭畔，日摊《楞严》、《金刚》诸经，归心禅悦，颇有警悟。尝谒灵岩、支硎等山，布袍竹杖，飘遥闲适。视乃姊之迷落于白发翁者，不啻天下人间。嘉兴薛素素女士慕其行，特雇棹担书访绛子于吴门，相见倾倒，遂相约不嫁男子。以诗文吟答、禅梵讨论为日课。乃同至慧泉，溯大江而上，探匡庐，入峨嵋，题诗铜塔，终隐焉。其后素素背盟，复至檇李。绛子一人居川中，足迹不至城市。河东君数以诗招之，终不应，未几卒。著有《灵鹃阁小集》行世。其《春柳寄爱姊》，调《高阳台》一阕，盖讽之也。”

杨绛子这首《高阳台 · 春柳寄爱姊》，这样咏道：

“过雨含愁，因风助态，江南二月春时。少妇登楼，怜他几许相思。流莺处处啼声巧，织柔条、摇曳丝丝。散黄金。持赠旗亭，劳燕东西。　逢人莫便纤腰舞，纵青垂若辈，浊世谁知。张绪风流，灵和情更依依。天涯一霎花飞候，也应嗟、堕溷沾泥。怨东风，吹醒芳魂，吹老芳姿。”

据陈寅恪《柳如是别传》考证，《芦峰旅记》的记载，有可信者，也有不可信者。杨绛子和柳如是的关系，乃勾栏中姐妹行辈之名份，并非同胞姐妹。至与她和薛素素的偕行江西、四川，则年龄不相符。董其昌万历十六年就在嘉兴见到薛素素，素素时年当不小于十五岁，至崇祯十四年，柳如是适钱谦益，则素素当不小于六十八岁，杨绛子既称柳如是妹，柳如是嫁钱谦益，年仅二十四岁，杨绛子当更小，“世间若有年近古稀之老妪，转与二十上下妙龄少女，共不盟誓，不嫁男子者，禹域之外，当今之时，何所不有，或亦可能。至于三百年前崇祯之季，自无此奇事，可以决言”。此虽大谬，但记述杨绛子的其他方面，也有相当真实性，复由此真实性，演变为鄙薄其姊“迷落于白发翁”的故事。陈寅恪认为，杨绛子可能就是惠香，也就是张宛仙，这三人的名字、年龄、地域、情事都约略适合，不妨作如此的推断。

由于钱谦益和柳如是的最终结缡，让这个隐去的人物，“鄙姊之行”，匿影不出，不轻见人，还填了首《高阳台》来讽刺一番，也是很自然的事。

柳依依

《诗·鹿鸣之什·采薇》写了一位戍边士兵的情怀，其中“昔我往矣，杨柳依依。今我来思，雨雪霏霏”数语，写物态，慰人情，成为千古绝唱，尤其是“依依”两字，将柳条那柔嫩婀娜、随风飘拂的情态写尽了。在古人眼里，柳与美人的柔曼之态是那样相似，杜甫《绝句漫兴》就咏道：“隔户杨柳弱袅袅，恰似十五女儿腰。谁谓朝来不作意，狂风挽断最长条。”白居易《杨柳枝》也咏道：“叶含浓露如啼眼，枝袅轻风似舞腰。小树不禁攀折苦，乞君留取两三条。”

由于这个缘故，姓柳的女子，名字取作依依者，古往今来大概会有很多，其中绝大部分湮没无闻了，偶也有被记录下来的。如明隆庆万历年间，扬州就有一位妓女柳依依，钱塘田艺蘅有《依依传》，又名《阳关依依三叠》，收入《留青日札》卷三十九，起首写道："依依，姓柳氏，字倚玉，扬州二十四桥人也。年减桥数之零，种出章台之秀。腰不堪束，甚于柔条；眉不假描，浑如初叶。娟娟可爱，袅袅无双。辞翰逸群，舞歌独步。兴耽浮浪，志脱嚣埃。孰是赏心，谁知税驾。辛丑之岁，盍簪京口，绾带石头，燕婉及春，绸缪连理。信娉婷而隈壁，真袅娜以含金。游子将归，好述远别。怅短亭之供帐，攀垂杨以系缰。鸳醆分飞，骊歌互答。"以下柳依依就开始三叠了，其实这都是田艺蘅自己写的，托之于柳依依，无非是要抬高她的文化品位，这在旧时的冶游生活中屡见不鲜。

这里要说的两个柳依依，并非风尘丽质，而是寻常的闺阁女子。

一位柳依依，字灵和，维扬人。崇祯十四年，她十六岁，嫁给苏州人方某。十八岁那年，方某往浙东探省舅氏，不期病殁官舍，依依年纪轻轻便守寡了。顺治二年闰六月，清兵南下，攻占苏州，奸淫杀掠，她被乱兵掳去，攘袂奋骂，宁死不受侮辱，被关在幽室里，绝食七天而死，年仅二十一岁。据顾禄《桐桥倚棹录》卷四记载，道光五年，在虎丘山南建柳贞烈祠，纪念这位烈女。祠中有两额，一"捐生完节"，郡绅吴云题；一"江上风清"，江苏巡抚陶澍题。还有两副楹联，一曰："英媛俨飞仙，灵魄来栖兹土；嫦孀乃才女，清词传播于今。”嘉庆十三年戊辰科状元吴信中撰书；一曰：“密室委贞魂，明月已迷薶玉地；清流湔靡俗，晓风如拜露金祠。”江苏布政使陈銮撰书。依依生前擅作小词，经人整理后，也勒石置祠中。柳贞烈祠坐落名胜之区，人们过山塘，游虎丘，都前往凭吊。吴周钤有《柳贞烈祠》诗云：“维扬女士死节者，馀事篇章见风雅。新词如欲抗屯田，贞魂应羞随半野。惜无彤管传其实，耿耿精灵乩语述。台官建祠特表彰，非真祈福为一方。山塘自古称佳丽，俎豆应存激扬意。银河矢洁定生天，长使人间清节励。”

另一位柳依依，吴江平望人，生于乾隆五十三年。黄兆柽《平望续志》卷十二说：“柳安者，一名新眉，以姓柳，故字依依，平望人。父曰春庄。依依生而韶秀，聪慧异常，性嗜读书，知礼仪。其父顾而喜曰：‘汝真吾家不栉进士也。’爱之，纵使读。长善女工，兼精杂艺，虽品弹丝竹、临摹丹青，素无师授者，亦无不各臻其妙。”她幼年就受聘同邑赵炳，赵炳眼睛有病，后来几乎失明了。依依母亲知道后，便对媒人说：“吾女之色艺，子所知也，苟欲得瞽者而事之，里中岂少赵氏子哉？”媒人将这个意思转告赵家，赵炳也自惭形秽，更不愿耽搁了依依的青春，便将庚帖退还柳家。依依起先并不知道这件事，后来知道了，哭着对母亲说：“焉有一女而事二夫者哉，鄙谚有之嫁鸡随鸡，母也可谓不谅人只矣。”就吞金自尽了，时在嘉庆九年三月，依依年仅十七岁。她死后不久，赵炳竟然眼睛复明了，乡里人都说："病目之瘳，固依依默佑启之，而亦天鉴精诚，俾表其贞且烈也。"赵炳将这事的始末，告诉与他相善的赵方增，请他写篇事略，赵方增"拒之不得，而叙其略如此"，即《柳贞女事略》。

苏州的这两个柳依依，都是受到表彰的节烈女子，她们固然可以不死，却在不同情形下，作了自弃生命的选择，这是传统道德观念起着作用。死者死矣，而她们却作为礼教风化的榜样，树立在活着的广大妇女面前。旧时中国妇女的命运，由此也正可见得。鲁迅先生在《我之节烈观》里说："国民将到被征服的地位，守节盛了；烈女也从此着重。因为女子既是男子所有，自己死了，不该嫁人，自己活着，自然更不许被夺。然而自己是被征服的国民，没有力量保护，没有勇气反抗了，只好别出心裁，鼓吹女人自杀。或者妻女极多的阔人，婢妾成行的富翁，乱离时候，照顾不到，一遇'逆兵'（或是'天兵'），就无法可想。只得救了自己，请别人都做烈女；变成烈女，'逆兵'便不要了。他便待事定以后，慢慢回来，称赞几句。好在男子再娶，又是天经地义，别讨女人，便都完事。"说得真是太好了。

且不说两个柳依依的死，就说那位写《柳贞女事略》的赵某，捏着润笔的银子，笑眯眯地走了；至于那些建立柳贞烈祠的官绅们，拈香行礼之后，从祠里出来，便跳上山塘河上的画舫，又去作花天酒地的冶游了。

乱世红颜

明清之际，有位小女子，在历史转折的关键时刻，显露了身影，机缘巧合，扭转了局势的走向，她就是陈圆圆。

陈圆圆，相传是常州武进人，生于明天启四年，本姓邢，父亲以走街串巷为人磨镜、磨剪刀谋生，即所谓“惊闺”之业。虽然是卑微小户人家，但如果没有家庭的变故，她长成出阁，总还能在闾巷门墙里过上平淡的糟糠生活。然而大约在她七八岁的时候，父母先后去世，无可奈何，只得依附姨母陈某。陈某以“养瘦马”为业，即以贱价收买贫家童女，教以歌舞、琴棋、书画等技艺，再以高价转卖给四方官绅商贾做小妾，如贩马人养瘦马为肥，转售而得善价，故称为“养瘦马”。张岱《陶庵梦忆》有一篇《扬州瘦马》，就将“瘦马”和“养瘦马”的情状描摹得淋漓尽致。她被姨母收养后，耳濡目染，自然也成了姨母家中一匹调养的“瘦马”了。改从陈姓，名沅，字畹芬，小字圆圆，也有称她陈圆或陈元的。

她的姨母是哪里人，无可深究，总之圆圆从常州来到了苏州。柴小梵《梵天庐丛录》卷十六说：“圆圆本毗陵人，其父业惊闺，居金牛里，则诸书均未载，惟见《抱膝庐笔乘》。后随一书贾奔吴门，落拓难继，书贾乃夤缘一相识，投金狮巷沈氏为青衣。逸出，为一鸨诱去，教以歌曲诗词酬对及房术，修饰容华。二年，出应客，见者疑若天人”。《梵天庐丛录》以搜奇掠异为能事，所记大都不可当真，录此数语，只是聊备一说。然而圆圆以梨园歌女的身份亮相于历史，确实已是在苏州了，甚至有人以为她就是苏州人。陈维崧《妇人集》就说：“姑苏女子圆圆（字畹芬），戾家女子也，色艺擅一时。”“戾家”者，职业演员之谓也。吴伟业《圆圆曲》也咏道：“家本姑苏浣花里，圆圆小字娇罗绮。”

圆圆到苏州，总在崇祯十四年前，因为这一年早春，冒襄就在苏州第一次见到她，并开始了一段恋情。冒襄字辟疆，号巢民，如皋人，少游于董其昌门下，才情横溢，负有时誉，与桐城方以智、宜兴陈贞慧、归德侯朝宗称“四公子”。这段恋情，对冒襄来说，也是刻骨铭心，记在他的《影梅庵忆语》里。

那年早春，冒襄路过苏州，出阊门，往半塘，去寻访旧识董小宛，恰好董小宛去黄山漫游未归，没能见到。有友人对他说："此中有陈姬某，擅梨园之胜，不可不见。"于是相偕往访数次，终于见到了。圆圆那年十八岁，"其人澹而韵，盈盈冉冉，衣椒茧时背顾湘裙，真如孤鸾之在烟雾。是日演弋腔《红梅》，以燕俗之剧，咿呀啁哳之调，乃出之陈姬身口，如云出岫，如珠在盘，令人欲仙欲死"。那天漏下四鼓，风雨忽作，圆圆一定要回家，冒襄送她上船，牵着她的衣裳，问她什么时候再见，圆圆说："光福梅花如冷云万顷，子能越旦偕我游否发，则有半月淹也。"约他第二天一起去光福香雪海赏梅，然而冒襄却要急急赶往衡阳去，与父亲见面，不敢迟留，圆圆便说："南岳归棹，当迟子于虎疁丛桂间。"

当桂花盛开的时候，冒襄赶赴苏州，途中听到一个消息，说圆圆已为某豪家强载而去，冒襄听了，不由惨然。当舟抵阊门上岸，遇见一位朋友，才知道这是误传，原来圆圆为某豪家所喜，正想巧取豪夺，只好藏匿起来。朋友便陪他一起去寻访，果然见到了。两人相视而笑，圆圆对他说："子至矣，子非雨夜舟中订芳约者耶？曩感子殷勤，以凌遽不获订再晤，今几入虎口，得脱，重晤子，真天幸也。我居甚僻，复长斋，茗椀炉香，留子倾倒于明月桂影之下，且有所商。"第二天，圆圆淡妆素抹，回访冒襄，并谒拜了冒襄的母亲，临别时再三叮嘱要再见一面，说有要事商量。当天晚上，冒襄便去了，圆圆向他坦陈了终身相托的心思："余此身脱樊笼，欲择人事之，终身可托者，无出君右。适见太恭人，如覆春云，如饫甘露，真得所天，子毋辞！”冒襄听了，喜上心来，相约迎娶，并作绝句八首送给圆圆，然后又急急忙忙离开苏州了。

冒襄为何来去匆匆，将这段好姻缘耽搁了呢？原来这一年，天下大乱，李自成破洛阳，张献忠破襄阳，清兵围攻锦州，荷兰占领台湾，时局急骤变化。冒襄的父亲冒起宗，因犯权贵之忌，被任命为已经陷落的襄阳监军，这是置他于死地的做法，不被杀也得自尽。冒襄正在为这件大事南北奔走，疏通关节，甚至赶赴京师，泣血上书。圆圆却在苏州焦急地等待，秋去冬来，屡屡给冒襄去信，竟然一点消息都没有。一直等到第二年，即崇祯十五年仲春，朝廷终于发下令来，调冒起宗为宝庆副史。这时冒襄正在常州，听到这个消息，心上的沉石终于落地，便立即赶到苏州，与圆圆会面。“盖残冬屡趣，余皆未用答。至则十日前复为窦霍门下客以势逼去。先，吴门有媐之者，集千人哗劫之。势家复为大言挟诈，又不惜数千金为贿，地方恐贻伊戚，劫出复纳入”。冒襄的怅惘是可以想见的，他为自己找了一个借口，“然以急严亲患难，负一女子，无憾也”。其实他心里还有一位董小宛，圆圆虽去，小宛尚在，故还不至于痛不欲生，然而圆圆毕竟给他留下难以忘怀的印象，陈维崧《妇人集》说：“如皋冒先生尝言，妇人以姿致为主，色次之，碌碌双鬟，难其选也。蕙心纨质，澹秀天然，生平所觏，则独有圆圆耳。”

《众香集》书集记了一个传说：“陈元，字圆圆。初为女优，名擅吴中，与某公子有生死盟。田皇亲购得之，公子遣盗劫之江中，误载他姬以还；盗再往，已有备矣，力战易归。已而事露，祸且不测。公子度不能争，遂以献。”这个故事颇有传奇色彩，那位“遣盗劫之江中”的公子，绝不会是冒襄，然“生死盟”则或有之。

冒襄之弟冒褒，曾为陈维崧《妇人集》做注，于陈圆圆条注道：“吴县叶襄《赠姜垓百韵诗》有云：‘酒垆寻卞赛，花底出圆圆。’按卞赛亦金陵名妓。家伯兄有《赠畹芬》绝句：‘潇湘一幅小庭收，菡萏香馀暮色幽。细细白云生枕簟，梦圆今夜不知秋。’‘秋水波回春月姿，淡然远岫学双眉。清微妙气轻嘘吸，谷里幽兰许独知。’”冒襄《朴巢诗集》收了这两首绝句，改题《戏作艳诗》，且是“八首选四”，另两首云：“纤纤弱质病逾娇，嗔喜情生暗自挑。漫着青衫倦梳洗，澹烟疏雨或堪描。”“本是莲华国里人，为怜并蒂高风尘。长斋绣佛心如水，真色难空明镜身。”都是写给圆圆的。又有《灯船曲》五绝“八首选三”，应该也是写给圆圆的。

圆圆在苏州以唱昆曲、弋腔著名，声色之美，点缀了江南的繁华。钮琇《觚賸》卷四说：“明崇祯末，流氛日炽，秦豫之间，关城失守，燕都震动，而大江以南，阻于天堑，民物晏如，方极声色之娱。吴门尤盛，有名妓陈圆圆者，容辞闲雅，额秀颐丰，有林下风致。年十八，隶籍梨园。每一登场，花明雪艳，独出冠时，观者断魂。”冒襄《影梅庵忆语》记她其演唱弋腔《红梅记》，能让观众进入“令人欲仙欲死”的境界。周枢《十美词纪》也说：“陈圆者，女优也。少聪慧，色娟秀，好梳倭堕髻，纤柔婉转，就之如啼。演《西厢》，扮贴旦红娘脚色，体态倾靡，说白便巧，曲尽萧寺当年情绪。常在予家演剧，留连不去。”正因为圆圆的昆曲、弋腔唱得好，有人就以为她是昆山人，陆次云《圆圆传》就称其“玉山歌女”。周枢曾填《永遇乐》一阕：“浓点啼眉，低梳坠髻，声骤平康。苔翠氍毹，花红锦毯，趁拍舞霓裳。双文遗谱，风流谁解，卿能巧递温凉。香犀挽、生绡淡束，几疑不是当场。　星回斗转，芳筵已散，倦馀娇凭牙床。玉版填词，琼箫和曲，粉脂尚殢纱窗。钿车催去，燕台程远，鼓鼙进噪渔阳。风尘老，蛮烟远隔，信音渺茫。”上片咏她的色艺，下片则咏她被豪家强载北去后的遭遇。

载掠她的是谁？冒襄说是“窦霍门下客”，借西汉两大贵戚来代指，事实上也确有两种说法。

一说是崇祯帝周皇后之父周奎。周奎，苏州人，时封嘉定伯。钮琇《觚賸》卷四说：“维时田妃擅宠，两宫不协，烽火羽书，相望于道，宸居为之憔悴。外戚周嘉定伯以营葬归苏，将求色艺兼绝之女，由母后进之，以纾宵旰忧，且分西宫之宠。因出重赀购圆圆，载之以北，纳于椒庭。一日侍后侧，上见之，问所从来，后对：‘左右供御鲜同里顺意者，兹女吴人，且娴昆伎，令侍栉盥耳。’上制于田妃，复念国事，不甚顾，遂命遣还。故圆圆仍入周邸。”本来周奎想将圆圆进于毅宗，以分田妃之宠，目的没有达到，只好安置在自己府里，不久，被吴三桂所见，不由神移心荡。“延陵方为上倚重，奉诏出镇山海，祖道者绵亘青门外。嘉定伯首置绮筵，饯之甲第，出女乐佐觞。圆圆亦在拥纨之列，轻鬟纤履，绰约凌云，每至迟声，则歌珠累累，与兰馨并发。延陵停卮流盼，深属意焉。诘朝使人道情于周，有紫云见惠之请”。周奎犹豫再三，终于答应了。因吴三桂重任在身，限迫即行，周奎便盛具奁媵，择吉日送至三桂父亲吴襄家中。《清史列传·吴三桂传》也说：“先是，三桂尝就嘉定伯周奎饮，悦歌女陈沅，以千金购之。闻边警，遄行，奎送沅于襄所。至是，为贼将刘宗敏掠去。三桂闻之，作书绝父。驰归山海关，遣副将杨坤、游击郭云龙来我朝借师，时顺治元年四月。”

另一说是田贵妃之兄田弘遇。弘遇，江都人，时为左都督。陈维崧《妇人集》说：“崇祯末年，戚畹武安侯劫置别室中，侯武人也，圆圆若有不自得者。李自成之乱，为贼帅刘宗敏所掠。我兵入燕京，圆圆归某王宫中为次妃。”“戚畹武安侯”者，即田弘遇，田未封侯，用汉武帝时武安侯田蚡典故。“某王”即吴三桂。吴伟业《鹿樵纪闻》卷下说：

"初，上宠田妃，妃殁，上念之不置。戚畹田弘遇欲娱上意，游吴门，出千金市歌妓陈沅、顾寿，将以进御。上知为青楼妇，却之。弘遇死，寿随一优人逸去，而圆归三桂。贼据京师，刘宗敏居弘遇故第，因有誉二姬色之都技之绝者，宗敏于是系襄索圆。三桂闻之，即还兵据山海关，刑牲盟众，誓兴复明室。"刘健《庭闻录》卷一说："陈姬名沅，字圆圆，吴门名妓，得之戚畹田宏遇者也，色美而善歌，三桂嬖之。贼执骧，圆圆为伪将军刘宗敏所掠，家人以告，三桂怒曰：'大丈夫不能保一女子，何面目见人耶！'遂挥众返，纵掠而东。"汪景祺《读书堂西征随笔》则说："吴三桂饮田皇亲嘉遇家，嘉遇出歌妓侑酒，其中有陈沅者，色艺冠伦，三桂醉，长跪向嘉遇乞沅。嘉遇曰：'吾老矣，谢世后当以持赠。'李自成陷京师，三桂方镇山海关，自成遣人招之，三桂已纳款矣。时嘉遇已死，遗命家人送陈沅至三桂所，以兵戈载道，未遑也。三桂侦知陈沅为刘宗敏所得，闻之自成，自成谕宗敏以陈沅还三桂，宗敏不可，三桂遂不降，自成竟灭。女子能祸家国如此。"以上引文中的"田宏遇"或"田嘉遇"均是田弘遇，"吴骧"即吴襄，乃三桂父。

需要说明的是，圆圆被强载而北，并非崇祯十六年，而是崇祯十五年。这既见冒襄《影梅庵忆语》，又见吴伟业《圆圆曲》，诗云："传来消息满江乡，乌桕红经十度霜。"《圆圆曲》作于顺治八年，十年前，圆圆北去的消息在吴中流传，正是崇祯十五年。

圆圆在北京的经历，特别是为吴三桂失而复得的事，记载极多，说法不一，弃去细节，就大势而言，大概可作这样的归纳：

圆圆为周奎或田弘遇所得后，在一次筵席上为吴三桂见到并深深爱上，她就成为主人的一件礼品，送给了三桂。崇祯十七年三月前，她正住在三桂父亲吴襄府上。当李自成大顺军攻陷北京，如《觚賸》卷四说："宫闱歼荡，贵臣巨室，悉加系累，初索金帛，次录人产，襄亦与焉。"但吴襄府上的情况相对比较特殊，李自成还想借吴襄来箝制、胁迫重兵在握的吴三桂，作为招降的诱饵，不致于抢劫府中的财帛女子。但不知怎么一来，兵乱之际，圆圆被刘宗敏抢了去。

这时，吴三桂正在奉诏勤王途中，当到达丰润时，得知圆圆被刘宗敏抢去的消息，不由大忿，调转兵马，返回山海关。再说，北京陷落后，清摄政王多尔衮立即采取军事行动，召募大军，急速向山海关进发，这时已抵达辽宁广宁附近。据蒋良骥《东华录》卷四记载，吴三桂致书多尔衮乞师献降，信中说："速选精兵，三桂自率所部，合兵以抵都门，灭流寇于宫廷，则我朝之报北朝，岂惟财帛，将裂地以酬，不敢食言。"多尔衮大喜，立即复信，要吴三桂"率众来归"，"必封以故土，晋爵藩王"。随即率清军日夜兼程，长驱而下。

李自成命吴襄写信给吴三桂劝降，三桂拒绝了，并杀了来使。李自成极其愤怒，亲率十万大军向山海关而来，据说，他还带着三桂的眷属，圆圆亦在其中。明宫中内监王永章在《甲申日记》里说：“四月初九日，闯下伪诏亲征三桂。十二日起程，太子定王、代王、秦王、汉王，吴陈氏、吴氏、吴氏、吴李氏、伪后嫔妃皆从行。吴陈氏即圆圆，两吴氏皆三桂妹也。”吴三桂联合清军在山海关与李自成大顺军激战数昼夜，大顺军败退。李自成回到北京后，将吴襄阖家诛杀，以泄愤恨。至于圆圆，一说当李自成在山海关战败后，即为吴三桂所得；一说其时已被籍入，得以幸免。《觚賸》卷四说：“闯拥重兵，挟襄以招其子，诺以通侯之赏。家人潜至帐前约降，忽问：‘陈娘何在？’使不能隐，以籍入告。延陵遂大怒，按剑曰：‘嗟乎，大丈夫不能自保其室，何以生焉。’即作书与襄诀，勒军入关，缟素发丧，随天旅西下，殄贼过半。贼愤襄，杀之，悬其首于竿。襄家三十八口，俱遭惨屠。盖延陵已有正室，亦遇害，而圆圆翻以籍入无恙。”

山海关战役后，多尔衮封吴三桂为平西王，统领八旗军，直扑北京。李自成进占北京是三月十九日，四月三十日命焚毁紫禁城宫殿和各门城楼，撤出北京，一片乱纷纷。哪圆圆又如何呢？《觚賸》卷四说：“闯弃京出走，十八营解散，各委其辎重妇女于途。延陵追度故关至山西，昼夜不息，尚未知圆圆之存亡也，其部将已于都城搜访得之，飞骑传送。延陵方驻师绛州，将渡河，闻之大喜。遂于玉帐结五綵楼，备翟茀之服，从以香舆，列旌旃箫鼓三十里，亲往迎迓。虽雾鬓风鬟，不胜掩抑，而翠消红泫，娇态逾增。”

吴三桂开关降清，使得清王朝迅速入主中原，由此开始了长达二百六十七年江山社稷。故在世人眼里，吴三桂真是千古罪人，况且他为的只是陈圆圆一人而已，吴伟业《圆圆曲》咏道：“鼎湖当日弃人间，破敌收京下玉关。恸哭六军尽缟素，冲冠一怒为红颜。”真无愧诗史之言，有明一朝兴废，实系于圆圆一人而已。

吴三桂对圆圆的眷恋，真是拳拳于心，甚至置君亲大义于不顾。王永章在《甲申日记》里抄录了吴三桂三月十九日后给吴襄的五封信，真伪虽难以稽考，但确实反映了他的心情，至后来“冲冠一怒为红颜”，也就是很自然的事了。

第一信说：“闻京城已陷，未知确否？大约城已被围，如可迁避出城，不可多带银物，埋藏为是。并祈告陈妾，儿身甚强，嘱伊耐心。”

第二信说：“得探报京城已陷，儿拟即退驻关外，倘已事不可为，飞速谕知。家口均陷贼中，只能归降。陈妾安否，甚为念。”

第三信说：“接二十日谕，知已归降，欲保家口，只得降顺。达变通权，方是大丈夫。惟来谕陈妾骑马来营，何曾见有踪迹，如死，轻年小女，岂可放令出门，父亲何以失算至此。儿已退兵至关，预备来降，惟此事实不放心。”

第四信说："前日探报陈妾被刘宗敏掠去，呜呼哀哉！今生不能复见，初不料父亲失算至此。昨乘贼不备，攻破山海关，一面已向清国借兵。本拟长驱直入，深恐陈妾或已回家，或刘宗敏知系儿妾，并未奸杀，以招儿降，一经进兵，反无生理，故飞禀问讯。"

第五信说："奉谕陈妾安养在宫，但未有确实之说，究竟何来。太子既在宫中，曾否见过。父亲既已降顺，亦可面奏，说明此意，但求将陈妾、太子两人送来，立刻降顺。"

故当吴三桂重获圆圆后，一直让她跟着自己，所谓"专房之宠，数十年如一日"。

吴三桂降清后，即与英亲王阿济格等统兵追剿李自成馀部，直至望都，屡战皆捷。顺治二年，破延安、鄜州，攻西安，进而陷襄阳、武昌，东下九江。先镇锦州，后又移镇汉中。八年，偕李国翰西攻孙可望、李定国大西军馀部，连下成都、嘉定、叙州、重庆等重镇。十四年，纳孙可望降，擢平西大将军，率军进征云贵。十六年，败李定国军，占昆明。十八年，率兵十万入缅甸，执永历帝朱由榔，杀于昆明篦子坡。康熙帝玄烨赐敕嘉奖，晋亲王，并命署理云贵军政事务。康熙六年奉诏移藩镇滇，拥兵自重，呈割据之势。

吴三桂进驻昆明，即以永历帝所居五华山故宫为藩府，又藉沐天波庄田为藩庄。《觚賸》卷四说："皇朝顺治中，延陵进爵为王。五华山向有永历故宫，乃据有之。红亭碧沼，曲折依泉；杰阁丰堂，参差因岫。冠以巍阙，缭以雕墙，袤广数十里。卉木之奇，运自两粤；器玩之丽，购自八闽。而管弦锦绮以及书画之属，则必取之三吴，捆载不绝，以从圆圆之好。”据袁嘉穀《滇绎》记载，吴三桂还另外建造了一个园墅，称为野园，在今昆明北门外，相传其间有苏台、郿坞，及所谓陈圆圆梳妆台等，如今当然无处寻觅了。康熙间昆明人王思训有《野园歌》一首，咏道：“浮云渺忽春城限，乐游谁拟姑苏台。夷光未去走麋鹿，红墙碧树乌栖哀（滇城破，圆圆犹在）。放萤别苑千山拥，凿一池抛万姓冢。毕穿旧室东琼华，妙选良家唱罗唝。楼阁岧峣海市连（园与城内菜海子相望），凤笙龙笛围红鸾。蛟宫深浅少人致，长鲸醉倒鼾狂澜。排山波涌飞衡崿，窃弄衣冠猿戏谑。云暗潇湘夜雨昏，肠断三声泪空落。澄怀坐啸（两台对峙，高百馀丈，飞桥相接，凌空往来）惟青苔，弥天腥雾今尘埃。亡魂徒结分香根（吴死衡阳，念圆圆不置），月冷荒台觅燕钗。”

圆圆本来姓邢，这时也就恢复原姓，府中都称她邢太太，她待人和蔼可亲，受到上下的敬重。据《觚賸》卷四说，吴三桂封平西王后，想让她进正妃位，她说：“妾以章台陋质，谬污琼寝。始于一愿之恩，继以千金之聘。流离契阔，幸保残躯，获与奉匜之役，珠服玉馔，依享殊荣，分已过矣。”吴三桂无可奈何，只好另外选了一位。圆圆便屏谢铅华，独居别院。当“延陵潜蓄异谋，邢窥其微，以齿暮请为女道士，霞帔星冠，日以药炉经卷自随。延陵训练之暇，每至其处，清谈竟晷而还。府中或有事有疑难，遇延陵怒不可解者，邢致一二婉语，立时冰释。常曰：'我晨夕焚修，为善是乐，他非所计耳。'内外益敬礼焉”。她也时常怀念故乡，《众香词》书集记了一件事："壬子以前时，达官解饷至滇。官本吴人，娘娘召见便殿，问吴中某某无恙乎，皆平昔所交厚者。盖犹未忘情也。”千里迢迢，关山万重，她也自知今生今世回不得苏州了，偶尔见到故乡人，听见吴侬软语，大概总会在夜梦中醒来，凝望窗外的一轮明月。

圆圆不但知书识字，还会填小词，相传有《舞馀词》一卷，也没有人见过，《众香词》里收了三首，《荷叶杯·有所思》云："自笑愁多欢少。痴了。底事倩传杯。酒一巡时觞九回。推不开。推不开。"《转应曲·送人南还》云："堤柳。堤柳。不系东行马首。空馀千缕秋霜。凝泪思君断肠。肠断。肠断。又听催归声唤。"《丑奴儿令·梅落》云："满溪绿涨春将去，马踏星沙。雨打梨花。又有香风透碧纱。 声声羌笛吹杨柳，月映官衙。懒赋梅花。帘里人儿学唤茶。”都是颇有个性的作品，与寻常闺词很有不同。

当时，吴三桂镇云南，平南王尚可喜镇广东，靖南王耿精忠镇福建，称为“三藩”。尚、耿两藩所属各十五佐领，吴藩所属五十三佐领，且收罗四方精兵猛将。三藩各拥重兵，自雄一方，横虐敛暴，尾大不掉，岁费二千馀万两，耗天下财赋之半。特别是吴三桂，功最高，兵最强，权最重，势最大，更是无所忌惮，树党羽，布庄田，征关市，设鼓铸，缮仗积硝，日练兵马。这让圣祖玄烨寝食不安，担心滋蔓生变，深思熟虑之后，终于在康熙十二年下诏撤藩。

撤藩令下，吴三桂便举兵起事，蓄发易衣冠，张白旗帜，移檄远近，称天下都招讨大元帅，后又自号周王。次年，率军进入湖南，陷岳州、长沙，与清军相持。耿精忠和尚可喜之子尚之信也起兵响应，兵锋及于九省，史称“三藩之乱”。康熙十七年三月，吴三桂称帝于衡州，建号大周，改元昭武。祭天那天，适遇大风雨，潦草成礼而罢。同年八月，吴三桂因中风而死，年六十七岁。其子吴世璠嗣立，迎柩回滇。二十年，清兵攻占昆明，吴世璠自杀，被戮尸，将首级传送北京；又将吴三桂的骸骨粉碎后，分发各省。

当清兵入滇，圆圆的结局如何呢，众说纷纭。刘健《庭闻录》卷六说：“辛酉，城破，圆圆先死。”说她在清兵入滇前已去世了。钮琇《觚賸》卷四说：“戊午滇南平，籍其家，舞衫歌扇，穉蕙娇莺，联舻接轸，俱入禁掖，邢之名氏，独不见于籍。”则其不知所终。叶衍兰《秦淮八艳图咏》说：“大兵平云南，圆圆投莲花池卒。滇人哀之，为葬于池侧。寺中藏有小影二帧，莲花池有刻石诗，皆至今存。”陈文述《题赐卿俊后圆圆曲》自注亦持此说。袁嘉穀《滇绎》则说：“阮赐卿随文达来滇，作《后圆圆曲》，云圆圆死莲花池，好事者为之耳。”孔龙章《金莲庵陈圆圆遗像诗册跋》说，清兵平滇时，圆圆实从玉林禅师在宏觉寺祝发，法名寂静，号玉庵。她的墓地，叶衍兰、陈文述都说在莲花池旁，黎讷《三圣庵访陈圆圆遗像记》则说在昙花寺侧。盖易代之际，讳莫如深，且年岁久远，许多事也就不得而知了。

如果圆圆在清兵入滇时死去，那么她已五十八岁了。这样一位乱世红颜，她那天下绝伦的声色，她那让天下易主的传奇经历，数百年来，有多少诗咏歌吹者，有多少载记绘图者。一九四五年秋天，黄裳先生去寻访相传她投水自尽的莲花池，他在《昆明杂记》里说：

“一潭澄碧，池畔的一行白杨倒影在湖里，莲花已经没有了，田田的荷叶还布满了大半池，更有一片睡莲的小小的紫花，点缀在细碎繁密的叶子中间。池旁间或有几个洗衣服的女孩子，和头上包了花布的卖菜乡妇，把菜篮子在池里浸一下，环境实在寂静得很。”

这样静谧和平的景象，让人难以想象清兵入滇的那天傍晚，硝烟弥漫，杀声震天，一位妇人奔到这里，她曾经沧海，也不再年轻，对人世间的一切，已没有什么可留恋的了，她望了望山外的残阳，正如血一样染红了近处的林麓和清潭，便毅然投身，听得水声，只见一缕白绫在水上飘浮。

绣谷饯春

苏城阊门内西北隅，有一个地方称为后板厂，那里曾有过一处园墅，称为绣谷。

绣谷最早主人蒋垓，字兆侯，长洲人，顺治十四年举人，十六年会试副榜，官府学教授。蒋家世居城东，清初遭兵燹，于是移居后板厂，构筑亭榭，因为地接桃花坞，颇有乡野村落的况味。蒋垓在《绣谷记》里说："粤以岁丁亥秋，卜筑桃花坞西偏，宽不过十笏，而背城临溪，颇无井邑之杂焉。为芟其荒秽，新其架构，长廊回环，绕以短墙，松石之间，杂花夹莳。每至春阴始开，日气艳射，朱朱白白，上下映发，若绣错然。"园虽落成，却没有一个合适的园名。过了几年的某天，主人"偶课园丁薙草，有巨石横亘，尘坌所翳，隐隐若字画痕，具畚锸掘而出之，剜藓剔苔，节角尽露，是八分‘绣谷’二字，字径二尺许，不著题署，笔锋瘦硬，真老杜所谓字直百金，非北宋后人能仿佛者。余奇其事，乃举是石陷诸壁，即用以名吾园。”这篇记写于顺治十七年，蒋垓意犹未尽，还填了一阕《百字令》来记此事，词曰：“小园修葺，有碍锄横石，惊教扶起。洗剔土花碑字露，绣谷原来汉隶。笔势离奇，刀痕斑驳，古物令人喜。但无题款，不知遗自谁氏。　多应以谷称园，当年胜赏，似绣春光丽。兴废无常行乐好，老我菟裘聊寄。韵事宜传，佳名竟指，重嵌悬崖里。客来休讶，古今变迁多矣。”

绣谷初建于顺治四年，梁章钜《浪迹续谈》卷一说：“园中亭榭无多，而位置有法，相传为王石谷所修。”蒋垓还请王翚作《绣谷图卷》，墨客骚人，或题或咏，亦一时之盛。康熙中，查慎行有《题蒋树存绣谷图为王石谷所画》，其中咏道：“此时忽漫披横卷，快若重游爽心目。奉常笔法付宫端，分派同时一尝熟。精研往往到毫末，纵逸宁容拘尺幅。云头解驳天光开，地脉盘旋风气蓄。奇峰翠蹙鼋山石，高幄浓张洞庭木。莎痕苔迹断复连，宽处编篱还补屋。渐深渐入窅无际，中有千竿万竿竹。野老时拖拄杖来，幽人自展遗书读。城端残照红将敛，远势投林鸦伴宿。惜哉此景落东南，欲往从之舆说輹。画图非画乃真境，试问归期何日卜。”

过了许多年，蒋垓捐馆，家道中落，绣谷亦为他人所得，且三易其主。康熙三十五年，蒋垓的嗣孙蒋深，又将绣谷买了回来。蒋深字树存，康熙七年生人，以国子监生荐，与纂《佩文斋书画谱》、《佩文韵府》等国家重点出版工程，除馀庆知县，又擢朔州知州。曾修纂《馀庆县志》、《思州府志》，著有《鸿泥轩集》、《绣谷诗钞》等。

当蒋深买回绣谷后，整理泉石，修葺厅堂，他在《绣谷记跋》里说："丙子岁始复而居焉，绣谷石刻犹存坏壁间，因昔制而更新之，爰书此记，刻碣于交翠堂，一时名人学士相与绘图歌咏，流布艺林。"严虞惇为作《重修绣谷园记》，胜流名士也纷纷咏唱。如查慎行《蒋树存招集绣谷交翠堂分得江咸二韵》之一云："初来客欲迷桃坞，久住君堪比石淙。绣谷好风莺历历，绿阴微雨燕双双。一军骚雅尊前垒，四壁溪山画里窗。芝草坊名吾久识，不缘入座始心降。"厉鹗《正月九日夜同人集饮绣谷亭限灯字》云："招寻芳夜兴堪乘，四面垣衣一架藤。亭角夷犹新月上，春心牵率曲阑凭。渐生白发惟耽酒，为祝东风莫恼灯。从此乐方须次第，好将倡和拟松陵。"因蒋深得东坡笠屐小像，辟了一小斋，题名苏斋，请王原祁绘图，查慎行《再为树存题王麓台宫詹所画苏斋图》有云："君家绣谷中，旧有交翠堂，苏斋想在交翠旁。不知结构几时改，但觉城西竹树转盼生辉光。一丘与一壑，一重复一掩。似浅而愈深，为奇岂关险。兴酣挥洒如化工，岩峦出没初无穷。能将万里势，移入园亭中。"

雍正四年，蒋深致仕后，又重修绣谷，新构亭阁楼台。七年，他的表内侄孙天寅写了一篇《西畴阁记》，记述了绣谷的园外风光和园中胜色：

“地去金阊不数武，然嚣氛稍远，渐即夷旷，门临清渠，后枕碧雉。高原眺望，见嘉畴数十亩，平削如掌。当春农月，荷锄秉耒、耕耘其中者，杂遝云合，凡田家景物，历历如绘。先生自朔州解组归，即绣谷之西偏，拓毗邻隙地，疏泉垒石，栽竹莳花，建阁于其上，而名之曰西畴，良常王箬林先生为之题额，盖取陶令《归去来辞》意也。余自为童子时，以戚娅末属，即获从先生游，每至郡，未尝不过所谓绣谷者。其后，先生宦游南北，予亦东至闽，北历燕赵，间游学长安，不相闻者十馀年。雍正五年，余自京师归，来访绣谷，而阁适落成，先生挈余登焉。轩扉四启，北寺浮图屹然而拱立，城中万瓦，鳞次牙错，僧寮农舍，网户渔村，参差棋布于原野之间；郭外诸山，若灭若没，隐隐可一发指。而先生揽兹景物，日弄翰墨，玩图画，左琴右史，著书博物，不以垂老而稍懈。暇则更招农夫野老，课晴问雨，歌咏黄虞盛世之乐，不与柴桑栗里之风异世而同揆哉。谷旧多名胜，王子石谷为之图，诸前辈赋其事，与辋川、清閟相伯仲。其可游处凡十五：曰绣谷，曰交翠堂，堂之左右曰馀清轩，曰松龛，曰湛华山房，曰羊求坐啸处，圃曰匿，圃庐曰吾庐，庵曰个中，画苏学士像日俎豆之，因名其斋曰苏斋；其新构者，曰开径亭，曰小杏梁，曰桃花潭，曰含晖台，曰西畴阁，阁最胜。”

蒋深为园主时，也是绣谷的全盛时期，名闻远近，一时目为吴中名园。而绣谷的饯春会，真是风流胜事，后人引为美谈。

饯春会，也称送春会，既是传统的风俗活动，又是士大夫结合时令的雅集，一般在谷雨的最后几天举行，最迟至立夏日，所谓送春迎夏也。主人邀来友好，相聚一堂，酌酒行令，赋诗填词，拍曲唱歌，图画写字。最能体现饯春风俗意义的就是饯春筵，上桌的并非大鱼大肉，而是以时鲜菜肴为主。袁学澜《吴郡岁华纪丽》卷四说："柳絮濛濛，园林春尽，人家争作饯春筵。入市买樱桃、青梅、穱麦，以祀先宴客，名立夏见三新。添案物，则有烧酒、海蛳、酒酿、芥果、白笋、咸鸭卵、蚕豆诸品，以为时鲜美味。"又说："饯春迎夏，把盏开筵，厨人作供，一半樱桃一半笋，真隽味也。"因为在饯春筵上，樱桃和春笋不可或阙，故饯春筵也称"樱笋厨"。

那是康熙三十八年，蒋深邀请郡中名士在绣谷饯春。沈德潜在《后己卯送春文讌序》里回忆："时年最高者为尤西堂侍讲，朱太史竹垞齿次之，张匠门太史时为孝廉，顾秀野太史时为上舍生，惠小红豆学士、徐澂斋太史时为诸生，齿又递次之，予年最少，亦厕末席，而画师则王耕烟、杨子鹤，方外则目存上人，在座分体赋诗，工画者写山水轴，并写一朵牡丹。四方传阅，如同于洛下、邺中、兰亭、岘首。”当时沈德潜作《一朵牡丹为蒋绣谷赋》，诗云：“名花是处委芳尘，一朵腥红照暮春。应是馆娃香散后，五湖留得泛舟人。”在这次饯春会的参加者中，尤侗年最长，八十二岁；朱彝尊次之，七十一岁；沈德潜最小，年仅二十七岁，只好居末座。另外还来了一位名妓张忆娘，让雅集的气氛更加热烈了。这位张忆娘，色艺并绝，冠于一时，达官贵人名士都乐于伺候妆台，她甚至和北京来的学政相狎，岁试之时，替士子说情，有些秀才居然也就入彀了。大家诗酒流连，兴致浓郁，蒋深就让杨晋为张忆娘写照，那就是《张忆娘簪花图卷》。

袁枚曾经见过《张忆娘簪花图卷》，《随园诗话》卷六说：“康熙间，苏州名妓张忆娘，色艺冠时。蒋绣谷先生为写《簪花图小照》。乾隆庚午，余在苏州，绣谷之孙漪园，以图索题。见忆娘戴乌纱髻，着天青罗裙，眉目秀媚，以左手簪花而笑，为当时杨子鹤笔也。”杨晋画罢，题七绝两首云：“交翠堂前绝点埃，薰风披拂绣帘开。麝兰香细花枝袅，争说天仙降下来。”“髻挽乌云袖拂霞，才簪茉莉又兰花。妆成金屋藏何处，只在东山谢氏家。”款署“虞山杨晋写照并题”。蒋深题七绝五首，其一云：“巧髻知邀阿母梳，当年周昉画曾无。题诗那得簪花格，来写簪花美女图。”尤侗题云：“当场一曲浣溪纱，可似陈宫张丽华。却胜状元新及第，琼林宴上去簪花。”僧人目存睿题云：“笑摘秾香压鬓鸦，懒将时势斗铅华。他年得入维摩室，不许簪花许散花。”姜垓的题诗最有意思：“六年前见倾城色，犹是云英未嫁身。今日相逢重问姓，坐中愁杀白头人。”姜垓和张忆娘本是旧相识，一别六年，坐中问姓，不胜感慨，也可见得他的一往情深。故蒋恭棐题诗云：“绣谷欢场五十秋，当年姜老妒偏愁。荷衣总角妆台见，零落如今也白头。”为这卷子题诗的，还有张大受、徐葆光、毕沅、惠士奇、蒋廷锡、严虞惇、彭启丰、陈群、顾诒禄、沈德潜、王鸣盛、洪亮吉、袁枚、吴泰来、曹仁虎、赵文哲、顾宗泰、钱大昕、潘奕隽等。江标将这些诗全部录下，辑成《张忆娘簪花图卷题咏》一卷，编入《灵鹣阁丛书》。

《张忆娘簪花图卷》真迹，本为蒋氏收藏，几度失落。道光二年，程凤举题卷自注：“此卷蒋家遗失，落于邗江程劲堂之手，蒋蟠猗乃以名人笔迹易还。今为吾笙华长兄所得，此物终归于吾姓，奇哉。”江标《张忆娘簪花图卷题咏》前记说：“图藏丰润张氏，借观数月，细审画幅，似临本，题咏半是真迹，半系摹写，殊不可解。然流传有自，无二本也。”宣统二年，蒋斧跋说：“吾家此卷，自蟠猗先生没后，不知何时又复失去。遂分为二卷，一即此本，一则流传入都，为南海辛仿苏（耀文）所得。余于光绪丁未冬获见辛本，与此刻本相校，始知辛本全系真迹，而后半及中间多被割去，此则后半全存，前半及图皆出临摹，且多脱漏。”但所传摹本不止一种，梁章钜《浪迹续谈》卷一就说：“余过吴门时，有以《绣谷送春图卷》来售者，恐是仿本，且其值过昂，因置之。”据郭则沄《清词玉屑》卷二说，咸同时，北京徐彦持曾据摹本又三次摹写，“梁溪秦补茵（矞章）为彦持填《湘香夜月》词，有云：‘几度广陵烟月，历梦中小劫，两鬓尘侵。怅归来蒋径，青衫红粉，一例销沈。’谓归图绣谷事也。又云：‘彩笔闲翻，旧稿写、敛愁歌黛，缄怨芳心。’则谓彦持，是亦名园故事”。可惜的是，休说是真迹，即使是摹本，今已无处寻觅。据说，溥心畬先生曾作古妆美人图，高髻博袖，斜立簪花，所据即《张忆娘簪花图卷》，不知是杨晋真迹，还是摹本。

乾隆十五年，沈德潜七十八岁，作《题簪花图遗照》三首，诗云：“簪花风格旧曾闻，久矣云英化彩云。不种小桃花一树，何人知是薛涛坟。”“曾遇当筵冰雪姿，轻尘短梦怅何之。卷中此日重相见，犹认春风舞柘枝。”“绣谷留春春可怜，倾城名士总寒烟。老夫莫怪襟怀恶，触拨闲情五十年。”自注“庚辰岁遇忆娘于歌筵，今五十馀年矣。”庚辰即康熙三十九年，绣谷饯春会的第二年，大概是沈德潜和她的最后一次见面。她的风韵，她的遭遇，让沈德潜念念不忘，毕沅题诗自注：“余昔侍归愚师于教宗堂，每于酒阑吟罢，常说忆娘遗事。今读先生卷中题句，益增惘然。”沈德潜说遗事，而让毕沅惘然者，究竟是什么呢？蒋业鼎题诗云："芳心不作因风絮，爱诵西天贝叶书。"自注："忆娘晚年思入道。"相传忆娘想脱籍嫁给蒋深，但蒋深姬妾众多，不暇留意，她便嫁给徽州陈通判，蒋深得知后，诬告陈通判奸拐，忆娘便削发为尼，后来穷困潦倒，最终自缢而死。这也真是一个凄迷的故事，故陈初哲题诗云："绣谷藏春客屡过，当筵唱断莫愁歌。而今总入昙花梦，怪底青衫红泪多。"蒋恭棐题卷有一段对忆娘的回忆："余年六七岁时，张曾过宿余家，晨起抱余著膝上为挽羁，忽忽五十馀年。"他六七岁时，忆娘将他抱在膝上梳头挽髻，到六十多岁后重见图中小影，怎不感慨万千呢。

蒋深殁于乾隆二年，享年七十。至二十四年，恰好距康熙三十八年的绣谷饯春会一个甲子。蒋深之子蒋仙根，也仿父亲作饯春会，来了不少人，六十年前居末座的沈德潜，已以八十七高龄居首座了。沈德潜《后己卯送春文讌序》说："乾隆己卯春尽日，蒋子蟠猗设送春之讌，招集名流，会于家园。维时青帝言旋，飞英欲尽，红蚕半老，鶗鴂已鸣。诸君尊酒之馀，或鼓丝桐，或披卷轴，或得意高歌，或兴豪说剑，或论今而吊古，或谈空而覈玄，主宾忘机，鱼鸟共乐，诚一时之盛事也。"《沈归愚自订年谱》也说："今又逢己卯，蟠猗已逾六旬，而予之末座者，颓然矣。诸君在席者相与赋新诗，谈往事，而存素王子作绘，以续前人画图。吴中喧传，以为佳话也。”虽然仍有规模，仍很热闹，但在坐中已没有像六十年前的那辈风流名士，也没有像忆娘那样的绝色佳人，这次饯春会也就没有什么可以忆念的了。

就在这次饯春会上，沈德潜有《绣谷后己卯送春》四首，诗云：“晓钟欲动春旋去（卯初迎夏），绣谷徐开北海尊。试问春归向何处，黯然若个不消魂。”“饯春嘉客气峥嵘，老我瞢腾怆旧情。座上细谈前己卯，恍如石畔话三生。”“渊明旧有闲情赋，小阁簪花为写真（为张忆娘写簪花图）。此日当筵重把卷，惜春还惜画中人。”“六十年间似转蓬。衰颜聊借酒杯红。请看明岁迎春客，仍为今番送别翁。”此老缅怀的还是忆娘。

嘉庆中，绣谷卖给闽县叶观潮。道光元年，又归南昌谢学崇。郭则沄《清词玉屑》卷二说：“椒石为桂林中丞（启昆）子，由翰林出为开归道，坐事镌级去官，于吴下僦得小园，为蒋氏绣谷交翠堂故址。飞楼曲榭，已非旧观，而叠石偃翠，莳花成行，方池游鳞，雕笼豢鹤，方春脱巾曳履，踞坐其间，亦复顾而乐之。”学崇自填《壶中天》一阕，咏道：“桃花小坞、恰春深燕子，巢痕初认。彭泽归来无十亩，也自闲云栖稳。竹雾浮青，茶烟漾碧，添我琴书润。一声清唳，露皋人共仙隐。　见说交翠堂开，风流裙屐，缟纻盈题咏。乔木百年谁是主，迷却当时鸿印。石古苔皴，池荒荇聚，画壁愁重问。夜蟾飞白，黯然来照青鬓。”谢氏得园未久，又卖给娄源王昶。

相传蒋氏想将绣谷出卖时，犹豫未决，便卜于乩笔，仙判一联曰："无可奈何花落去，似曾相识燕归来。"正是晏殊《浣溪沙》的两句，蒋氏不得其解。等到归诸叶氏，则上句应验；叶氏转卖于谢氏，谢氏又卖于王氏，则下句应验。并且这两句悼惜春残，感伤物华的流逝，也正含着饯春的意思。咸丰十年，绣谷毁于兵燹，鞠为茂草，那刻着"绣谷"两字的巨石，被蒋氏后人收得后，移入虎丘山塘蒋参议祠中。

绣谷今已不见一点遗迹，饯春的风俗也渐渐远去，然而绣谷饯春的韵事，至今还在流传，这正是昔日苏州风俗绮丽的记忆，也含着对忆娘这位丽人的惋惜和同情。

花船

苏州地处水乡泽国，湖泊众多，河流纵横，城内水巷蜿蜒，倚棹摇橹以行，最为便利。况且苏州自古便称佳丽之地，物产丰饶盛于东南，文采风流甲于海内，画舫朱楼，绮琴锦瑟，才子佳人，芳声共著。故挟妓携娼，花酒箫鼓，滥觞已久，成为古代苏州社会生活的一部分。白居易就以风流自赏，他守郡时，修筑了阊门外至虎丘的塘路，即今七里山塘，故虎丘也成了他经常携妓游赏的地方。《武丘寺路》有云："银勒牵骄马，花船载丽人。"《夜游西武丘寺八韵》有云："摇曳双红旆，娉婷十翠娥。香花助罗绮，钟梵避笙歌。领郡时将久，游山数几何。一年十二度，非少亦非多。"在"娉婷"句下自注："容、满、蝉、态等十妓从游也。"唐代山塘已有脂粉的艳丽，赵嘏《入半塘》云：“画船箫鼓载斜阳，烟水平分入半塘。却怪春光留不住。野花零落满庭香。”明清时期，山塘更其繁华，画舫笙歌，绵延七里，四时不绝。垂杨曲巷，绮阁深藏，银烛留髡，金觞劝客，真可谓是花天酒地，昼夜无休。钱泳《履园丛话》卷七就说：“时际升平，四方安乐，故士大夫俱尚豪举，而尤喜狭邪之游。在江宁则秦淮河上，在苏州则虎丘山塘，在扬州则天宁门外之平山堂，画船箫鼓，殆无虚日。”

除山塘以外，苏州可供泛舟游赏的地方很多，从郡城而出，葑门外的荷花荡、黄天荡，沿吴江塘路而南的澹台湖、垂虹桥，西郊的横塘、石湖，更远一点的，如天平山、观音山，乃至洞庭东西两山及光福一带，都是水上游览的去处，垂杨系画船，柳阴停花舫，正是昔日一道绚丽的景致。

谢肇淛《五石组》卷八说：“古称燕赵多佳人，今殊不尔。燕无论已，山右虽纤白足小，无奈其犷性何，大同妇女姝丽而多恋土重迁，盖犹然京师之习也。此外则清源、金陵、姑苏、临安、荆州及吾闽之建阳、兴化，皆擅国色之乡，而瑕瑜不掩，要在人之所遇而已。”苏州妓女向有盛名，她们大都工于一艺，或琵琶，或鼓板，或昆曲，或小调，莫不自幼习之，间也有能诗善画者，抚琴弹棋者。历史上，苏州名妓层出不穷，故凡作妓女营生，不论籍里，都说自己是苏州人，这种标榜在近代上海尤甚。朱文炳《海上竹枝词》有三首记得十分形象："枇杷门榜尽姑苏，信步平康也自娱。但怕一声水老鼠，顿教鞋袜遍沾濡。""各处方言本自由，为何强学假苏州。做官也要娴官话，做妓焉能勿学不。""苏州女子美风骚，举止清扬意气高。惯喜笑人鸭屎臭，怒来大骂杀千刀。"徐珂《可言》卷九也说："沪多女闾，入其门，所闻皆吴语也，实则各省之人皆有之，其确为苏州人者，百不得一，大抵景翩翩一流人耳。翩翩，明妓，隶建昌乐籍，能诗，有'妾非吴中人，好学吴侬语'句。邑富家儿强委禽焉，未数月愤郁死。今之冶游者，闻妓作吴语，辄志得意满，非若刘惔之于王导有所不慊也。"又说："吾杭人之名隶乐籍者，颇不乏人，而必效颦吴语，托言吴籍，盖非若是，不足于取悦于人耳。"

凡喜好狎妓者，壶边日月，粉黛世界，真可谓醉生梦死的快乐时光，但也有不少人，因此而败名误事，甚至因此而丧身破家。袁学澜《续咏姑苏竹枝词》有云："画舫相衔七里塘，烟花倾尽富家囊。名姬晚嫁厮养卒，荡子收场普济堂。"然而色不迷人人自迷，就连一些不安分的僧侣道士也向往着山塘上的艳遇，《二刻拍案惊奇》卷三十九记一故事："苏州新兴百柱帽，少年浮浪的，无不戴着装幌。南园侧东道堂白云房一起道士，多私下置一顶，以备出去游耍，好装俗家。一日夏月天气，商量游虎丘，已叫下酒船。""明日，一伙道士轻衫短帽，装束做少年子弟，登舟放浪。"结果他们的百柱帽给神偷一枝梅偷了去，十分狼狈。就花船上敷衍故事，大大小小，真是说不尽，有黄粱梦，有花月梦，有绮恨梦，也有荒唐梦，可以说是浮华世界的一个缩影。

坐着花船，作如此的冶游，一天或更长，也就需要有酒食的安排，船菜船点就是这样产生的。“男女饮食，人之大欲存焉”，在花船上，正可兼得食和性的享受。谈及船菜船点，那就得从冶游说起。

冶 游

明洪武初，对唐代以来的官妓制度进行了改革，因官妓由来都系臧获，故禁止官员嫖宿。据刘辰《国初事迹》记载，“太祖立富乐院于乾道桥，男子令戴绿巾，腰带红搭膊，足穿带毛猪皮靴，不容街道中走，止于道傍左右行，或令作匠穿甲，妓妇皂冠，身穿皂褙子，出入不许华丽衣服”。“禁文武官及舍人不许入院，止容商贾出入”。至宣德初，更重申禁止官员嫖宿的规定。王锜《寓圃杂记》卷一说：“唐宋间皆有官妓祗候，仕宦者被其牵制，往往害政，虽正人君子亦多惑焉。至胜国时，愈无耻矣。我太祖尽革去之，官吏宿娼，罪亚杀人一等，虽遇赦，终身弗叙，其风遂绝。”谢肇淛《五石组》卷八也说：“两京教坊，官收其税，谓之脂粉钱，隶郡县者则为乐户，听使令而已。唐宋皆以官伎佐酒，国初犹然，至宣德初始有禁，而缙绅家居者不论也，故虽绝迹公庭而常充牣里闬。又有不隶于官，家居而卖奸者，谓之土妓，俗谓之私窠子，盖不胜数矣。”

其实，禁止官员嫖宿虽有明文，但终明之世，并未真正做到令行禁止。至晚明，此风更其炽热，甚至成为普遍现象。沈德符《万历野获编》卷二十八记了苏州两个地方官的事：“今上辛巳壬午间，聊城傅金沙（光宅）令吴县，以文采风流为政，守亦廉洁，与吴士王百穀厚善，时过其斋中小饮，王因匿名妓于曲室，酒酣出以荐枕，遂以为恒。王因是居间请托，橐为之充牣。癸未甲申间，临邑邢子愿（侗）以御史按江南，苏州有富民潘璧成之狱，所娶金陵角妓刘八者亦在谳中。刘素有艳称，对薄日呼之上，谛视之，果光丽照人，因屏左右密与订，待报满离任，与晤于某所，遂轻其罪，发回教坊。未几邢去，令人从南中潜窜入舟中，至家许久方别。二公俱东省人，才名噪海内，居官俱有惠爱，而不衿曲谨如此。是时江陵甫殁，当事者一切以宽大为政，故吏议不见及云。”

如果说，官员为仕途前程尚有顾忌的话，广大士庶商贾则无所格制，更以狎妓嫖娼为第一风流事。李日华《紫桃轩杂缀》卷一曾记万历二十六年在苏州的冶游：“戊戌仲冬十五夜，泊吴阊门外，霜月满江，同沈伯宏子广、盛寓斋庸团饮张六姬船头，酒酣，客有弹三弦者，曲尽其妙。”崇祯六年复社举虎丘大会，四方清流纷至沓来，陆世仪《复社纪略》卷一说：“至日，山左、江右、晋、楚、闽、浙以舟车至者数千馀人，大雄宝殿不能容，生公台、千人石鳞次布席皆满，典庖司酝，辇载泽量，往来丝织，游人聚观，无不诧叹，以为三百年来未尝有也。”大会散后，各地与会者招邀俊侣，经过赵李，或泛扁舟，或登青楼，张乐欢饮，则野芳浜外，斟酌桥边，酒樽花气，月色波光，相为掩映，可称是一次罕见的冶游盛会。

晚明时期，金陵旧院姝丽，往往雅慕吴阊繁盛，轻装一舸，翩然而至，载赁皋庑，小辟香巢。本地人以她们从南都而来，称之为“京帮”，其中翘楚，有董小宛、陈圆圆、卞赛卞敏姐妹、沙才沙嫩姐妹等，风流文采，倾倒一时。至清初，山塘妓家大略可分为京帮、维扬帮和本帮，献媚争妍，各树艳帜。关于明末清初的山塘冶游，文献记载甚多，如冒襄的《影梅庵忆语》就提供了不少故实。

入清以后，此风不稍减弱。如顺治七年四月至六月，余怀来游苏州，他在《三吴游览志》里于冶游行迹有较详的记录，不妨选抄四月的几节，聊窥一斑。初七日，“移舟三板桥，招王公沂相见。忆去年暮春，公沂与吴中诸君邀余清泛，挟丽人，坐观音殿前奏伎，丝肉杂陈，宫征竞作，或吹洞箫、度雅曲，或挝渔阳鼓，唱‘大江东’，观者如堵墙。人生行乐耳，此不足以自豪耶”。十一日，“复至半塘，见舟中多丽人，急放中流，依稀登岸，回绕千人石，簇至平远堂”。十五日，“过章少章，偕往陆墓，访陆子玄。子玄云：‘去岁此时，君乘画舫，挟意珠，招我于小桥古树下。今倏忽经年，可胜日月如流之感。’午赴司李陈天乙之招，复饮于李素心、王伊人、徐丽冲，观女郎楚云演《拜月亭》。是时云为一伧父所厄，蛾眉敛愁，低首含泪。讯之，云是郡守客逞势狼戾，非人所堪。观其态色，真东坡所谓‘石榴半吐红巾蹙’也”。十六日，“访楚云。其母浣月，故善歌舞。窗壁洁净，几榻香静，正引人著胜地也”。十七日，“诸君次第集，而楚云泛一叶，穿复道，出万绿之丛，以至亭下。于焉举酒，晶盘海错，杂然前陈，丽瞩洁冥，至斯已极”。二十七日，“红潮时润，黄莺乍啼，制芰春菰，濯襟选梦。友鸿携馔具，文饶持酒枪，玄升择笙簧，载歌姬，随风而至”。

山塘冶游，最宜花船，且看时人即兴之作，陆濬睿《吴门竹枝词》云：“姊妹追随赛巧妆，艳阳新绿绮罗香。画船昏黑灵岩转，明日叮咛到上方。”黄任《虎丘中秋词》云：“绣带流苏夹水香，邻桡三十六鸳鸯。屏窗扇扇刚刚对，只托微波一尺长。”杨模《虎丘竹枝词》云：“斟酌桥边艤画船，碧纱窗里隐婵娟。绿杨深处红灯起，夜半犹闻奏管弦。”狄黄铠《山塘竹枝词》云：“花满长堤水满塘，堤头金勒水连樯。相逢何必曾相识，半是王孙半丽娘。”“金阊门外水东流，载酒看花处处游。占断春光三个月，夜深还上妓家楼。”“一枝柔橹一枝篙，二八吴娃弄画桡。载得游人去何处，东风吹过半塘桥。”咏唱篇什之多，不胜枚举。

同光时，吴县人俞达作《青楼梦》，第三十回写道：“话说重集闹红会，三十六美依旧乐从，因此番人多，唤了十五只灯舫，金、钮为主，月素、小素、慧卿、竹卿、丽仙、绛仙坐了三舟，二十九美分坐十二舫，柔橹轻摇，鸣锣齐进，真个花围翠绕。河梁上人多遐瞩遥观，尽皆艳羡。片时抵山塘，龙舟争胜在着冶坊浜夸奢争华。挹香即命停桡，重新各处分派。一只船上俱带丝竹，使美人毕奏清音；一只船上使几位美人度曲。斯时也，月媚花姣，笙歌沸水，不胜欢乐。一只船上吟诗作赋，一只船上按谱评棋，那一边船上角艺投壶，这一边船上双陆斗彩，玻璃窗紧贴和合窗，舱中美人隔舟问答如比邻，然人愈众而兴愈多焉。靠东那一只船上彩衣扮戏，巧演醉妃；着西那一只船上射覆藏钩，名争才女。船头与船头相接，或疑纵赤壁之大观；舵尾与舵尾相连，仿佛横江东之铁锁。爱卿与竹卿、月素诸人讨古论今，以致往来游人尽皆驻足争观。过青田那日从白姆桥盐店弄而来，也至河滨一望，喟然叹曰：‘金挹香何多若是之艳福也！’挹香因忙忙碌碌，未见青田；青田因新得洞泾馆地，亦匆匆而去。挹香或往丝竹船上，与美人弹琵琶、拨箜篌、品箫、吹笛、鼓月琴；或往度曲船上，与美人拍昆腔、翻京调、唱南词；或往吟诗船上，与众美人分韵拈阄、限题联句；或往斗彩船上，与美人替拼和、教吃张、戳台角、借牌闯。来来往往，真个风流推首，潇洒出群。闹至下午，方始开筵，十五船十五席，席席珍馐。”

花船冶游并非只在山塘，胥江也是一个去处。沈复《浮生六记·闺房记乐》记与芸娘从吴江回郡城，“返棹至万年桥下，阳乌犹未落也。舟窗尽落，清风徐来，执扇罗衫，剖瓜解暑。少焉，霞映桥红，烟笼柳暗，银蟾欲上，渔火满江矣。命仆至船梢与舟子同饮。船家女名素云，与余有杯酒交，人颇不俗，招之与芸同坐。船头不张灯火，待月快酌，射覆为令”。席间，沈复与芸娘、素云调笑畅饮，“素云豪量，满斟一觥，一吸而尽。余曰：‘动手但准摸索，不准捶人。芸笑挽素云置余怀，曰：‘请君摸索畅怀。’余笑曰：‘卿非解人，摸索在有意无意间耳。拥而狂探，田舍郎之所为也。’时四鬓所簪茉莉，为酒气所蒸，杂以粉汗油香，芳馨透鼻”。“越数日，鲁夫人误有所闻，私告芸曰：‘前日闻若婿挟两妓饮于万年桥舟中，子知之否？’芸曰：‘有之，其一即我也。’

因以偕游始末详告之。鲁大笑，释然而去”。记写冶游经历的很多，但与妻子一起冶游，且如实写来，倒也并不多见。

苏州郡城外，吴江松陵垂虹桥也是花船麕集之处，且由来已久。宋话本有《李元吴江救龙记》，大意说，有李元者应朱秀才之邀，乃随秀才出垂虹亭，至长桥尽处，柳阴之中，泊一画舫，上有数人，容貌魁梧，衣装鲜丽。邀元下船，见船内五彩装画，裀褥铺设，皆极富贵。明清时期，则更有富丽之观了。潘柽章《吴江竹枝词》有云："吴江胜事谁能数，长桥宛转晴虹吐。可怜画舫酒如渑，不浇三忠祠前土。"

吴江盛泽的山塘，也仿佛虎丘山塘。《醒世恒言》第十八卷《施润泽滩阙遇友》描写了明代盛泽的情形："镇上居民稠广，土俗淳朴，俱以蚕桑为业。男女勤谨，络纬机杼之声，通宵彻夜。那市上两岸紬丝牙行，约有千百馀家，远近村坊织成紬匹，俱到此上市，四方商贾来收买的，蜂攒蚁集，挨挤不开，路途无伫足之隙，乃出产锦绣之乡，积聚绫罗之地。"正因为商业繁荣，花船应运而生，持续至清末。沈云《盛湖竹枝词》有云："山塘一带管弦柔，画舫参差古渡头。绝似金阊门外路，至今犹说小苏州。"自注："居民以绸绫为业，四方商贾辇金至者无虚日。山塘及升明桥一带皆画舫停泊处，淡妆浓抹，清歌妙舞，竹肉并奏，日以继夜，故至今有小苏州之称。今则如谈天宝矣。"

舟 楫

苏州放舟游赏，四季不绝，但也有时令节会，顾禄《桐桥倚棹录》卷十二便说："虎丘游船，有市有会。清明、七月半、十月朝为三节会，春为牡丹市，秋为木樨市，夏为乘凉市。"这是虎丘山塘的情形。六月廿四日荷花生日，楼船画舫，小艇野航，毕集葑门外黄天荡，黄省曾《荷花荡》云："竞楫都人集，喧游国事传。探芳怜胜日，携客讨湖天。玉笛吹新柳，红妆夺始莲。开襟观未极，沽酒不论钱。"八月十八日石湖行春桥看串月，又是一大盛会，画舫征歌，欢游竞夕，蔡云《吴歈百绝》云："行春桥畔画桡停，十里秋光红蓼汀。夜半潮生看串月，几人醉倚望湖亭。"一岁之中，尤以新秋时节棹游最宜，时溽暑初收，天气稍爽，泊舟水畔，浓绿成阴，垂阳罨画，浮瓜沉李，雪藕调冰，幽绝而闲雅。妇女出游，则以端午节观龙船竞渡时为最盛，山塘之外，阊门、胥门、南北濠及枫桥西路水滨都有，各占一色，那天船价亦增数倍。《桐桥倚棹录》卷十二说："小户妇女，多雇小快船，自备肴馔，载以俱往。豪民富室率赁灯船，罗袂藻水，脂香涨川，女从如云，语言嘈杂。灯船停泊之处，散在上津桥、接官亭、杨安浜、通贯桥、八房河头一带。城河狭窄，路通而不能入，以是女眷出游，每肩舆至阊门马头或接官亭、钓桥登舟，夜归则仆从候久，弃水登旱，舆帘下垂，花香徐拂，道旁行客知人家眷属归也。”

袁学澜《吴门画舫游记》介绍了水上冶游的大致情形：

“吴故水乡，非舟楫不行。苏城六门环水，大艑小舫，蚁集鱼贯。探春郊外者，率始于清明。其船大者容数筵，四面垂帘帷，户之绮，幕之珠，琍窗之雕绣，金碧千色，嵬眼晃面。屏后另设小室如巷，香枣厕筹，粉奁镜屉，罗帐象床，陈设精致，以备名姝艳妓之憩息。船顶方棚，可载香舆。婢媪挨坐头舱，争妍斗奢。就中最贵者灯船，其次名关快，小者名荡湖船，宽容一筵，坐五六人，不桨不帆，截然如小阁。城中富贵家，起恒日晏，每至未申时，始联络出游。用大船载酒肴，穹篷如亭榭，数艘并集，衔尾而进，如驾山而来。舱中男女杂坐，征歌赌曲，传钩斗酒，宾朋笑谑，丝竹肉声相杂。船孃多娇，不任舟楫事。捧舳理棹，间有能者，尤善烹饪。后艄厨具，凡水盉筅帚、西灶箸篪、酱瓿醋瓶、镊勺盃铛、茱萸芍药之属，靡不毕具。湖鲜海错，野禽山兽，覆压庋阁。拙工司炬，窥伺膳夫颜色，以施火候。于是画舫在前，酒船在后，篙橹相应，放乎中流，传餐有声，炊烟渐上。飘飖柳外，掩映花间，招邀乎行春之桥，逍遥乎虎阜之塘。水辔回环，人如天上，欸乃一声，春情俱荡，谓之行庖，谓之水宴。夫水，智者乐也，流行自在，任意所之，则利涉之功也。吴民因地制宜，藉济川之具，为济胜之资，游山而进泊岩涯，串月而横穿桥洞，有卧榻安闲之适，无鞍马颠顿之劳，凭舷而换岸看花，倚舰而移林听鸟，东坡称‘水枕能令山俯仰，风船解与月徘徊’，洵曲尽水窗之妙也。逮至日暮霞生，风清月朗，烛燃成山，酒霈若雾，罗袂藻野，脂香涨川，管弦嗷嘈，作于波上，灯毬漾空，如龙戏珠，榷壅不行，喧呶竞渡，不觉人尽醉，夜已深矣。既而河斜斗转，酒阑筵罢，香舆伺候于河桥，仕女舍舟而登陆。一时金阊门外，胥江埠头，火炬人声，衣香灯影，匆匆趋路，各归城邑。惟有带渚烟痕，满江月色，山青水碧，阒寂无人，繁华风景，过眼成空，一晌欢游，只萦梦想。聊为记之，以志承平之景、水乡之乐而已。”

山塘上的舟楫，顾禄《桐桥倚棹录》卷十二作了介绍，供冶游之用的，主要有沙飞船、灯船、快船、逆水船四种，统称为花船，虽然它们的形制、大小、功能等有所不同，但不能截然予以分别。

一、沙飞船，顾禄说：“沙飞船，多停泊野芳浜及普济桥上下岸，郡人宴会与估客之在吴贸易者，辄赁沙飞船会饮于是。船制甚宽，重檐走轳，行动捩舵撑篙，即昔之荡湖船，以扬郡沙氏变造，故又名沙飞船。今虽有卷艄、开艄两种，其船制犹相仿佛也。艄舱有灶，酒茗肴馔，任客所指。舱中以蠡壳嵌玻璃为窗寮，桌椅都雅，香鼎瓶花，位置务精。船之大者可容三席，小者亦可容两筵。凡治具招携，必先期折柬，上书‘水窗候光，舟泊某处，舟子某人’，相沿成俗，寝以为礼。迓客于城，则另雇小舟。入夜羊灯照春，凫壶劝客，行令猜枚，欢笑之声达于两岸。迨至酒阑人散，剩有一堤烟月而已。沈朝初《忆江南》词云：‘苏州好，载酒卷艄船。几上博山香篆细，筵前冰碗五侯鲜。稳坐到山前。’盖承平光景，今不殊于昔也。”至咸丰初，潜庵《苏台竹枝词》有云：“野芳浜口斗红妆，吏部传呼去侑觞。更遣画船迎贵客，汪家公子陆家郎。”自注：“沙蜚船皆泊野芳浜口，缙绅先生每乐游之。吏部指河阳君，汪、陆，城中绅富，而又兼姻娅者也。”同治年间则似乎已成回忆了，邓尉花农《山塘竹枝词》有云：“往日沙飞一晌停，乱划画楫换轻舲。双欹翠袖怜春影，红闪琉璃万颗星。”

二、灯船，顾禄说：“郡城灯船，日新月异，大小有三十馀舟。每岁四月中旬，始搭灯架，名曰试灯；过木樨市，谓之落灯。多于老棚上竖楣枋椽柱为棨，有镫有镦，灯以明角朱须为贵，一船连缀百馀，上覆布幔，下舒锦帐，舱中绮幕绣帘，以鲜艳夺目较胜。近时船身之宽而长几倍于昔。有以中排门扃锢，别开两窦于旁，如戏场门然。中舱卧炕之旁，又有小弄可达于尾。舱顶间有启一穴作洋台式者，穹以蠡窗，日色照临，纤细可烛。炕侧必安置一小榻，与栏楹桌椅，竞尚大理石，以紫檀红木镶嵌。门窗又多雕刻黑漆粉地书画。陈设则有自鸣钟、镜屏、瓶花。茗碗、吐壶以及杯箸肴馔，靡不精洁。值客必以垂髫女郎贡烟递茶，其人半买自外城，间有船娘已出者，大致因伺佳丽之登舟者而设也。佳丽来自院中，与长年相表里，有主人携至佐酒者，有所招之客挈至自娱者。酒酣席散，无论主宾与侑觞之伎，各以番钱相饷，有幺三、幺四之目，幺则给与值舱之舟女，三、四则给与榜人，俗呼酒钱。良辰令节，狎侣招游，谓之‘下虎丘’。必先小泊东溪，日晡，与诸色游船齐放中流，篙橹相应，回环水中，俗呼‘水辔头’。少选，红灯一道，联尾出斟酌桥，迤逦至野芳浜，亦必盘旋数匝，谓之‘打招’，与月辉波光相激射。传餐有声，睹爵无算，茉莉珠兰，浓香入鼻，能令观者醉心。设有不欲明灯者，亦任客所指。其头中尾舱，必燃灯一二十盏，以自别于快船。予时驾小艇，尽灭灯火，往来其间，或匿身高阁与树林深处，远而望之，不啻近斗牛而观列宿也。”道咸之际，苏州有潘痴子者，自制灯船，精丽异常，号称第一。潜庵《苏台竹枝词》有云：“火龙蜿蜿出波间，认是潘家第一船。五色华灯围翠袖，红榴花外起朱弦。”自注：“时有潘痴子，自造一灯船，灯皆五色，作佛手、莲子及百花状，为船中第一。”俞达在《青楼梦》第六回里描写了苏州石家的灯舫：“原来吴中的画舫与他处不同，石家的灯舫又比众不同。但只见，四面遮天锦幔，两旁扶手栏杆。兰桡桂桨壮幽观，装扎半由罗纨。两边门径尽标题，秋叶式雕来奇异。居中江木小方红几，上列炉瓶三事。舱内绒毡铺地，眉公椅分到东西。中挂名人画，画的是妻梅子鹤。

四围异彩名灯挂，错杂时新满上下。”又，三十回描写船上放灯的景象：“船上复将玳瑁灯、碧纱灯、排须灯、花篮灯点起，闹至薄暮，水面风生。挹香复命人将自己船上点起二十四孝灯、渔樵耕读灯，一霎时，灯光映水，水色涵灯，俯视河滨，有熠耀星球之势。”蔡云《吴歈百绝》有云：“灯船入夜尽张灯，五色玻璃列上层。赢得火光人面映，夜寒犹著薄吴绫。”自注：“快船中最华者，船顶搭灯架数层，悬玻璃、明角、排须诸灯，其船必连缀而行，远望若火城然。灯船无有不载妓，点灯后男女杂坐，皎若白昼，选调征歌，不三更不返也。”今存光绪间年画《虎丘灯船胜景图》，以灯船为主体，描绘工细，情景如画。另外，在乾隆间年画《姑苏石湖仿西湖胜景图》、《山塘普济桥中秋夜月图》上，也有灯船的造型。

三、快船，顾禄说：“快船之大者即灯船之亚，亦以双橹驾摇，行运甚速，故名曰快船，俗呼‘摇杀船’，有方棚圆棚之别。户之绮，幕之丽，帘窗之琼绣，金碧千色，嵬眼晃面，与灯船相仿佛，但不设架张灯耳。有等舟身甚小，位置精洁，只可容三四客者，谓之‘小快船’，行动更疾如驶，即舒铁云诗所谓‘吴儿驶船如驶马’是也。泊船之处，各占一所，俗呼‘船涡’。捧轴理棹者多妇女，故顾日新有‘理楫吴娘年二九，玉立人前花不偶。步摇两朵压香云，跳脱一双垂素手’之句。”快船，苏州人也称为“水嗇头”，蔡云《吴歙百绝》有云："辟暑天天闹虎丘，前连端午后中秋。船涡那得凉风到，急放一回水辔头。"舒位《虎丘竹枝词》有云："两岸园林夹酒楼，冶坊滨外最清幽。吴儿使船如使马，再出一回水辔头。"方熊《虎丘竹枝词》有云："吴娘把楫倚中流，解作中流水辔头。一片笙箫来水面，冶坊浜口唤停舟。"袁学澜《虎阜杂事诗》有云："荡湖锣鼓闹如雷，妓舫争摇水辔来。谁似风流文待诏，月中徐掉酒船回。"自注："吴中作坊市徒，五月初群雇划船竞渡，锣鼓阗聒，荡桨如飞。妓舫以双橹急摇，名水辔头。"

四、逆水船，顾禄说："有本船自蓄歌姬以待客者，近亦葺歌院，可以登岸追欢。其船多散泊于山塘桥、杨安浜、方基口、头摆渡等处。运动故作迟缓之势，似舟行逆水中，俗呼'逆水船'。其人间有负一时盛名者，分眉写黛，量髻安花，虽未能真个销魂，直欲真个销金，盖亦色界之仙航、柔乡之宝筏也。船中弦索侑酒，又必别置辫发雏姬，女扮男装，多方取悦于客，俗呼'鼻烟壶'，言其幼小未解风情，只堪一嗅而已。舒铁云诗'不男不女船中娘'，正谓此也。闺秀席蕙文《虎丘竹枝词》云：'画舫珠帘竞丽华，玻璃巧代碧窗纱，吴歈宛转香喉滑，小调新翻剪靛花。'林焕《画舫雏姬词》云：'阳春二三月，杨柳垂堤边。柔波戛鸣橹，划破桐桥烟。豪贵扣舷坐，宾从何联翩。娇痴十龄女，短发垂双肩。岂知梦云乐，故作眉语传。一吹引凤箫，再拨鲲鸡弦。新歌翻子夜，博取黄金千。黄金有时尽，白璧终难坚。安得大海波，净洗出水莲。'”逆水船以雏妓为特色，但也不仅雏妓也，蔡云《吴歈百绝》有云：“快船争歇冶芳浜，一个船梢一女郎。闲煞歌声载来往，雏伶十五尚男妆。”自注：“游船以玻璃锦幔为饰，驾双橹，名曰快船。有以舟载女伶就游人求侑酒者，名曰碰船头。”潜庵《苏台竹枝词》有云：“鸭头初涨两三篙，临水樗蒲兴倍豪。最好绿阴船泊处，莫愁艇子醉葡萄。”自注：“船有妓者，名逆水船。六月中泊舟柳阴下，聚客樗蒲，以消长夏。”还是顾禄说得明白，逆水船者，“运动故作迟缓之势”也。

另外，还有为冶游服务的舟楫，《桐桥倚棹录》卷十二也作了介绍。如水果船，“有等小本经纪之人，专在山塘河中卖水果为生。每值市会，操小划子船，载时新百果，往来画舫之间，日可得数百钱，俗呼水果船”。杂耍船，“杂耍之技，来自江北，以软硬功夫、十锦戏法、象声、间壁戏、小曲、连相、灯下跳舞、烟火等艺擅长。每岁竞渡市，合伙驾栏杆驳船，往来于山浜及野芳浜等处，冀售其技”。摆渡船，“虎丘每逢市会，有等老妪或乡间之人，操疲舟，驾朽橹，泊山浜、野芳浜，于灯船杂沓之际，渡人至上下塘买物或游玩乐便，每人只乞一二文，谓之摆渡船。然乘危履险，识者有覆溺之虑，宁行纡道，不敢褰裳也”。还有驳运客人的小船，“人有于虎丘、浒关等处或入城勾当者，多雇乘小艇，往来代步，其值甚廉。艇制短上而窄，创于浒关之税厅，一篙一橹，行动捷如飞凫，俗呼‘关快’，亦名‘七里乱’。泊处有九，一在小普陀，一在花园弄口，一在快呃场，一在桐桥，一在缸甏河头，一在白姆桥，一在新桥，一在通贵桥，一在山塘桥。操舟者皆西郭桥八都、九都之乡人，不务农桑，专在水面日觅升合之供。犁旦已鼓枻而出，迨暮仍欸乃而还，虽寒暑晴雨无间也。”

这就构成了一个水上冶游行业的完善系统，一业之兴，活人无数。钱泳《履园丛话》卷一说：“治国之道，第一要务在安顿穷人。昔陈文恭公宏谋抚吴，禁妇女入寺烧香，三春游屐寥寥，舆夫、舟子、肩挑之辈，无以谋生，物议哗然，由是弛禁。胡公文伯为苏藩，禁开戏馆，怨声载道，金阊商贾云集，晏会无时，戏馆酒馆凡数十处，每日演剧，养活小民不下数万人。此原非犯法事，禁之何益于治。昔苏子瞻治杭，以工代赈，今则以风俗之所甚便，而阻之不得行，其害有不可言者。由此推之，苏郡五方杂处，如寺院、戏馆、游船、青楼、蟋蟀、鹌鹑等局，皆穷人之大养济院。一旦令其改业，则必至流为游棍，为乞丐，为盗贼，害无底止，不如听之。潘榕皋农部《游虎丘冶芳浜诗》云：‘人言荡子销金窟，我道贫民觅食乡。’真仁者之言也。”花船就是一个很好的例子，这个行业提供了不少就业机会，以此来“安顿穷人”，也就维持了苏州的社会稳定和经济繁荣。

清末虎丘山塘上的舟楫，仍有绚丽之观，陈去病《五石脂》说："灯舫皆吴门人所有，俗名淌板船，其家多张、沈二姓。先时其舟所泊处，即其居所在，临流小筑，位置天然，不啻秦淮水榭。故百数十年前，山塘风景特佳。自洪杨劫后，乐籍分散。三十年来，稍稍兴复，然多迁徙入城，依阊关北岸以居，亦称下塘，然非昔年城外之下塘矣，而操是业者，亦非前此诸姓，盖张、沈以外，又有三陈联翩雀起，盛称于时，而他姓之舟，亦复追踵继轨矣。灯舫始兴，颇尚明角琉璃灯，后玻璃灯盛行，则改用烧料明珠，穿以铁丝，扎成五色玻璃灯，方圆六角，随意构造，围以流苏，宛若璎珞，名曰珠灯，其制亦巧。大要自乾嘉以来，迄乎同光之际，此风最盛。入夜望之，晃耀独绝。故虽妇孺蠢俗，罔不知灯船之为美，而侈谭无已也。十数年来，竞尚结彩，争奇斗胜，以多为贵，几几无灯可观。在白昼暄彩，亦复大佳。若宵来月黑，众彩齐放，而中流黯然，波光不发，泛舟其间，殊乏豪兴。"

包天笑八岁时，随父亲坐了一次花船，晚年记忆犹新，他在《钏影楼回忆录·坐花船的故事》里说："怎么叫做花船呢？就是载有妓女而可以到处去游玩的船。苏州自昔就是繁华之区，又是一个水乡，而名胜又很多，商业甚发达，往来客商，每于船上宴客。这些船上，明灯绣幕，在一班文人笔下，则称之为画舫，里面的陈设，也是极考究的。在太平天国战役以前，船上还密密层层装了不少的灯，称之为灯船。自遭兵燹以后，以为灯船太张扬，太繁糜了，但画舫笙歌，还能够盛极一时。当时苏州的妓女，可称为水陆两栖动物。她们都住在阊门大街的下塘仓桥浜，为数不多，一共不过八九家。这里的妓院，陌生人是走不进的，只有熟识的人，方可进去。在门前也看不出是妓院，既没有一块牌子，也没有一点暗示。里面的房子，至少也有十多间，虽不是公馆排场，和中等人家的住宅也差不多。不过她们的房子，大概都是沿河，而且后面有一个水阁的。她们自己都有船，平时那些小姐们是住在岸上的，如果今天有生意，要开船出去游玩时，便到船上来，侍奉客人。平时衣服朴素，不事妆饰，在家里理理曲子，做做女红，今天有生意来了，便搓脂滴粉的打扮起来了。那一天是农历七月十五日，中国人称之为中元节。苏州从前有三节，如清明节、中元节、下元节（十月初一日），要迎神赛会，到虎丘山致祭，而城里人都到虎丘山塘去看会，名之曰‘看三节会’。而载酒看花，争奇斗胜，无非是苏州人说的‘轧闹忙’、‘人看人’而已。”

包天笑特别提到花船的“出厂”，这是苏州花船风俗的盛典：“七月十五那一天，他们妓船生意最好。因为这些花船帮的规矩，在六月初开始，这些船都要到船厂去修理，加以油漆整补等等，到六月下旬，船都要出厂了。出厂以后，似新船一样，要悬灯结彩，所有绣花帷幕，都要挂起来了。而且从六月二十四日，游玩荷花荡（那个地方，亦叫黄天荡，都种着荷花。是日为荷花生日）起，船上生意要连接不断，如果中断了，便觉失面子。假使七月半看会那一天，也没有生意，真是奇耻大辱了。”范烟桥《出厂——吴门画舫史的一页》也说：“从七月十五日起，看三节会，开船谓之出厂，意思说夏天画船去抹油揩漆，这天才出厂下水。船上满装灯彩，一直到八月十八日行春桥串月下彩，中间三十三天，要连日有生意才好，假使有一天间断，就得下彩，是非常扫兴的。所以本家非用全力拉拢客人不可，有时竟肯贬价迁就的。”“这些话当然不摩登了，这么的旱荒，还有这种出厂的盛典么？虽是说腐化生活，却也见得当时苏州的繁荣，真有一点天堂味呢。”

至民国初年，花船依式样大小，有大双开、小双开之别，大都停泊在阊门渡僧桥畔和胥门万年桥畔。至一九二三年前后，花船已大为减少，凡花船者，大都以聚宴为主了，当然也可以叫局。据记载，当时夏桂林船停枣市上归泾桥，金阿媛船停万年桥，张天生船停万年桥昌记桐油巷后，吴云生船停新摆渡口，顾宝生船停枣栈杨家弄，张阿土船停葑门城内盛家带，李掌寿船停阊门外，沈松山船停胭脂河头。

船 娘

在花船上作营生的女子，有妓女，有厨娘，有侍婢，一般称妓女为船娘，当然妓女兼而为厨娘的很多。范烟桥《茶烟歇·船娘》说：“苏州船娘，艳著宇内，与秦淮桃叶渡媲美，故《吴门画舫录》班香宋艳，与《秦淮画舫录》同为花史巨制，开《教坊记》、《北里志》之生面。近时顿见衰落，虽画舫依旧，而人面不知何处去矣。尝见某笔记云，清人入关，颇不喜女闾，于是莺莺燕燕悉避诸舟中，因舟中佳丽独弗禁，遂成习惯而产生一船娘之名词。当时悉在七里山塘间，一舸容与，群花招展，指点景物，品量容颜，往往竟日不足，继之以烛，因此有热水船之称，意谓柔橹拨水，殆将腾腾有热气焉。洪杨后，尚有数舫载艳，惟已变旧时体制，主觞政者多为枇杷巷中人，仅以船菜博人朵颐。然春秋佳日，亦颇多主顾。夏初，黄天荡赏荷，更排日招邀。自废娼后，无复‘画船箫鼓夕阳归’之况矣。”

船娘的出现，并非是在清初，追溯起来，历史很悠久了。北宋庆历间，苏舜钦《九月五日夜出盘门泊于湖间偶成密会坐上书呈黄尉》有云：“青娥荡桨忽远至，虽有雅约犹嚬羞。彩舟鲜明四窗辟，兰酎辛滑嘉宾留。歌馀清洌贯众耳，笑动姿采生香韝。玉盘脍鲈光一色，饤簇殽核随所搜。”徐珂《可言》卷九解释说：“所乘之舫，疑即今之灯船；‘青娥荡桨’

句，言船娘也，俗曰梢婆；‘歌馀’、‘笑动’二句，言船妓也；‘玉盘’、‘饤簇’二句，言船菜也。”需要说明的是，当时实行官妓制度，民间船妓或船娘尚未出现，虽说船上冶游已作饮食之事，如梅尧臣《邵郎中姑苏园亭》有“我思白傅在三川，吴船虽有吴馔偏”之咏，但与后来的经营性船菜不是一回事。但当蒙元铁骑南下之时，船娘就出现了。徐大焯《烬馀录》乙编说：“鼎革后，城乡遍设甲主，孥人妻女，有志者皆自裁，不幸有母姑儿女牵系欲求两全者，逃难无所，俯仰无资，竟出下策为舟妓，以舟人不设甲主，舟妓向不辱身也。虎丘、桃坞之间，遂多名妓，皆良家子耳，冯玉媛为某官聘媳，李巧巧为某学士女，曹大娘为某县令妻，沈二娘为某牧伯寡妾。”“桃坞别墅有池名小蠡湖者，中筑石舫，乱后仅存渔艇妓船，依为东道，好事者为供范蠡、西子之位，舟中人朔望顶礼。增筑两椽，题额者为是野鸳比翼之所，书‘野舫’两字以嘲之。”凌泗、谢家福辑《五亩园志馀》也说：“榜人女似妓似眷，得独擅其利，春秋佳日，游船集虎丘、桃坞者，几成海市。”由此可见，作水上生涯的船娘，滥觞于元初。及至明清，山塘而外，阊门外、胥门外诸流之上皆有之。

船娘招客，或艳妆倚坐花船的后艄棚架上，脉脉含情，秋波频送，苏州人称之为“鹦哥架”，黄任《虎丘竹枝词》有云：“湘帘画楫趁新凉，衣带盈盈隔水香。好是一行乌桕树，惯遮朱舫坐秋娘。”袁学澜《虎阜龙舟词》有云：“游赏连朝哄市阛，初三逢忌暂请闲。坐来鹦架临妆镜，检点银幡插髻鬟。”《续咏姑苏竹枝词》亦云：“鹦架船娘诱客看，双翘自露绣红鸾。谁能见惯浑无事，当作空花一例观。”也有上岸拉客的，清初长洲人尤瀹《虎丘竹枝词》有云：“斟酌桥边卖酒浆，编篱插竹野花香。画船箫鼓才停处，跳板搀来上小娘。”嘉庆间雪樵居士《虎丘竹枝词》亦云：“一字船排密似鳞，好同战舰艤河滨。酒兵报道新降敌，娘子军擒薄幸人。”但当时苏州船娘大都比较矜持，还是客人自己寻舟访艳居多。

叶楚伧好作狭邪之游，他在《金昌三月记》里描写了民初所见的景象：“方基画船，薄暮斯集。船娘多二十许丽人，织锦花鞋，青罗帕头，波光面影，一水皆香。最好是艄头笑语，月下微歌。风华少年，挟艳买桨，游虎丘山塘间。夕阳欲下，缓缓归来，辄集于方基。野水上杯，名茶列坐，笙歌隔水，珠玉回波。星转露稀，则两行红烛，扶醉而归。洵夜景之解人，欢场之韵迹也。”

船娘大都善于烹饪，坐花船以游，既可赏得艳色，又可尝得美食，这是花船最诱人的地方，清人于此颇多吟咏。张永铨《虎丘中秋竹枝词》有云：“轻桡满载状元红，海错山珍绮席同。醉后上山齐看月，荡河船系石桥东。”黄兆麟《苏台竹枝词》有云：“蒲鞋艇子薄帆张，柔橹一枝声自长。

舵楼小妹调羹惯，烹得霜鳞奉客尝。”嘐溪梅花庵主人《吴门画舫竹枝词》亦云：“一声吩咐设华筵，盘菜时新味色鲜。人倦酒酣拳令毕，消魂待慢总须钱。”船娘不仅善烹饪，有的还善唱歌，周振鹤《苏州风俗》说：“吴人善呕，而榜娘尤善，每当月白风清之夜，歌声袅袅，断续悠扬，有‘人间那得几回闻’之概。曲艳品云：‘今尚吴歈，以其亮而润，宛而清。’斯得之矣。”

乾嘉年间，苏州很有几位花船名姝，西溪山人《吴门画舫录》举例说：“王香柳，行三，居濠上。吴门食单之美，船中居胜，而姬家则尤擅诸船之胜。鳖裙凫蹠，熊掌豹胎，燀以秋橙，酤以春梅，拟于郇公厨、李太尉也。”“朱月娥，行二，居阊门。姿容华赡，目溦层波，船娘中香柳推逸品，姬推艳品。而扁舟一叶，恰受两三，远山芙蓉，若离若即。《随园诗话》载船娘事，有‘嫦娥下舱’之句，而姬正以不肯下舱，罕过而问者。”又，个中生《吴门画舫续录》举例说：“周琴芳，行五，通贵桥船娘也。春情如水，秀色可餐，古鼎新泉，位置处所，食谱精微，肴核清妙。歌继桃叶之声，香薰鄂君之被，佳人拾翠，有不如仙侣同舟矣。”“王花於，名来珠，船娘之最著者也，居永福桥。玉颜光润，星眸莹然，肌不甚白而有细腻风光。语言便捷，工针黹，刺绣不外学，暇日则姊妹对绣，河庭帘卷，不啻临水双芙也。”“王芷香，名馥林，居永福桥。花於姊妹行，门庭相对，色艺亦相仿。花於以丰艳胜，芷香以清丽胜。而芷香能唱大净、老生诸阔口，饮兴颇豪，故桃叶临波，移船相近者，几于如火如荼矣。”

船娘毕竟是水上生涯，稍有积蓄，就上岸另筑香巢，船菜之制，也就未必在船上了。当然岸居以后，还雇船或自家备船，容与碧波，陪随客人游乐。《吴门画舫续录》说：“往时船娘缠头有馀，即购楼台于近水处，几案整洁，笔墨精良。春秋佳日，妆罢登舟，极烟波容与之趣。薄暮维船，登楼重宴，添酒回灯，宛若闺阁。遇风雨，不出门。至酷暑严寒，虽千呼不出。今不能矣，花柳逢场，亦转眼有盛衰之感。”从中也可看出船娘的变迁来。

至民国初年，船娘依然还有，但她们的主业，已几乎转移到操持花船的宴饮上了。徐珂《可言》卷十三说：“江浙之好游宴而言肴馔者，辄曰船菜，灯船中人之所烹饪者也。江宁、苏州、无锡、嘉兴皆有之，不独广州、梧州也。及夕，船内外皆张灯，夏尤盛，舟子眷属恒杂佣保中，荡桨把舵，二八女郎且优为之，皆素足，船主有蓄妓以侑客者。春秋佳日，肆筵设席，且饮且饮，丝竹清音，山水真趣，皆得之矣。”范烟桥《出厂——吴门画舫史的一页》也说：“苏州的船娘，是很香艳的名词。有许多人以为和江山船上的九姓姑娘一般，是以色相取悦于人。其实不然。伊们擅长烹调和伺应，只是一种圣洁的女子职业，不能和陆上单调的卖身的倡伎相提并论的。间或有几个过于风骚，而附带发生些风流史，却是属于秘密的，大体总是规规矩矩的。不过在同光之际，苏州的倡伎，总是喜欢泥着狎客去坐船的，夕阳箫鼓，载着许多佳丽，软语清歌，真有一些诗情画意。”

至少从清初起，经过两百多年来船娘们的努力，花船上的菜肴和点心不断变化，形成了独特的风貌，脱颖而出，成为苏州饮食的精品，那就是船菜和船点。

由于一是狭邪之乐，二是朵颐之快，坐花船以游，成为苏州人的特殊享受，凡外来的客人，也向往着这种享受。清初苏州就流行这样一首打油诗：“一饭家常便饭开，呼拳长饮肆中来。醉游且上酒船去，那管家无起火柴。”可见花船自有这样一种诱惑。章法《苏州竹枝词》亦云：“门外城中多酒船，酒船肴馔讲时鲜。无分风雨兼霜雪，说着闲游便出钱。”这一状况一直绵延至清末，当时周越然在苏州教书，他在《六十回忆·苏人苏事》里说：“余在苏时，尚有两事，一、吃馆子，二、坐花船——虽属荒唐，但不妨言之。当时馆子之佳而且廉者，司前街（？）之京馆鼎和居（苏人读如‘丁乌鸡’）也，与之交易者，大半为官员，其次则为绅士，最次教员与学生。花船之最著名者，李双珠家（鸭蛋桥）也。两者余均享受之，而尤以末一年为最多。”这李双珠颇有艳名，叶楚伧《金昌三月记》说：“李双珠，下驷也。顾其侍儿金凤绝佳，与双珠合唱《春秋配》、《乌龙院》，吴下歌场，一时无两。金凤父马翔云，为江湖名旦，双珠诸曲，皆受诸翔云。翔云老矣，乃留女以教双珠，主婢亦师生也。”因为李双珠是名妓，收入不薄，她家的那只花船当是自备的。

船 菜

花船出游，或仅一艘，厨房就在后艄，有的则有酒船尾随于后，专供烹饪之用，类乎于厨房。但毕竟是在船上，空间受到很大局限，不像岸上菜馆里那样宽绰，故只能小镬小锅，以炖、焖、煨、焙等火候菜为主，但客人不会多，一桌两桌而已，且准备时间充裕，也就成为精工细作的工夫菜。康熙时人章法的《苏州竹枝词》已有“酒船肴馔讲时鲜”之咏，“时鲜”是船菜的一个重要特点，其次是讲究味道，因为客人大都精于品味，上船来吃，必异于酒楼饭馆，故船菜往往能做到味纯而不杂，汤清而不寡，汁蜜而不腻，酥烂脱骨而不失其形，滑嫩爽口而不乏其味。另外，还讲究菜肴的造型和色彩，搭配得当，赏心悦目。

一九四七年出版的《苏州游览指南》，对船菜有如下的介绍：“苏州船菜，向极有名，盖苏州菜馆之菜，无论鸡鸭鲜肉，皆一炉煮之，所谓一锅熟也，故登筵以后，虽名目各异，味而皆相类。惟船菜则不然，各种之菜，皆隔别而煮，故真味不失。司庖者皆属妇女，殆以船娘而兼厨娘者，其手段极为敏捷，往往清晨客已登舟，始闻其上岸买菜，既归则洗割烹治，皆在艄舱一隅之地，然至午晷乍移，已各色齐备，可以出而饷客矣。其所制四粉四面之点心，尤精巧绝伦，且每次名色不同，亦多能矣。惟现值战后，社会经济困窘，真正之船菜已不多睹，惟于苏式餐馆中可以嚼其一脔。"

叶圣陶对船菜也颇赞赏，他在《三种船》里说："船家做的菜是菜馆比不上的，特称'船菜'。正式的船菜花样繁多，菜以外还有种种点心，一顿吃不完。非正式地做几样也还是精，船家训练有素，出手总不脱船菜的风格。拆穿了说，船菜所以好就在于只准备一席，小镬小锅，做一样是一样，汤水不混和，材料不马虎，自然每样有它的真味，叫人吃完了还觉得馋涎欲滴。倘若船家进了菜馆里的大厨房，大镬炒虾，大锅煮鸡，那也一定会有坍台的时候的。话得说回来，船菜既然好，坐在船里又安舒，可以眺望，可以谈笑，玩它个夜以继日，于是快船常有求过于供的情形。那时候，游手好闲的苏州人还没有识得'不景气'的字眼，脑子里也没有类似'不景气'的想头，快船就充当了适应时地的幸运儿。"

道咸之际，乃苏州船菜的鼎盛时期，夏曾传《随园食单补证》说："苏州灯船菜有名，每游必两餐。一皆点心，粉者，面者，甜者，咸者，汤者，干者，约二十馀种；酒席则燕窝为首，鱼翅次之。闻乱前颇有佳者，今则船菜之名成耳食矣。”范烟桥追述胜国时的情形，他在《出厂——吴门画舫史的一页》里说：“在光绪中叶，苏州的伎家，集中在仓桥浜，有三家是自己备着画船的，两家姓陈，一称大陈，一称小陈，一家叫嘉福。倘然坐船，每天只须十二元，一切在内，并无酒钱小账等情，倒要吃两顿。中顿吃壳，四冷盆，四热盆，六小碗，八点心，外加小碗鱼翅，点心的制作极精，都是象形的，至今那些菜馆还在模仿着，称为船点。夜顿鱼翅全席，估计价值，似须蚀本，所以有人说伊们上菜极快，一等停箸，即行收去，把剩馀的菜蔬，留作后用的。其实未必如此挖打，因为伊们的手段是长线放鹞的，这一回蚀一点本，总有捞回机会的。请来的客人，须出台面钱二元，俗名探眼镜。倘然叫局的，大先生三元，小先生二元，在临行时客人悄悄地放在茶托里的。伎女要给本家一元，名坐场钱，本家给客人的跟随轿饭钱六百文，当时请客所费无多，而极有面子，所以门庭如市了。”

徐珂《可言》卷十三说得更详细：“苏州高等之妓，曰长三，有岸帮、船帮之别。船帮者，在宣统时仓桥浜之陈介福、陈媛媛、小陈家，均自置画舫，自备酒筵，推为船菜之巨擘，客设席于船，船或行或泊，悉任便，夏日结彩于上，八九月去之，曰出厂，亦有呼之为热水船者，游者无虚日。今仅有阊门外同春坊第一家之筱双珠自备大号灯船，聘各帮庖人，治船菜殊佳，酒席费银币十二元，客欲置酒，必预定。至期午前九十时登舟，作留园、虎丘、寒山寺之游（三长可至天平山）。主妓（即与客相识之妓，近时妓家虽不蓄船，既登舟，即以主妓自居）偕女佣入舱侍客，客有自挈外局（非本船之妓曰外局）者，可同往，客登舟后，飞笺召之亦可。舟广可容二三十人，惟置酒之客例必博，曰牌局。主妓所得囊钱，麻雀每局十二元，每局八圈，圈之多寡，视客之多寡，以多为豪；扑克每局二三十元。客在船，得两饱。午为便席，称之曰点心，亦曰中顿。肴为八碟、六小碗，中有鱼翅，点心以米麦之粉、甜咸之馅为之，肴毕登，点心至，五光十色，精腆可口，计其数，则客各甜一咸一外，别有公共之九品，炒面一大盘，或走油肉、荷叶饼，四米粉、四麦粉所制之甜咸各半者也。入夜设正席，曰夜顿，则饮于泊舟原处之方基（地名），或在主妓妆阁。其食品为十八碟、三汤、三炒、点心、五大菜（中有鱼翅、全鸭。两餐菜单均由主人于预定时自择，亦有仅择大菜一二者）。入席后，客各出银币二元置于席，曰台面，为主妓所得。（俗谓之曰探眼镜。例如有十客，主妓即得酒钱二十元；有十局，主妓即得坐场钱十元。否则仅恃酒席费十二元，绝无利益可沾。宴客之主人，亦有恐客不齐而预包酒钱，由主人自出者。客之出酒钱也，在夜顿散席时，曩例，客将银币掷地，妓之男佣高叫曰：‘谢谢某大少爷！’今则总谢而已。）主妓须付客之轿饭钱，每轿六百文，客或步行，主人亦必以轿饭票致客，以犒其仆或旅馆之侍役。牌局则每场发轿饭票四分，每分银币二角。”

徐珂有亲身经历，他在《可言》卷十三里说：“己未（中华民国八年）十月，予偕春音词社同人至苏，游天平山观红叶，乘夏关林舟以往，虽灯船非妓家所有，妓家时亦赁之。登舟，见有盛于玻璃盘之香蕉、柚、橘、梨四果，可随意啖之。酒筵分午、夜两次。午筵物品有梨、柑、橘、荸荠、杏仁、糖莲子、糖落花生、金橘八碟，瓜子一大碟，陈于中央；四冷荤为排南（火腿之切厚片者）、白鸡、酱鸭、羊膏；四热荤为炒肉丁、炒肫肝、炒蟹粉、蚶羹；大碗为清汤鱼翅、五香鸽、烩虾圆、鸭舌汤、炒腰花、江瑶柱、汤火方（整块火腿清炖曰汤火方）、清蒸鲫鱼、八宝鸭、八宝饭。夜筵物品，九碟为排南、剥壳虾、鸭舌、肫肝、皮蛋、海蜇皮、橄榄、石榴、瓜子；大碗为红烧鱼翅、虾仁、汤泡肚、五香野鸭、蜜炙火腿、炒鱼片，亦尚有适口者，较之无锡，自有惭色。甜咸点心则远胜之，味之甜者，芡实、莲子外，曰大蒜头，曰小辫子，曰双福寿桃，曰秋叶，曰瓜稜，皆馒头，以形似故名，又有曰夜来香者；味之咸者，炒面、烧卖外，曰瘪嘴汤圆（以火腿、江瑶柱、虾米、菜屑为馅），曰木鱼饺，以形似也，又有曰火腿拉糕者，以面粉之成条者，杂火腿屑于中，至佳。午筵于中途进之甜咸之点心，即在是时。餐毕登山，归途进夜筵，则腹笥便便，不能下箸矣。又苏城河中有常日椗泊之小快船，曰双开门（中舱至船头左右可行者曰双开门，反是曰单开门），曰单开门，舟有玻璨窗、琉璃灯，舟子有女眷摇橹，治肴之事亦相间为之。庚申（中华民国九年）夏四月，予曾赁一双开门曰吴艭者，与鸥社同人游虎丘。晨九时许登舟，见有茶二壶，糖梅干、甘蔗、枇杷、西瓜四碟陈于几。十时解缆，十一时半至虎丘，游毕返舟，则点心席（若是之舟不能设盛筵，仅得食点心席，谓之曰船菜亦可）已具，俗所称八盆、六炒、四粉（米粉）、四面（麦粉）、二台心（台桌之俗称，以置于桌之中央，故曰台心）、二水点（有汤之点心，也人各一器）者是也。下酒者八盆，为甘蔗、枇杷（二果一盘）、西瓜子、火腿、拌猪腰、渍虾（去壳带尾）、野鸟、海蜇皮、拌黄瓜，盆之径七寸弱。俄而六炒至，则鱼唇、五香鸽、炒虾仁、海粉、烩蘑菇、炒肉丝，皆以碗盛之，碗之径亦七寸弱。主客凡八人，予食量固隘，客亦以味劣逡巡下箸。酒阑点心至，四粉为扁豆糕、火腿拉糕、氽油饺（猪油馅）、蒸粉饺（亦猪油馅），四面为蟹粉烧卖、玫瑰秋叶饺、虾饺、糖饼。两台心继之，则红焖猪肉佐之以荷叶卷也，虾仁炒面也。未几而二水点至，一为芙蓉蛋，一为楂玫汤（山楂、玫瑰相合而成）。至是而点心席告终，辍箸而起，评泊之，则众口一辞，谓肴馔固远逊无锡，较夏关林舟所制犹逊之，点心亦然。犹忆己未赁关林舟之费用，都凡银币二十二元，得尝午、夜二席，此则银币十一元，犒赏二元，仅得半饱之点心席，且舟可打头，八人危坐，殊以为苦，实皆为苏舟点心之虚名所赚也。归而告姜佐禹，谓廉甚，大讶，诘之，姜曰：'船娘承应巾茗（绞手巾、烹茗也），不名一钱，虽终日枵腹，亦尚有秀色之可餐也。'苏州灯船之得名，明已然，通州顾养谦《苏州歌》云：'阖庐城外木兰舟，朝泛横塘暮虎丘。三万六千容易过，人生只合住苏州。'苏州灯船之盛于此可见。虽宣统辛亥以还，一败涂地，然享有盛名逾五百年，亦云久矣，且当光宣之交，苏州船菜犹不恶也，义宁陈伯严吏部三立《和酬小鲁见寄》诗曾及之，诗云：'词流四五辈，常宴颇解颐。瓜艇七里塘，隅坐老画师。暖日耸毛发，枯风扇涟漪。小妇谙吴烹，粢饵献盘匙。菰粉荷叶糜，笋蒲炙薄耆。快啖顾巧笑，风味埒鸱夷。'"

至一九二四年前后，雇船、船菜、叫局的价格，开销不靡，且读以下几种旧记。

陆鸿宾《旅苏必读》说："苏地船菜最为有名，各样小菜有各样之滋味，不比馆菜之同一滋味，菜有一顿头、两顿头之别，船有大双开、小双开之别，然虽曰大双开，究不能多请客人，故官场请客而人数多者，必用夏桂林船，菜亦嘉，船亦大，用轮船拖带，虎丘冷香阁，枫桥寒山寺，一日而可游两处。朝顿八大盆、四小碗、四样粉点、四样面点、两道各客点，酒用花雕，尽客畅饮。夜顿十二盆、六小碗、两道各客点，船酒菜一应主人出洋三十元，轮船外加二十元，客人各出酒钱洋两元，亦有主人包出，不费客人者，主人加出洋十六元或十二元，或照到客每客两元不等。船上尽可叫局，各就自己所认识者出条叫之，名曰发符。每局洋三元，出船坐场洋一元，在坐客人各叫一，则主人必赔叫一局，为一排或有叫两排三排，主人亦必须两局三局，以赔之。有初到苏地并无熟识倌人，则主人或在坐客人代为出条，则条上必书明某代。而局钱虽非熟识不必当场开销，熟客则三节总付，新客则于明后日至倌人家内茶会再开销。最好有二三局后倌人打合请客还席总算，若一局即付者，谓为孤孀局，倌人甚不乐于此。”

陶凤子《苏州快览》说：“船上所置之菜，名曰船菜，别样风味，名驰他方。有一顿头连船十元，二顿头连船二十元，不吃菜者六元，无论何之，均以一天计算，坐大双开者，亦可叫局。或山塘缓渡，或枫桥暂泊，或放棹石湖，或扣舷胥江，一声欸乃，山光纷扑，凭窗纵目，胸襟洒然，而浮家泛宅中，与二三知己浅酌低斟，远眺近瞩，赏心悦目，尤无复以加也。”

至一九二八年前后，价又稍涨，周振鹤《苏州风俗》说：“其价值则一筵一席，从前连船约十五六元，近则各物飞涨，大抵非二三十元不办矣。”

船上筵席一般只供应中餐、晚餐两顿，午餐为八冷盆、四热炒、六小碗、四粉四面两道点心，晚餐为四冷盆、六热炒、四大碗，可吃到半夜下船。船菜一只一只上桌，筵席时间任客延长，故特别讲究烹饪技艺，否则经不起食客细品。据王四寿船菜单记录，正菜有三十道，各有名目，如珠圆玉润、翠堤春晓、满天星斗、粉面金刚、黄袍加身、王不留行、赤壁遗风、红粉佳人、江南一品、鱼跃清溪、八仙过海等，也不知究竟；冷盆八道是豆腐皮腰片、鲞松卷、出骨虾卤鸡、牌南、炝虾、糟鹅、胭脂鸭、熏青鱼；船点则有四粉、四面、两道甜点，四粉是玫瑰松子石榴糕、薄荷枣泥蟠桃糕、鸡丝鸽团、桂花糖佛手；四面是蟹粉小烧卖、虾仁小春卷、眉毛酥、水晶球酥；两道甜点是银耳羹、杏露莲子羹。

包天笑的回忆稍有不同，他在《衣食住行的百年变迁》里说："苏州还有一种特级的筵席餐，名曰船菜。船菜是在船上吃的，画舫笙歌，群花围绕。这种菜，不贵多而贵精。可是一席菜，却分了三个时候吃，正符合了一日三餐之制。主宾们初到船上时，饷以点心，午餐饷以全餐的一小部分，晚餐饷以全餐的一大部分。名菜有蜜炙火方、五香乳鸽等等，总之是清丽文章，不是浓重的论调也。其价值如何呢？可以答之曰，没有明价。原来坐一天船，吃一席菜，以及各种犒赏、花费等，都包括在内，全凭老爷赏赐，吝者至少亦给八十元，豪者可给百馀元，他们不加分析，亦可以说'此时无价胜有价'呢。"

抗战爆发后，花船匿迹，然早在花船匿迹之前，船菜已被苏城菜馆引进，极大地丰富了菜馆的品种。苏城沦陷时期，松鹤楼名厨陈仲曾之子陈志刚，与人合伙在大成坊口开办鹤园菜馆，专营船菜，悬市招“正宗苏帮船菜”，有船菜三四十款，如烂鸡鱼翅、鸭泥腐衣、蟹糊蹄筋、滑鸡菜脯、鸡鸭夫妻、炖球鸭掌、果酱爆肉、葱油双味鸭、虾爪虎皮鸡等，一时食客盈门，名声远播。

船　点

船点者，花船上之点心也，小巧玲珑，制作精致。佚名《吴中食谱》说：“苏州船菜，驰名遐迩，妙在各有真味，而尤以点心为最佳，粉食皆制成桃子、佛手状，以玫瑰、夹沙、薄荷、水晶为最多，肉馅则佳者绝少。饮食业之擅场者，往往以‘船式’两字相诩，盖船式在轻灵精致，与堂皇富丽之官菜有别。”

船点以原料的不同，分为两种，用米粉者称粉点，用面粉者称面点。粉点采用天然植物色素，通常以花果、动物、吉祥物等作造型。面点有酵面、呆面、酥面三种，以酥面居多，做成合子酥、眉毛酥、鸳鸯酥、蒸饺、藕粉饺、花边水饺、四色烧卖、鲜肉锅贴、虾仁春卷等。两者俱有馅心，或甜或咸，滋味各异。此外还有松子猪油枣泥拉糕、薄荷扁豆凉糕、栗子糕、八宝饭、三色豆茸等。像橘络圆子、什景细米、冰糖莲子羹、桂花百果羹、银耳羹等甜点，也属于船点范畴。

因为船点是配合船菜的，故而不但讲求它的香、软、糯、滑，还特别讲求色彩和造型。其色彩，青色常用青豆末、薄荷末、青梅、绿瓜，红色常用火腿末、红曲米、玫瑰花、赤豆沙、赤砂糖，黄色常用桂花、黄瓜、蛋黄末、白芝麻、橘红、黄糖，黑色常用香菇末、黑芝麻、黑枣泥，白色常用白糖、松子仁、瓜子仁、米粉本色。其造型，有方有圆，方的有长方形、菱形，圆的有长圆形、扁圆形，还有桃子、绣球、佛手、荸荠、柿子、小鸡、小鹅、小鸭、小兔等，有的还做成“暗八仙”，如铁拐李的葫芦、吕洞宾的雌雄剑、汉锺离的风火扇、何仙姑的荷莲等。

自万历以后，苏州点心就有精工细作的追求，并且逐渐成为一种饮食时尚。如《红楼梦》第四十一回说贾母等来到藕香榭，“一时只见丫头们来请用点心，贾母道：‘吃了两杯酒，倒也不饿。也罢，就拿了这里来，大家随便吃些罢。’丫头听说，便去抬了几张几来，又端了两个小捧盒。揭开看时，每个盒内两样。这盒内是两样蒸食，一样是藕粉桂花糖糕，一样是松瓤鹅油卷。那盒内是两样炸的，一样是只有一寸来大的小饺儿。贾母因问：‘什么馅子？’婆子们忙回：‘是螃蟹的。’贾母听了，皱眉说道：‘这会子油腻腻的，谁吃这个？’又看那一样是奶油炸的各色小面果子，也不喜欢，因让薛姨妈吃，薛姨妈只拣了一块糕。贾母拣了一个卷子，只尝了一尝，剩的半个递与丫头了。刘老老因见那小面果子都玲珑剔透，各色各样，又拣了一朵牡丹花样的，笑道：‘我们乡里最巧的姐儿们，剪子也不能铰出这样个纸的来。我又爱吃，又舍不得吃，包他些家去给他们做花样子去倒好。’众人都笑了”。那两样蒸食和蟹粉小饺是江南点心，刘老老喜欢的小面果子，则可能是满族点心，至少是属于北方风味。入清以后，南风北渐，愈来愈烈，至《红楼梦》时代，出现这样精致的点心，已是情理之中的事了。

船点之制，并不是孤立现象，它的制作和品尝，固然是在花船这个具体环境里，但它的存在和发展，正是当时点心制作的大趋势，其中包括中馈所作，彼此是有交流的。乾隆中叶，毗陵女史钱孟钿《浣青诗草》卷六就有《长日多暇手制饼饵糕糍之属饷署中亲串辄缀小诗得绝句三十首》，记咏了三十种点心，试举四种，《玫瑰糕》云：“剪碎孤霞一片飞，流香掩染露霏微。团将瑶粉为甜雪，不道红酥斗玉妃。”《枣糕》云：“柳汁谁酬九烈神，安期瓜祥共时新。即看百益红如许，不信青袍肯误人。”《菱角饺》云：“谁采青冰着意调，当筵风味剧难消。怪他主角浑如许，才到庯中便折腰。”《玉糁糍》云：“粔籹凝脂白胜绵，装成蜜味彻中边。待分天上团圞影，乞与人间如意圆。”以此来咏船点名色，无有不当。

今苏州菜馆里的筵席点心，大都属船点旧规。更有创新者，如做大型粉点，纵横两尺见方，亭台楼阁无不备，更有小桥荷池，池中又浮花鸭数只，固然如微缩景观。但甚费工时，有的需要一天，有的一天还不够，米粉早就酸了。这种船点，只能看，不能吃，不如古人的饾饤之制，大概只有外国人喜欢。陆文夫先生在《吃空气》里说："说来你又不信，去年我们到国外去参加烹饪大奖赛，第一天我们做了四只苏州的拿手菜，色香味俱全，你吃了绝对会满意。可那评委看了不吭声，照顾点中国的名声，铜牌。得金牌的是什么呢，也不过是在蛋糕上用奶油做了一点花朵和动物什么的。我们一看，噢，这还不容易。第二天用船盆做了一个两尺长的万里长城，长城上下还有一百多个身穿各种服装的国内外的游人，个个栩栩如生。外国人一看，啊，危惹那也斯！金牌。其实，这玩意不属于烹饪，是无锡惠山的泥人。"

花 酒

苏州虽然以花船菜馔著名，但在妓家吃酒，也精致烹饪，别有风味，并非寻常店家可比，故于船菜之外，吃花酒也颇有名色，稍稍记述，聊备一格。

西溪山人《吴门画舫录》记乾嘉时苏州风尘中人，有郁素娟者，居下塘，“姬则如簧舌初调，轻清圆润，当于花间月下，携双柑斗酒尝之。能饮善笑，喜翩翩年少。尝席间有所属，客戏曰：‘笑则若令饮。’烛未跋，生饮无算爵，酩酊大困矣。盖生貌美而户小，姬将乘之于醉，而生心醉于姬，遂欲假醽为鸳牒之媒。玉谿生诗云‘临酒欲拚娇’，姬与生之谓也”。有张珮仙者，居濠上，“院中如庭榭之绮丽，服饰之华奢，以及旨酒佳肴之美，器皿什物之精，人间艳福，为若辈享尽矣”。又有阿福者，居胥门，后迁申江，“性委宛，善饮酒，喜浮大白，酡颜星眼，强要人扶，倚绣榻，背银缸，解罗衿，捉玉腕，肌拊凝脂，春探豆蔻，香囊叩叩，丝履弓弓，处以却尘之褥，护以翡翠之衾，而姬不知也，盖玉山颓矣。此也仙所述。当此境者，令人真个销魂”。这些都是当时的名妓，以花酒独擅胜场，既有酒，又有色，沉迷于此者，实在也不是少数。

苏州妓家集中之地，几经变迁，范烟桥《茶烟歇·倡寮》说：“乾嘉时，倡家多在山塘，即今冶坊浜一带，《吴门画舫续录》所谓‘觅得百花深处泊，魂销只有冶坊浜’也。洪杨后，迁入城闉，即今仓桥浜一带，颇有秦淮水阁风光。商埠既辟，乃连袂出城，初集于青阳地，所谓‘阊门过去盘门路，一树垂杨一画楼’也。（原诗为常熟宋玉才所作，其时当在康乾之际，不意二百年来复能印证。）后铁道置站于阊门，商市亦随以东移。莺莺燕燕，复迁于阿黛桥边，而旧时门巷，无从方弗矣。”自沪宁铁路通车后，阊门外既是交通枢纽，又是阛阓之地，在以渡僧桥、新民桥、广济桥、鸭蛋桥为基点的范围内，形成了苏州妓女生涯最集中的地方。叶楚伧在《金昌三月记》里说：“金昌亭，为苏州胜游荟萃之地。香巢十里，金箔双开，夕照一鞭，玉骢斜系。留园之花影，虎丘之游踪，方基之兰桨，靡不团艳为魂，碾香作骨。亭午则绿云万户，鬟儿理妆；薄暮则金勒香车，搴帷陌上。迨灯火竞上、笙萧杂闻时，则是郎醉如醇、妾歌似水矣。阿黛桥在后马路，为箫鼓渊薮，伎家栉比以居。同春、同乐诸坊，门临桥干，重阁覆云。下眺马路，斜照中，五陵少年，连骖而过，时与楼头眉黛眼波疾徐相映。余《金昌杂咏》云：‘阿黛桥头夕照斜，玉鞭金勒碧幢车。重楼十二珠帘启，看煞梁溪浦醉华。’黛桥诸坊而外，则有美仁等里，在石路一方，毗接山塘，犹秦淮之有旧院。花栏琴榭，小林居之，插柳双门，遂成艳窟矣。”

叶楚伧常在妓家吃花酒，《金昌三月记》说：“绿梅影与花翡，姊妹行也，一色衣裳，两般娇小，嘐嘐然有雏凤竞鸣之概。虞山钱镜英昵之，至终日匿迹妆阁间，奉匜刷鞋，执美人役。伊家玫瑰酒，冠绝北里，余又酒人，至辄索饮，饮毕竟去，几忘其为赵李家也。”“王三字宝宝，百花巷歌者女，居安乐里，丰腴朗润，尤以柔媚胜。豪于饮，百斗不醉，与余约，余作七绝一首，伊亦陪尽一觞，自夜戌初起至晓，余成《金阊杂咏》三十绝，伊亦连引三十觥，淹才垂尽，环颜亦酡矣。其婢阿巧，亦能饮。故角饮斗杯，每每令人思王三。《金昌杂咏》中联云：‘花笺涴遍题诗墨，值得王三醉一宵。’即此事也。”“一夕过王三家，时方为某伧所赚，因唱别鹄离鸾之曲，声韵凄婉，不可卒听。余急止之曰：‘忧能伤人，卿好饮，余试以酒忏之。’乃设四碟，咸瓜、莲子、杏仁、云腿，出其自酿玫瑰酒，挑灯对饮，婢巧儿剥果温酒以侍，酌不计觞，酡然乃已，初不知朝曦上窗、好鸟催妆也。”有时也携妓同登市楼，叶楚伧说：“余与浦醉华诸子，于竞渡节前后宴集始，至中秋前后至，日以时计，郇厨陶酒，到处品题。新太和之肆应，九华楼之明敞，皆为金昌冠。一夕集吴下诸俊人，饮九华楼，倾金昌之秀，无不莅止，故浦有诗云：‘帘内笙歌帘外月，几宵春满九华图。’”

妓家所制的美食，各擅所长，自成特色。叶楚伧说：“王三家咸瓜，花翠家玫瑰酒，林霏家八宝鸭，周二宝家龙团茶，俱擅一时之美，而尤以王瓜、花酒为最。瓜着齿，脆嫩芬芳，咸不伤涩，令人有厌薄珍错之想。”

瓜果向为妓家必备，个中生《吴门画舫续录》说：“吴门瓜果，无所不有。近出洞庭、光福、天池诸山，惟白杨梅只可贻赠，不肯售买；水蜜桃出沪渎；茄桃出荡口镇，桃之似茄者也；双凤西瓜出镇洋，子多檀香色，瓤黄白者为最，皮脆薄，甘美异常。厨娘预沉诸井，日长亭午，酒兴初阑，盛以晶盘，出诸瑶席。座中有不攘腕争取者，则知刚逢入月期矣。”此外，“近宋公祠法制半夏陈皮、仰苏楼各种花露，皆他处不能效。至西洋印花衫裙巾袖，以及五色鬼子阑干等物，青楼中皆视为寻常日用所不可无”。

至一九二〇年代，苏州妓院依然兴盛，陶凤子《苏州快览》说：“吴宫花草，素负盛名，阿黛桥畔之桃源坊、同春坊、同安坊，粉白黛绿，列屋而居，灯火上时，珠帘银箔间，笙歌相闻，珠笑玉香，花团锦簇，依旧繁华景象，寂寂湖山，亦不可少此点缀也。”虽说前清时也有在酒楼菜馆宴集叫局，但大都还是在妓院里。入民国后，情况颇有不同了，《苏州快览》说：“客有问津者，多假菜馆叫局，但初次局票，须注明何人所代，始克久坐，否则语冷颜冰，一坐即去。叫局以后，即可造访妆阁，稍坐片刻，名曰打茶围，如欲且住为佳，则事前须做花头。做花头者，碰和吃酒也。其酒菜叫自菜馆，价格照例十元，先付仆役费，名曰下脚，其数五六元不等，又给车夫饭费，名曰轿饭账，每人数角一二元无定。照例至多五人，啤酒、荷兰水有喝一二打者，至少加给十元，如但吃酒而不碰和，谓之赤脚酒，妓院素不欢迎。

盖吃酒往往蚀本，而碰和则可抽头也。迁就之妓，有一和一酒，即能住夜者，谓之三响头；其自视甚高者，须吃双台，甚或四酒八和，方许留髡。如值开账路头、收账路头、本家生日、倌人生日等，稔客例应报效和酒。此长三大概情形也。至于幺二，实与野鸡无异，每日晚间分住各旅社，闯入客室，效神女之自荐，价至贱，有二三元即可留宿，因此蹩脚大少趋之如骛，以旅社为行乐地。二三年来，竟成风气。其次有所谓烟妓者，阊胥马路皆有，大概为江北奶奶，涂脂抹粉，状如罗刹，为贩夫走卒之销魂地，而梅毒之传染，较幺二尤甚，殆无有幸免者，幺二烟妓本卑卑不足道，既述长三，聊备一格耳。”就长三而言，或“碰和”，或“双台”，无非是花酒的名目。金孟远《吴门新竹枝》有云：“飞花搂月客齐来，弦索声喧醉玉杯。一夜豪华谁管得，珠光粉腻摆双台，”自注：“客游平康者，例需报效和酒，顾非双台不足昭示豪华焉。”又云：“猜拳行令意飞扬，此时销金风月场。酒绿灯红宾主盛，靠床人坐卖油郎。”自注：“吃花酒时，主人往往坐近牙床，人称之曰卖油郎，以其可独占花魁也。”

另外，还有书寓，《苏州快览》说：“书寓在城内观前附近一带，门前悬某某弹词之牌者皆是，亦妓女也，其不同者，妓女卖身，而书寓卖曲耳。有喜庆之事，可叫堂唱，其价约四五元，晚间七八点钟来，十一二点钟去，如欲留至天明，名曰包天亮，另须加价。仅能唱几曲小调或几出京戏者，名曰瞎子，则仅二三元，亦可包天亮。此种书寓，虽名谓卖曲，然大都兼操皮肉生涯。问津者须有人介绍，手续较妓院简省，亦须碰和，然所耗亦有甚于妓院者。至于不能唱曲，而暗营淫业者，名曰私门头，亦曰半开门，即私娼也，其夜度资不一，有贱至二三元者，有贵至十馀元者，亦有自高身价，须客做花头，一如长三者，其香巢与寻常人家不能辨别，故亦必有人引导介绍，否则难作入幕之宾也。”

凡作妓女营生，都说自己是苏州人，既标榜苏州人，书寓菜也都以苏州风味作号召，朱文炳《海上竹枝词》有云："吴姬也有善烹炮，聊为锺情备酒肴。若到节边吃水菜，只须少约几知交。”因此吃花酒，除饮酒取乐外，品尝佳肴也是一个重要内容。周劭先生在《令人难忘的苏菜》里回忆："但真正地道的苏菜，在四十年代的上海却还有一个地方可以吃到，那便是上海的长三书寓。那里的所谓'花酒'，是地道苏州大师傅所掌勺的苏菜。余生也晚，已够不上冶游花丛与娼门才子为伍的时代，但因为当律师的职业关系，给当事人打胜了官司，除了应受'公费'之外，当事人若是有钱的商人，总要另备一席丰盛筵席表示谢意。而那时上海风气还不像现在那么奢侈，一席万金不算稀罕，那时最高级菜馆的酒席也不过百金，商人为了致敬和摆阔，往往在长三书寓设宴。那个地方价钱是没有底的，可以摆'双台'甚至'双双台’，同样一席酒加上‘双双台’的嘉名，便须付四倍钱，不消说那花四倍钱的酒席当然是特别道地了。我对旧社会的娼门便只有吃的因缘，而且吃的正是地道的苏菜。”

抗战爆发距今已六十多年，花船早已没有一点儿踪影，船菜也早已上岸，进入了酒楼菜馆。作为苏帮菜的精髓，它融入其中，并且很快发展变化了。如今就算是所谓正宗船菜，与当年花船上的味道，不啻天壤之别。试想，当舟楫荡波而出，艄头笑语，月下微歌，波光面影，一水皆香，那船舱桌上的精致菜肴，自然也就不是酒楼菜馆里的那回事了。

后记

这本《吴门烟花》属“江南风月丛书”之一，写毕，照例补缀几句。

“烟花”的意思，有几种解释，或说是雾中之花，或说是春天之景，或说是天上焰火，或说是风月情爱，当然更多的是指风尘中的人和事，如烟花女、烟花市、烟花巷、烟花阵、烟花债、烟花场、烟花寨、烟花簿、烟花行院、烟花柳巷、烟花粉黛等等。本书说的“烟花”，并非特指什么，几乎可以容纳它的不同意思。对于历史上的一些人和事，或就像雾中看花，或就像迷离的春景，或就像夜空里绚烂的焰火，当然风月故事，风尘艳迹，那是更本色了。《红楼梦》第一回说，苏州“最是红尘中一二等富贵风流之地”，在这样的地方，又记述这样的故事，以“烟花”两字入题，想来还是比较妥贴的。

历史中的风俗和妇女，是我近年比较关心的题目，这本书里记述的，也就是这方面的内容。这些文章是以苏州为背景，以人事为对象，以文献为依据，既不想杜撰戏说，也不想去趋附“文化大散文”的时尚，只有一个愿望，那就是在有限的篇幅里，记述一点往事，让读者知道一点历史的沧桑、风俗的转移和人物的命运。

张岱在《陶庵梦忆》里记了一个故事，说有一苏州人，自夸家乡烟火之盛，说：“苏州此时有烟火，亦无处放，放亦不得上。”众问：“何也？”他回答：“此时天上被烟火挤住，无空隙处耳。”大家都笑他瞎三话四，当张岱看到兖州鲁王藩府的烟火，“烟焰蔽天，月不得明，露不得下”，这才相信那位苏州人并没有过分夸大事实。我将这个故事的意思作一点引申，苏州历史上的这些人和事，实在也就像天上的烟火一样，都被挤住了，没有一点空隙，数也数不清，因此这本小书写的，也只能说是拾着一点纸屑和柴草。

二〇〇二年八月十五日于苏州听橹小筑

修订版后记

这本小书，写于十五年前，由百花文艺出版社编入“江南风月丛书”刊行。今年早春，梁由之、周青丰两君分别给我电话，提到这套丛书，设想重印其中的四种，这自然是好事。前些时候，由之、青丰又专程枉顾寒斋，将此事落实下来。

十五年光阴匆匆而过，从中年一下子就步入花甲，感慨是很有一点的，就学业和文章来说，这十五年来大概总有点进步，但究竟有多少尺寸，自己也颇怀疑。知堂在《两个鬼的文章》里说：“但是不论成败，经验总是事实，可以说是功不唐捐的，有如买旧墨买石章，花了好些冤钱，不曾得到甚么好东西，可是这双眼睛磨炼出来一点功夫，能够辨别好坏了，因为他知道花钱买了些次货，即此便是证据。我以数十年的光阴用在书卷笔墨上面，结果只得到这一个觉悟，自己的文章写不好，古人的思想可取的也不多。这明明是一个失败，但这失败是值得的，比起古今来自以为成功的人，总是差胜一筹。”面对十五年前的旧作，感到惭愧，说明自己算总知道一点好坏，但自己的文章终究做不好，那也是铁定的事了。

话虽如此说，重印旧作，去做点修订，总是应该的。此次修订，费时二十多天，几乎对所有引文作了核对，修饰了文字，补充了一些内容，比较初版，增加了四万字。对于自己的文章，大概尽有修订的必要，以后如果有机会，还会去做修订的事。这就要向读者作揖了，买了前一本，新的一本又要花冤枉钱了。

二〇一七年五月二十六日

图书在版编目（CIP）数据

吴门烟花／王稼句著．—上海：上海三联书店，2017.10

ISBN 978-7-5426-6024-4

I.①吴… II．①王… III．①随笔—作品集—中国—当代

IV．①I267.1

中国版本图书馆CIP数据核字（2017）第183738号

吴门烟花

著　　者／王稼句
责任编辑／陈启甸　朱静蔚
特约编辑／李志卿　王卓娅
装帧设计／阿　龙　许艳秋　苗庆东
监　　制／姚　军
责任校对／王卓娅

出版发行／上海三联书店
（201199）中国上海市闵行区都市路4855号2座10楼
邮购电话／021-22895557
印　　刷／山东临沂新华印刷物流集团有限责任公司

版　　次／2017年10月第1版
印　　次／2017年10月第1次印刷
开　　本／787×1092　1/32
字　　数／168 千字
印　　张／9
书　　号／ISBN 978-7-5426-6024-4／I·1296
定　　价／48.00元

敬启读者，如发现本书有印装质量问题，请与印刷厂联系0539-2925680。